让财政事业因文化而更强大

廖晓军

2011年是伟大的中国共产党建党90周年，也是在党的基层组织和党员中深入开展创先争优活动的关键之年。财政部机关将举办系列迎庆活动，展示财政人昂扬的精神风貌，唱响中国共产党好、社会主义好的主旋律。今天，我们别开生面地举行《财政文学》首发式，正式拉开财政部机关迎庆活动的序幕。这次活动很有必要，也很有意义。

我们知道，一个国家有自己国家的文化，一个组织应有这个组织的特色文化，财政也不例外。组织文化是一个组织、一个集体的灵魂，是推动组织发展的不竭动力，包含着非常丰富的内容，它将起到营造人们精神世界和引导树立正确价值观的作用，因而组织文化是财政需要大力加强的方面。

财政文化的内涵是什么？谢旭人部长曾经从财政制度文化、行为文化、精神文化等方面予以概括。我觉得，从文学的角度，还可以有这样的认识：是仰望星空的思想视角，是脚踏实地的奉献精神，是追求社会公平正义的良知，是关注人民幸福安康的爱心。

财政文学是财政文化建设的精髓。财政文学，对财政工作会起到什么推动作用？至少有以下几点：

它具有灵魂导向作用。财政文学潜移默化的作用，会使财政人接受共同的价值观，把思想、行为引导到实现财政事业的目标上来。

它具有团队凝聚作用。财政文学通过塑造财政人积极向上的价值观，使大家的思想、行为自觉地统一到工作的总体目标上来，从而在财政人之间形成强大的凝聚力和向心力。

它具有行为约束作用。财政文学对财政人的思想、心理和行为具有约束和规范作用。它不是制度硬约束，而是一种软约束。它会成为财政部门的文化氛围、行为准则和道德规范。

它具有鼓舞激励作用。良好的财政文学会以"春风化雨"、"润物无声"的作用，增强机关干部的向心力、凝聚力，会使财政人从内心认可共同的价值观，会形成积极向上的思想观念和持久的驱动力，成为财政人自我激励的一把有效标尺。

它具有形象美化作用。优秀的财政文学作品向社会展示财政人良好素质和高尚精神风貌。能在塑造财政人的良好形象过程中，起到独特效应和作用。

由于财政的专业性，长期以来，社会各界对财政了解不多，以为既深奥又枯燥；对财政人同样知之不多，以为像财政数字一样没有性别，不带感情。其实，财政工作有自己独特的人文关怀、价值追求和人文精神，看似严肃的财政人，也有自己丰富的感情生活。如何让社会更好地了解财政工作，了解财政文化，了解财政人？除了日常的财政宣传工作外，财政文学是一个相当广阔、十分有效的文化载体。文学具有雅俗共赏、流传广泛的特性。很多人都喜欢在工作之余，欣赏文学作品，既了解社会，又陶冶情操。对担负繁重工作的财政人来说，阅读文学作品和进行文学创作，看似一种业余消遣，其实是修身养性的良好途径。财政文学是财政文化的重要组成部分，是弘扬财政文化的平台，是激荡财政情怀的号角，是了解财政工作的窗口，是讴歌财政人的园地，更是财政人精神憩息的方舟。

在迎庆建党90周年和创先争优活动中，财政文学应当发挥更大作用，用财政人的文学之笔，抒写好主旋律。财政系统卧虎藏龙、人才辈出，希望充分挖掘大家的文才潜力，抒写党旗引领下的财政人、反映改革开放伟大时代的财政事，用饱含深情的凝重笔尖，用别具一格的立意视角，去描绘时代和人生的丰富内容，去反映财政改革和发展波澜壮阔的场景。

祝愿《财政文学》越办越好，祝愿注入文化血脉的财政事业更加兴旺发达！

（此文为作者在《财政文学》首发式上的演讲词）

财政部党组副书记、副部长廖晓军

MULU 目录

财政文学会领导：
名誉会长：王 军
会 长：胡静林

财政文学会顾问：
项怀诚　王 蒙　贾平凹　周笃文　曲永兰

《财政文学》编委会成员：
王彦欣　王家新　何杰平　张国才　嵇 明
邹 平　岳学鲲　苗福生　吕 萍　宁新路

主办：财政文学会
编辑：《财政文学》杂志社
总策划：张国才
主 编：宁新路
责任编辑：兆燕　时雨　新路
装帧设计：杨一光
电话：010—63803919　68553141
投稿电子信箱：czwxzz@163.com

图书在版编目（CIP）数据

财政文学. 第 2 期 / 宁新路主编. —北京：经济科学出版社，2011.3
ISBN 978-7-5141-0534-6
I.①财… II.①宁… III.①中国文学：当代文学-作品综合集　IV.① I217.1
中国版本图书馆 CIP 数据核字（2011）第 052150 号

责任编辑：吕 萍　于海汛
技术编辑：邱 天

财政文学. 第 2 期
宁新路 主编
经济科学出版社出版、发行　新华书店经销
社址：北京市海淀区阜成路甲 28 号　邮编：100142
总编部电话：88191217　发行部电话：88191540
网址：www.esp.com.cn
电子邮件：esp@esp.com.cn
北京中科印刷有限公司印装
787×1092　16 开　11.75 印张　300000 字
2011 年 3 月第 1 版　2011 年 3 月第 1 次印刷
印数　00001-10000 册
ISBN 978-7-5141-0534-6　定价：30.00 元
（图书出现印装问题，本社负责调换）
（版权所有　翻印必究）

·卷首语·
让财政事业因文化而更强大　廖晓军　1

《财政文学》首发式领导和嘉宾致辞
用文学魅力打造财政人精神方舟　胡静林　3
《财政文学》给人的惊喜与振奋　田珍颖　5
书写更多激扬优美的篇章　李赤　6
多年来的希望和期盼　刘克邦　7

·特别推荐·散文·
一段珍贵而难忘的记忆　王丙乾　8
巴西的云　刘长琨　21
生与死　王军　28
师缘漫漫　挚情拳拳　王保安　41

·中篇散文·
一千个日夜里的难忘片段　谭学亮　43
路易的财政　刘江华　50
斯坦福的秋天　许昕　56

·诗·词·赋·
月亮·花·诗　王彦欣　62
路边拾遗　贾康　63
拥抱深情的大地　张更华　64
遗失的沙子　金荣华　65
星星·风·河流　吴斯宁　66
夏风里的歌　莫之军　67
相逢一笑天地宽　李旭鸿　68
春蚕　康佳　69
金凤引鸟　徐丰　70
北宫山赋　林子　71
财政赋　李晖明　75
九十华诞赋　胡定荣　76
临武赋　黄明　77

·散文·
永远微笑的老莫　肖书胜　79
下辈子还想让你做父亲　郑涌　83
对一个人的铭心记忆　清河　86
梦中的花衣裳　操驰　89
秋园写意　冯立松　93
谁在冰雪中劲舞　常克　95
上重庆，下万州　文猛　101
湖边，那悠长的韵味　吴凤　107
做菜　董思达　111
窗冰花　余良虎　114
高贵心灵的幽默　岳颂　116
盛开在家乡的野杏花　王世宏　118
红薯气息　张驼　121
拿什么献给我的母亲　黄彬波　124
我们的家园需要多少钱　王冬玲　128
烟雨宁都　罗道胜　130
放牧心灵　韩传栋　133
故乡的水　蒋露霞　138

·小说·
一种别样的美丽　周燕　143

·中短篇报告文学·
飞向远方的雁阵　张连起　陈清清　149
大美集美　宋凯　169

·文学评论·
文学作品中财政人形象何以缺失　蔡劲松　173
仰望星光——文学的坚守　田珍颖　178
中国文学的一支新军　王宗仁　182
烂漫故乡情　王梦奎　184
自卑的英雄　静观　185

·财政作家书架·
岳学鲲诗歌作品：《情维斯乡》　187
赵武松散文作品：《红尘绿洲》　187
徐仲民诗文作品：《徐仲民诗文选》　188
宁新路散文作品：《人在西阳里》　188

·封二·
《财政文学》首发式图片新闻

·封三·
赏画品文：操驰 / 画　姚中利 / 文

用文学魅力打造财政人精神方舟

胡静林

财政部部长助理　胡静林

　　财政文学会自去年8月份成立以来，在财政部党组的关心、机关党委的领导下，开展了卓有成效的工作。尤其是去年底在全国财政工作会议上，一本厚重的《财政文学》"横空"面世，及时发给了与会的600多名代表，接着又发给机关和直属事业单位人手一册，也给各省市财政厅局一定数量的赠阅。《财政文学》如一缕清风，给财政人在新年之际，带来了精神领域的喜悦！

　　说《财政文学》"横空"面世，一是这本内容丰厚而大气雅致的刊物让广大读者眼前一亮，为大家认可、喜爱、赞同，是真正的文学刊物，可喜可贺。二是文学会几个同志编辑出版时间之短、之快，且质量之高，令人赞叹。在此，我对大家所付出的辛苦努力，为取得的显著成果，表示由衷地感谢！

　　《财政文学》的诞生，是财政文化建设中的一件大事。创刊第一期，谢旭人部长题写刊名，廖晓军副部长作卷首语，王军副部长专门提供了中篇散文《树与草》，增添了《财政文学》的厚重。刊物内容得到普遍赞赏，是财政文学事业的一项创新成果，可以不夸张地认为，它填补了财政文学的历史空白。

　　那夜，我手持《财政文学》逐篇翻阅，佳作连连，心中不禁浮想联翩。是的，人类文明之所以生生不息且不断进步，是因为总有一些内心追求真善美的人，总有一些经典的语言和动人的文字给人以激动和勇气，总有一些珍藏在心底的记忆和理想不被遗忘。年轻的时候，很崇拜切·格瓦拉，他有两句名言：让我们面对现实，让我们忠于理想。阅读我们的刊物，大家可以读出财政人辛勤劳作的生活，可以读出财政人的喜怒哀乐，更能读出我们财政人守望的精神家园的多姿多彩。

　　财政文学会成立以来，为推动文学创作方面做了大量卓有成效的工作。同时，财政文学的挖掘，需要社会的关注参与。文学创作只有汇入时代的主流，才会有广阔的前途，才能锻造出传世之作。所谓"文章合为时而著，歌诗合为事而作"，说的就是文学与时代的关

系。财政人面对的社会生活是丰富多彩的，我们财政文学也应当百花齐放、多姿多彩，应当在丰富多彩的题材中贯穿主旋律，以内容、形式、方法、手段的多样性和广泛性来表现主旋律、弘扬主旋律，努力实现思想性、艺术性、观赏性的有机统一。

今天，特意邀请了文学专家、新闻记者朋友参加首发式。今后，我们十分欢迎在座的专家、记者朋友和社会各界作家加入到财政文学创作的队伍中，以不同的视角描绘各自眼中的财政事、财政人。也希望财政文学爱好者，多向专家学习、请教，不断提高自己的创作能力。我们盼望大家写出优秀品质的作品，希望同志们的作品、同志们的名字，为财政内外的人所欣赏、所传颂。

总之，《财政文学》创刊号很有特点，这些特点，也是亮点。一是视觉上耳目一新。二是内容上厚重丰富。三是导向上催人振奋。所以，《财政文学》的创办，为做实财政文学会工作打下了坚实基础。下一步，希望以《财政文学》为平台，不断开展活动，让文学会工作更加厚重。今年，要抓好以下几项工作：

一是要打造品牌。定期编辑出版《财政文学》，可以成为季刊，2011年3~4期为宜。

二是要服务大局。最近财政部机关党委面向全国发出了"举办财政系统庆祝建党90周年文学作品征文和书画摄影展"的通知，机关工会、财政文学会要积极配合参与，承办好具体事项，为党的生日献上一份文学厚礼。

三是要提升能力。可以组织一至两次财政系统文学作者采风创作活动，写出一批较有影响的作品。还可以组织两次文学专业知识讲座，引导提高创作水平。

预祝《财政文学》越办越好，越办越精，成为一个在财政界和文学界都叫得响的经典期刊，使《财政文学》真正成为展示财政人精神世界与高尚品格的精神家园！

（此文为作者在《财政文学》首发式上的演讲词）

《财政文学》给人的惊喜与振奋

——在《财政文学》首发式上的演讲

田珍颖

今天我们应邀来参加一个文学的约会。文学的约会都是充满诗意的,这个诗意来自于《财政文学》创刊号杂志。作为一个期刊工作者,这本杂志的创刊使我们心头一阵惊喜。为什么这样说呢?首先是在这之前,我们听到太多的关于文学境况黯然的说法。在这种情况下,《财政文学》破土而出。它就像一个年轻人,浑身生气勃勃,大踏步地走到我们面前,我们怎么能不惊喜呢。

翻阅这本杂志,我们在惊喜之余,又感觉到一阵振奋,为什么会振奋呢?首先这个杂志给我们展现的是一个强大的文学集团。这个文学集团过去我没有注意过,但是今天,当他们生气勃勃地在一个早春站在我们面前的时候,我们真是为之振奋。这个集团上至部长,下到基层的职员,广到所有财政覆盖的部门,宽到财政涉及的各个地域。这么一个强大而整齐的文学军团,通过《财政文学》杂志,气势磅礴地走到我们面前,这是我们感到振奋的第一个原因。第二个原因是它的作品,《财政文学》的创刊号不拘一格,不拘形式,按照它独特的力量做了一本完整的、聚集的杂志,让人耳目一新。

这本杂志的组成,有颇具规模的扛鼎之作。这些扛鼎之作堪为栋、堪为梁,使整个期刊,具备了一个重量级的分量。除此之外,也看到了多姿多彩的多篇文章,这些文章汇在一起,使我们看到一个什么景象呢?就是财政人的形象,财政人的理想,财政人的胸怀,以及他们的追求。同时,在这个创刊号里,还有颇具分量的非虚构文学,这种纪实性作品在当今阅读领域最受读者关注,创刊号上重视了非虚构文学的选择,很难得。非虚构文学使得读者亲近了《财政文学》杂志,而且顺应了阅读的形势,使得杂志具有了亲和力,这是一本杂志不可或缺的。

归纳以上几点,我们就看到这本杂志的特点,就是怎一个"杂"字了得!"杂"是最不容易做到的,"杂"就是多姿多彩,就是赤橙黄绿青蓝紫,就是五彩缤纷。这样的一本好杂志,在我们阅读之后,让我作为期刊人,感到有了希望,有了寄托,有了对它的要求,那就是我们希望这样的一本新型杂志,它能是文学坚守的桥头堡,这种坚守是在前进中坚守,在不断创新中坚守。希望《财政文学》是一个脚踏地平线、仰望星空的杂志,是文学界的一支新军,希望它强大持久。

(本文作者:著名评论家、作家、编辑家。原载 2011 年 2 月 24 日《中国财经报》)

书写更多激扬优美的篇章

——在《财政文学》首发式上的演讲

李赤

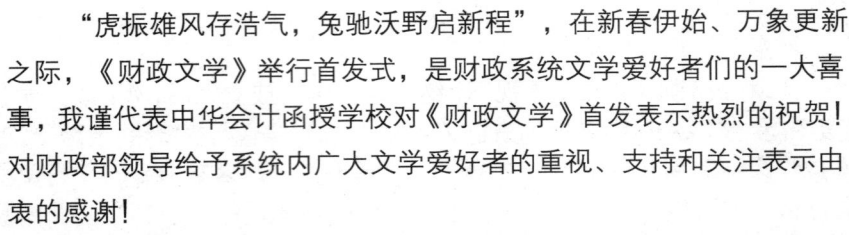

李赤，1958年11月出生于北京，陕西长安人。1982年毕业于中央财政金融学院（现为中央财经大学），曾任财政部人事教育司、教育司主任科员、副处长，全国财政干部培训中心所属北京财经音像出版社社长、总编辑，2000年后任财政部干部教育中心副主任兼中华会计函授学校常务副校长，现任中华会计函授学校校长（正司长级）、中国会计学会常务理事、《中华会计学习》期刊编委会主任委员、主编。

"虎振雄风存浩气，兔驰沃野启新程"，在新春伊始、万象更新之际，《财政文学》举行首发式，是财政系统文学爱好者们的一大喜事，我谨代表中华会计函授学校对《财政文学》首发表示热烈的祝贺！对财政部领导给予系统内广大文学爱好者的重视、支持和关注表示由衷的感谢！

翻开装帧精美的首期《财政文学》，欣喜、亲切之情仿佛走进了早已熟悉的财政人的精神家园；读着一篇篇或理性思考或抒发胸臆的美文，赞赏与震撼之中心情随文跌宕，仿佛在与每一位作者进行一次情感交流，思索不觉深入，仿佛在与智者展开一场心灵的对话。文学与财政结缘，为财政人打开了一片天空，宣传业绩和贡献、歌颂品格和风貌、净化思想和心灵、振奋精神和气势、交流体验和感情、提高素质和修养……正如廖晓军副部长所说："这是财政人仰望星空的平台，是财政人接受精神洗礼的雨花，是财政人分享理财甘苦的精神家园。"

财政文学要弘扬时代精神，突出财政特色，要深入基层财政干部和广大人民群众，用真情实感体现财政人文精神，这是财政文学创立和发展的出发点和归宿。函校在主办的《中华会计学习》期刊上也开辟了专栏，用散文、杂谈、小小说、诗歌、美术、书法、篆刻、摄影、漫画等多种形式，反映广大基层工作者的思想感情和生活体验，展现他们平淡而不平凡、朴实而不平实的财会人生，基本形成了一支相对稳定和较为成熟的作者队伍。

如今《财政文学》的创刊发行，为财政人开辟了一片新的、真正属于自己的园地。在这里，财政人会找到更多的琴瑟知音，会有更强的心理归属感，"以文会友"、"歌以咏志"有了新的、更高的交流切磋平台，我们对此充满期待。函校将在今后的工作中广泛宣传《财政文学》，将它作为特殊的教材，使我们的服务对象——广大基层财政干部和财会人员都来关注和充分利用这一载体，紧紧围绕财政中心工作，以文学形式反映基层财政和财会人员的工作和生活，反映他们内心所思所想、所感所悟，共同为财政文化建设书写更多激扬优美的篇章。

多年来的希望和期盼

——在《财政文学》首发式上的演讲

刘克邦

应财政部机关党委邀请，我们前来参加《财政文学》的首发式，心情激动、喜不自胜，也感受到莫大的鼓舞！

在财政部领导的高度重视下，继财政文学会成立之后，《财政文学》这朵散发着沁人心脾清香的奇葩，在财政这块阜盛、温润的土地上诞生了、开放了，她以崭新的面貌、高洁的品位展现在我们面前，这是财政部门的大新事、大好事，也是我们广大财政文学爱好者的大乐事、大喜事！在此，受李志友厅长的委托，代表湖南财政厅党委、厅领导，对《财政文学》的诞生和首发式的隆重举行，表示最热烈的祝贺！

文学，是一种语言文字艺术，是人类社会发展进步不可或缺的精神食粮。我们财政人，为国当家，为民理财，肩负时代的重任，面对纷繁杂陈的世界，身处喧嚣躁动的社会，更需要有一颗淡定的心、高洁的心、灵动的心、充满丰富想象力和无穷创造力的心。这样的心，除了修身养性、砥节砺行之外，还可以在浓厚的文学爱好中培养，在辛勤的文字耕耘中产生，在执著的文学创作中获取。今天，《财政文学》的问世，为我们架起了精神桥梁，提供了文学的舞台，正是我们多年来希望和期盼的所在！

翻开《财政文学》，让人目不暇接，耳目一新。有部领导大气磅礴、情深意重的精辟大作，有司局领导文采飞扬的精美诗文，有各地财政部门同行美不胜收的精彩篇章，还有文学界老前辈的信手拈来、点石成金的精妙之笔，可谓群英荟萃，百花吐艳，集聚了财政人的智慧才华，彰显出财政人的胸襟心怀，闪烁着财政人的思想光芒。一篇篇、一章章，让我爱不释手，如获至珍，它像一缕徐徐吹拂的春风，掠过我的脸庞，温暖了我的身躯；它又像一股潺潺流淌的清泉，沁入我的肺腑，滋润着我的心田。《财政文学》，是我们财政人自己的刊物，我们要珍惜它，呵护它，浇灌它，以最真挚的感情、最热烈的激情支持、推动它的前进和提升！

"满园春色关不住，风景这边独好。"我衷心祝愿，《财政文学》在财政部领导的关怀下，坚持党的路线、方针和政策，贯彻落实科学发展观，贴近财政实际，突出财政特色，越办越好，越办越红火，越办越有生命力和影响力，在活跃财政文化、兴旺财政事业中发挥积极、有效的作用！

刘克邦，汉族，55岁，湖南湘乡人，中共党员，本科学历，经济学学士学位，高级会计师，中国注册会计师。1980年毕业于湖南省财会学校，1980年至1984年在湖南省湘潭地区财税局工作，1987年毕业于中南财经大学函大财税专业，1984年至2007年先后在湖南省财政厅财政监察处、商业处、经济建设处、国库集中支付核算局工作，2007年任湖南省财政厅党组成员、总会计师。2008年加入湖南省作家协会，2010年加入中国散文家协会。著有散文集《金秋的礼物》等多部文学作品。

一段珍贵而难忘的记忆

王丙乾

王丙乾，原国务委员兼财政部部长、全国人大常委会原副委员长。著有新作《中国财政60年回顾与思考》等。该书回顾了新中国财政发展的重大历史片段，曾经见证过许多具有首创性的重要事件和政策，对财政工作者，是一本了解、研究我国财政理论与实践不可多得的教科书和文献。

新中国财政部是在华北人民政府财政部的基础上建立起来的。在解放战争后期，中共中央进驻西柏坡，一面指挥全国解放战争，一面开始筹组新政府。华北原来的各级机构在新中国政府的组建中扮演了重要角色，新中国财政部的雏形就形成于这一时期。我最早在冀中财政厅从事财政工作，有幸亲历了这一段历史。

我在边区编预算

1925年6月26日，我出生在河北蠡县北宗村。蠡县位于河北省保定市东南部，京津石三角腹地。1937年7月7日，日军在卢沟桥挑起战争，抗日战争全面爆发。北平、天津、保定等大城市相继陷落，冀中平原成了敌占区。国民党军队溃退后，中国共产党迅速在这里开辟了第一个抗日根据地。中国共产党"创建敌后抗日根据地"、"保家卫国"、"与华北人民共存亡"的口号，受到广大河北民众的热烈拥护和响应。我在抗日战争爆发后的第二年参加革命，那年我13岁。此前一直在家乡上学，先是在本村读私塾，由本家三爷教我。后来上了村里的小学，以后到蠡县上高级小学，上了一年多，抗日战争就爆发了，在日寇的轰炸下，学校被迫解散了。

1938年，八路军120师来到我村，因为我字写得好，三纵队的一个队长看中了我，但因年龄太小，就让留在县里。我们一起出去了七八个人，有的去了妇救会，有的去了青救会。当时蠡县县委办干部培训班，招我去当勤务员，也就是端茶送水，后来就留在蠡县县委机关，继续当勤务员，再后来就做刻字员。

当时能够为抗日工作，是很兴奋的。我非常努力地学习写仿宋字，

练习刻写蜡纸的技术。当时蜡纸、纸张都非常紧张，为了不浪费，都要特别仔细。在工作中，我自己还摸索出不少刻写技术。其间养成的细致工作习惯，对我日后从事财政工作帮助很大。

刻写工作也让我进步很快。它不仅能让我先学习到党的文件，而且还能逐字阅读，既掌握了学习方法，又提高了政治觉悟。记得刚开始刻字的时候，刻一篇王明写的《为中共更加布尔什维克化而奋斗》的文章，我对布尔什维克是什么意思还不清楚，随着刻文件看文件的逐步增多，我在各方面都有了很大提高。当时条件虽然艰苦，但冀中人民在党的领导下，干劲十足，斗志昂扬，充满了革命乐观主义精神。当时不仅印机关文件，还编印了不少文化读物。中共冀中区党委还发起了"冀中一日"的写作运动。最后选编了四册《冀中一日》，新中国成立后还正式出版过。可惜我们印刷用的纸也是根据地试制的麦秆纸，经不起潮湿，保留下来的很少。

1940年，我加入了中国共产党。8月被安排到冀中九分区地委机关工作，最初也是做刻字员，其间还做过收发工作。著名的抗日小说《敌后武工队》就是以我们冀中九分区的抗日战斗事迹写成的，读这本书感觉特别亲切。我也亲身参与了一场伏击战，当时我们九分区的供给部部长被日本人抓去了，说是要从某条道路押送，九分区就派手枪队去营救，书记让我也跟着去。我们在道路旁埋伏，准备打个伏击战。不料，敌人却走了另外一条路。

环境越是艰苦，我们的斗争意志越是坚强，学习也更加刻苦。因为肯钻研，我一度被安排到材料室做研究人员，做了一段研究和写文件的工作。后又调到冀中九分区白洋县委任秘书，就在白洋淀一带。因为敌情复杂，我们经常转移，这个村住几天，那个村住几天。敌人来了，我们有时躲在鸡窝下面的地道里，有时躲在夹壁墙里。在老百姓的保护下，每次都化险为夷。有时候敌人来扫荡，我们就跑到他们据点去。在抗战后期，敌人更加疯狂地对根据地进行大扫荡，特别是1942年冈村宁次发起的"五一"大扫荡十分残酷。当时冀中炮楼成林，公路成网，人说是"出门登公路，抬头见炮楼"。我们当时就住在船上，躲进芦苇荡里。芦苇荡里的水很深，沟汊多，日本鬼子进不去。我们的船也小，每条船只能住两三个人。在船上坚持了很长时间，吃喝都在船上，我们虽不是雁翎队，但生活和雁翎队也差不多。那时有些县委坚持不下去就撤到路西的太行山区，而我们一直在冀中坚持。分散的时候，我们带了一部电台，由于消息闭塞，得不到外界的信息，大家想办法收听延安广播，再由我负责编辑刻印成小报，发送到九分区十几个县，很受欢迎。由于日军的扫荡，我们只好坚持边躲、边跑、边编。

1945年8月15日，日本投降了。当时大家很兴奋，以为要和平了，没有想到内战又起。我最初在冀中九分区做了一段

审计工作，1946年5月被组织调到冀中行署审计委员会，任审计干事。行署设在河北省河间县，当时冀中行署党委书记是林铁同志，行署主任是罗玉川同志，军区司令员是孙毅同志，他们3人是冀中行署的主要领导，也是审计委员会的领导。审计委员会配备1名秘书、2名干事。审计委员会的干部生活一度由军区管，给我们发了军装，实行军事化管理，后来改由行署财政厅管，那时的厅长叫宋景义。

此时正是国民党发动全面内战前夕，解放区正在做长期斗争的准备，工作很紧张。1946年7月20日，中共中央《以自卫战争粉碎蒋介石进攻》的文件中指出："为着粉碎蒋介石的进攻，必须作持久打算。必须十分节省地使用我们的人力资源和物资资源，力戒浪费。"根据中央指示，审计制度更加全面细致。当时的审计工作包括边区各级政府、机关、学校、部队的会计账簿、表格、单据等财会制度的建立情况，经费、粮秣、被服、生产自给等收支预算的审定和决算的核销情况；各级银行、贸易公司、公营企业的财务情况；粮食、税收、罚款、没收等一切收入的归公情况；各种税率的执行情况。不仅要了解和掌握财经供给力量、人民的负担量、财政供养人口数，还要了解贪污浪费及生产节约等情况。当时对边区、行署、县三级审计机构设置以及审计的范围、职权都有明确的制度规定。

在审计委员会，我主要负责编预算，编好后还要到晋察冀边区汇报，主要是向吴波同志汇报。吴波同志当时是晋察冀边区财经办事处处长，他总夸奖我们预算编得好。后来晋察冀、晋冀鲁豫两个解放区合并，成立了联合财政厅。有一次预算由行署通过了，领导让我骑自行车直接送到联合财政厅去。为了让我在路上能保护自己，给了我支枪。当时行署每年要编一本预算，但一不给钱，二不给粮，只是批准而已。各行署也都是自行筹款筹粮，边区也没有钱补。后来吴波同志看我预算编得好，边区也正好缺人，就把我调到边区财政厅。我记得是坐着大马车过去的。到了边区财政厅，我的工作还是编预算。

边区预算很简单，我们称为"概算"。概算收入主要有农业税、工商税、罚没收入、公产收入、缴获收入和机关生产收入。在解放战争时期，农业税大约占边区概算总收入的75%~80%，工商税占19%~24%。缴获收入主要是在战争中从敌人手上缴获的枪炮、弹药等，概算中没有列具体数字。机关生产主要用于补助供给标准不足的部分，没有具体列入概算。概算支出主要有军费、行政费、建设费、文教费、社会救济费等，其中军费占到80%左右，其他合计占到20%。当时我们概算收支可以说基本接近平衡，赤字不大，约占到概算的10%~25%。虽然战争频繁，情况多变，但是概算编制中，军政人员的编制和供给标准都有具体规定，而且上下一致，计算起来比较方便。预算收入方面的编制和执行都不容易，当时取之于民的事不少，人

民负担也是比较重的，我们不能忘记，是人民支持了我们的革命事业。

我们党始终重视财经工作，在开展武装斗争、建设根据地的过程中，财政管理经验也不断积累和丰富。毛泽东同志提出了"发展经济，保障供给"的经济工作和财政工作的总方针，我们依靠人民群众办财政，不断完善各项财政政策和制度，财政工作在土地革命、抗日战争、解放战争各个时期都作出了巨大贡献，也为新中国成立后的财税工作提供了丰富的经验，打下了坚实的基础，培养了大量的人才。

我们新中国的财政事业就是在根据地财政中孕育成长的。

见证华北财政部的成立和发展

革命形势发展迅速，中国人民解放军在各条战线胜利的消息不断传来。1947年11月，解放军一举攻克了华北重镇石家庄。石家庄的解放不仅使我晋察冀、晋冀鲁豫两大区连成一片，而且石家庄是中国人民解放军攻克的第一座大城市，接收和管理石家庄为此后我们进行城市工作提供了重要经验。

石家庄解放后，党中央决定将晋察冀与晋冀鲁豫两个区合并为华北解放区，大体包括当时的河北、山西、绥远、察哈尔、平原五省及北平、天津二市。华北地区各根据地在抗战时期，就在政权建设、经济发展以及文化教育等方面取得了很大成绩，为华北地区在解放战争时期的发展奠定了基础。1948年5月27日，毛泽东同志和党中央进驻西柏坡，西柏坡从此成为当时中国革命的领导中心。华北解放区在中央工委的领导下，地位和作用也日益突出。

晋察冀、晋冀鲁豫两个边区政府合并后，组成了华北人民政府。当时组建华北人民政府的目的是"把华北解放区建设好，使之成为巩固的根据地，从人力、物力上大力支援全国解放战争；探索、积累政权建设和经济建设的经验，为全国解放后人民共和国的建立做准备"。1948年8月7日，华北临时人民代表大会在石家庄的一家电影院召开，出席会议的代表共598人，代表华北五省二市4500万人民。大会总结了华北解放区两年来的工作，确定了今后的施政方针和工作任务，选举产生了华北人民政府委员会，董必武同志为主席，薄一波、蓝公武、杨秀峰同志分别为第一、第二、第三副主席。9月26日，华北人民政府正式成立，即日起，晋察冀边区行政委员会和晋冀鲁豫边区人民政府撤销。华北人民政府当时并没有在石家庄办公，而是设在平山县的王子村，这里离西柏坡和石家庄都很近。

华北人民政府成立了秘书厅、民政部、教育部、财政部、工商部、农业部、公营企业部、交通部、卫生部、公安部、司法部、劳动局、华北财政经济委员会、华北水利委员会、华北人民法院、华北人民监察院、中国人民银行等正规化的政府机构。

当时中央成立华北人民政府,就是为了探索出一条在全国执政的经验之路。事实上,仅存在一年多的华北人民政府为我们从分散的地方根据地政权转向全国政权作出了极为重要的尝试和努力,此后新中国的中央人民政府就是在这个基础上组建起来的。

由于华北人民政府是在合并晋察冀与晋冀鲁豫两大边区政府的基础上建立起来的,政府的组织机构与人员配备多以两大边区政府的原有机构、人员为基础。1948年11月,我被组织安排到华北人民政府财政部审计处任副科长,当时部长是戎子和同志,副部长是吴波同志。华北人民政府财政部实际上是后来中华人民共和国财政部的雏形。

在华北人民政府成立的同时,还成立了华北财政经济委员会(以下简称"华北财委"),具体领导和管理各项经济工作。主任由华北人民政府主席董必武同志兼任,副主任有薄一波(兼)、黄敬同志,委员有曾山、贾拓夫、姚依林、南汉宸、戎子和、杨秀峰、宋劭文、武竞天、赵尔陆同志。最初秘书长是方毅同志,但方毅同志没有到任,后改为宋劭文同志。华北财委成立后,中央决定委托华北财委统一领导华北、华东、西北的财政金融、贸易、交通等各项经济工作。

华北人民政府成立后,积极发展生产,为整个解放华北地区而奋斗。并继续以人力、物力、财力支援前线,以保障解放战争在全国的胜利。在财经方面的主要工作有四项:

有计划、有步骤地组织各种生产建设,努力恢复和发展生产。领导华北人民基本上完成了土地改革,努力发展工商业,使工商业得到逐步的恢复和发展;扶植私营企业,发展国营工商企业,有计划、有系统、有步骤地组织供销合作社;保护自由贸易,正确管理;编制华北经济建设计划,以国营经济做领导,以便把华北的整个国民经济,逐渐推向有组织、有计划的发展道路。

改革税制,整顿税收,力求不再加重人民的负担。首先,为适应土地改革后的农村新形势,颁布了新农业税则,废除农业统一累进税,实行扣除免税点后按常年应产量的比例征收制。其次,在城市税方面,将原来的52种税减少为20种。将商业税与所得税合并,统一货物税税目和税率,方便各种货物畅通。为发展工业,规定工业减征10%~40%,使工业税负轻于商业。为奖励合作社经济,合作社完全免税。

统一货币,发行人民币。华北人民政府的一项重要工作就是统一货币,发行人民币。当时各解放区发行的有晋察冀边币、冀南币、北海币、西北农民币、陕甘宁流通券、东北币、长城币、内蒙古银行币等八种货币。有六种比价,北海币和冀南币的比价是1∶1,与晋察冀币的比价是1∶10,与西北币的比价是1∶20,很容易发生混乱和影响金融。华北人民政府第三次政务会议决定统一华北、华东、西北三区货币,

将华北银行、北海银行、西北农行合并成立中国人民银行,所有发行货币及对外一切债权债务均由中国人民银行负责承担,并任命南汉宸同志为中国人民银行总行行长。1948年12月1日,中国人民银行在石家庄发行了第一套第一批人民币——伍拾元券、贰拾元券、壹拾元券三种面值。

初步统一财经。华北财委和财政部在中央人民政府成立之前实际代行统一制定全国财经方针、政策,统一管理除东北以外的各解放区的财经工作。中共中央1948年9月政治局会议决定由华北人民政府"将华北、华东(有人口4300万人)和西北(有人口700万人)三区的经济、财政、贸易、金融、交通和军事工业的领导和管理工作统一起来,以利支援前线,并且准备在不久的将来,将东北和中原两区的上述工作也统一起来"。1948年10月,华北人民政府发出了《关于统一华北财政工作的决定》,指出:为统一全区财政税收政策,适应目前战争形势要求,在财政困难及制度不统一的情形下,加强财政工作之集中统一,使一切力量用于战争,使一切制度完全一致,粮食(税)收支调度更有计划,战争供应更加及时。因之,全区财务行政方针,执行集中统一制。

华北人民政府在财经方面取得了重大成绩,完成了平津、徐州、晋中、察绥四个战役的支前任务,用巨大的人力、物力和财力去支援其他地区的作战。华北财政部也发挥了重要作用,为新中国财政部的成立打下了一个很好的基础。

中华人民共和国财政部成立

进入北平和新中国成立

在党中央和毛泽东同志的领导下,全国军事形势发展迅速。1948年11月初辽沈战役结束,整个形势发生了根本变化。人民解放军无论在质量上还是在数量上,都已经占有绝对优势。东北野战军在解放东北后,迅速入关,会同华北解放军发起平津战役。1949年1月21日,我军和傅作义达成了和平解放北平的协议;22日,傅作义部队开始撤出城外,听候改编为人民解放军;31日,古都北平宣告和平解放。

那一年,我24岁,作为华北人民政府先遣部队的一员进入北平。华北财政部第一批进城的人员还有齐显、田一农、张柱国等同志,在晋察冀时,我们都在一起。我们先从华北人民政府财政部驻地平山县徒步走到石家庄,然后坐大卡车到涿州,这是刚缴获的美国"道奇"军用十轮大卡车。当时的道路很不好,上下颠簸,但大家都很兴奋。到涿州后,再转火车进北平。刚进北平的时候,没有地方住,我们就在地上打草铺。当时中央明令,各机关进入北平不要举行欢迎庆祝活动。1949年2月,华北人民政府副主席杨秀峰同志率领华北人民政府机关人员乘火车进北平。1949年3月25日,中共中央和解放军总部进驻北

平香山。

1949年10月1日,毛泽东同志在北京天安门城楼上,庄严宣告中华人民共和国成立。这一天我们很早就起来了,非常激动地到部里集合,然后排着整齐的队伍去天安门广场参加开国大典。财政部队伍的位置在天安门城楼左侧、金水桥北岸,离天安门城楼很近。当时整个广场人山人海,红旗飘扬。我至今还清楚地记得当时毛泽东同志宣布"中华人民共和国中央人民政府成立了"的声音,特别洪亮、庄严、深远。

北平接管工作

中国人民解放军包围北平后,就开始从华北人民政府抽调人员准备接管。北平和平解放后,成立了北平军事管制委员会。北平军事管制委员会主任是叶剑英同志,他还兼任北平市市长。军管会下设三个机构:一是北平市政府,负责接管旧北平市政府机关单位,并组成新的市政府;二是文教接管委员会,负责接管学校、图书馆、文化设施等单位;三是物资接管委员会,主任由叶剑英同志兼任,戎子和、苏井观同志为副主任,负责接管市政府、文教事业以外的国民党政权的一切军政机关,工、交、商、贸、金融等官僚资本公营企业、事业单位,以及财政税务、仓库等公家物资,包括这些单位的所有人员。戎子和同志后来写了《和平接管北平,迎接新中国的诞生》,回顾了参与北平接管工作的情况。薄一波同志的《若干重大决策与事件的回顾》一书,对接收工作说得也很详细。

对原有的经济组织和企业机构,如铁路、邮政、电信、银行、工厂、矿山等都原封不动地接收下来,对旧人员实行"包下来"的政策,以后逐步再进行改造。财经方面,旧有的各种税收除少数苛捐杂税外,原则上照旧征收。由于我们以前已经有了不少接收大城市的经验,北平又是文化古都,北平接收工作做得特别细致。像我们接管白纸坊的中央印刷厂,接管的第二天就印出人民币了,就是由于前期做了大量的准备工作。

由于久经战争,加上腐败,国民党统治下的北平已经千疮百孔,我们接收的东西并不是很多。在金融方面,黄金只有600多两,大量的都是形同废纸的金圆券。在工矿企业方面,仅冀北电力公司及其所属的石景山发电厂、华北钢铁总公司及其所属的石景山钢铁厂、华北水泥厂及其所属的琉璃河水泥厂,以及门头沟的三个煤矿。石景山钢铁厂虽然已有30多年历史,但每年只能出几万斤铁,还不能产钢。水泥厂最高年份产量是2万多斤,解放那年才产几千斤。交通方面,当时的北平唯一的公共交通是有轨电车,也只有很短的三小段。开国大典前,为了首都的形象,我们开辟了一条从北边的安定门到南边广安门的公共汽车路线,称为1路公共汽车。当时的公共汽车很小,是福特的,只有一个门,还是从南京调来的。

相对而言,唐山、天津当时的情况要比北平好一些。唐山的七星水泥厂一年能产30多万吨水泥,天津的烟草公司等都是重要的税源。当时的北平属于文化中心，税收只有天津的三分之一，要补贴才能维持。

财政部负责接收的除了北平的国民党财税机关外，还有保险公司、交通银行、盐务局等机构。1954年，财政部在交通银行原有基础上正式建立办理基本建设投资拨款监督工作的建设银行。盐务局比较特殊，还有六七千名盐警，我们也都一起接收下来了。

接管工作任务很重要的一点是要迅速建立新的秩序。当时我们的主要工作有兑换货币、处理工资、抓粮食和恢复生产。兑换货币就是把人民手上的金圆券兑换成我们的人民币。兑换的基本原则是不让群众吃亏，当时规定市民、工人、学生、教职员工等按照1∶6兑换，但兑换数额以半个月生活费为限，商人、企业则是按照1∶30兑换。对于工资问题的处理，实行解放区的供给制，但是待遇有所提高。对于国民党留用人员，不与以前工资挂钩，不管职位大小，一律350斤小米。铁路、邮局、银行等机构员工工资待遇保持不变，年底双薪制度也不变。当时最困难的工作还是组织粮食调运，以前供给北京的粮食主要来自包头地区，但当时一下运不过来。我们就只能想方设法从各地调粮食进京，当时组织了6000万斤粮食，但这也只够200万北京人吃一个月。还有一个工作就是积极恢复煤矿、油类的生产，保证北京人民的需求。

组建财政部

1949年10月27日，毛泽东同志发布命令："中央人民政府业已成立，华北人民政府工作即结束。……中央人民政府的许多机构，应以华北人民政府所属有关各机构为基础，迅速建立起来。"10月31日，华北人民政府完成其历史使命，中央人民政府各部委在其各部委基础上迅速建立。

同年，成立了中央人民政府财政部。财政部首任部长是原华北人民政府副主席薄一波同志，原来的华北人民政府财政部部长戎子和同志任副部长。当时改组的基本原则是，对华北人民政府各部、会、院、行、厅、局的正职，除个别资深功高者外，均担任各部门副职。华北人民政府各部门副职，除少数继续担任副职外，多被安排为各部门的办公厅（室）主任，原华北财政部副部长吴波同志被任命为财政部办公室主任。当时财政部开门第一件事，就是请民主人士提意见，财政工作应该怎么做。主持会议的是戎子和副部长，参加会议的民主人士大概有二三十位，我能记得的有胡子昂、章乃器、陈叔通等。我以记录员的身份参加了会议。

那时财政部除了华北财政部的老领导和老同事，又从部队抽调过来一些人，还有一批民主人士，如时任民主促进会副主席的王绍鏊，被任命为财政部副部长，另外还有一些国民党政府的留用人员。1951年第一次全国大学生统一分配，又分配来不少学财经的大学生。大区合并后，各大区财政部人员合并过来的很多。会计司由于会计专业的特殊性，是从上海请来的一批会计专家，主要是安绍芸和他的助手、

学生们。会计司成了部里最特殊的一个司，所有人员都是非党员。当时的财政部，可谓五湖四海。

财政部驻地最初安排在司法部街，那时大概是1949年4月。这里原来是北平高等法院，就是现在的人民大会堂的位置。当时住得很简陋，一间房100多平方米，大家都在地上打通铺。在10月1日新中国成立前，就搬到了天安门广场东侧的公安街十号，当时是冀热察货物税管理局，也就是原来的清朝户部衙门所在地，现在中国历史博物馆的位置。当时清朝户部衙门的建筑格局大体还保留着，一个很大的院子，类似王府格局的中式建筑。当时大门还没拆，一进去对着的是大礼堂，礼堂北边是一个大会议室，礼堂后头有几排房子是各个司局。后来来了苏联专家，就在礼堂南边建起一座三层小楼，在当时算是比较新式的，二楼部长们办公，一楼是秘书们，三楼就是苏联专家。旁边还有一座小楼，预算司就在这座小楼里办公。最初的几位部长先后是薄一波、邓小平、李先念同志，因为他们都是副总理，不在那里办公，主要是部长秘书、副部长和办公厅在那里工作。财政部办公地方不够，当时分在三个地方，主要办公地点在公安街十号，另外，一处是在南兵马司胡同，这里原是冀热察直接税管理局。当时还是长春大学医学院占着，门口还挂着他们的牌子，北平解放不久，就把他们遣返回长春了。主要是税务总局在那里办公。还有一处在西交民巷，是原来的交通银行，后来我们在此基础上组建了建设银行，是一栋米黄色的四层小楼。

财政部当时的主要机构有：秘书室、人事室、机要室、总务科、研究室、第一处、第二处、第三处、第四处、第五处、北京市供应局、华北税务总局、酒业专卖公司、长芦盐务管理局、北京物资清理处、天津物资清理处和中央税务学校。财政部机关总共有100多人。

清代户部留下的文物当时已经不多，我记忆深刻的有两样：一是"九式经邦"的大匾，一是户部大堂内的桌案。

户部衙门坐东朝西，绿色的琉璃瓦、红漆大门。大匾挂在大门上方，蓝底金字红边，"九式经邦"四个大字格外苍劲有力，非常壮观气派。据清人笔记记载，这是雍正皇帝在雍正四年亲笔题写的。所谓"九式经邦"，我开始不知道它有什么深刻含义，后来别人告诉我，"九式经邦"出自《周礼》中的"以九式均节财用"、"以经邦国"，"九式"是周代规定的九项支出。"九式经邦"，表达了古代"式法制财，收支对口，量入为出，略有贮蓄"的理财思想。这是一件很难得的文物，财政部一直保留着，后来听说在"文化大革命"时期被取下来做了厨房的案板，后被烧毁了，实在令人痛惜！

大堂内户部尚书的桌案，是黄花梨木制作的，中间镶嵌一大块鸡血石。后来做了部长的办公桌，我还用了好长时间。现存放在财政部的地下室里。

1950年元旦，以原华北税务总局为基础，正式成立中华人民共和国财政部税务

总局，李予昂同志为局长，崔敬伯同志为副局长。1月底又成立了财政部盐务总局。因为当时财政工作很大一块是粮食问题，因此粮食局也设在了财政部。这样，财政部的主要机构又调整为部长室、办公厅、编译统计处、总务处、国防财务处、行政财务处、外事财务处、经济建设财务处、文教社会财务处、会计制度处、财政监督处、农业税处、人事处、参事室、机要室、税务总局、盐务总局、粮食管理总局、北京物资清理处和天津物资清理处。

到了1950年9月，根据政务院机构编制审查委员会的要求，改处为司，财政部的机构调整为部长室、办公厅、主计司、国防财务司、经济建设财务司、行政财务司、文教财务司、农业税司、财政监察司、会计制度司、外事财务处、人事处、参事室、机要室、税务总局、盐务总局和物资清理处。

1958年，财政部搬到三里河，和第二机械工业部共用一座办公楼。办公楼是一幢六层的仿古建筑。人民银行和财政部合署办公，也搬到了楼里。以后，由于业务不断扩大，人数不断增加，财政部又陆续盖了南配楼和新办公楼。

统管财经工作的"中财委"

为了应对当时严峻的财政困难局面，尽可能迅速和有计划地恢复与发展国民经济，新中国成立后，在原来中央财政经济委员会的基础上，扩建组成了政务院财政经济委员会，但我们还是习惯称为"中财委"。由陈云同志任主任，薄一波、马寅初同志任副主任，薛暮桥同志为秘书长。1954年之后成立了国务院，国务院对原政务院的组织机构进行了较大调整，政务院财政经济委员会被撤销，其职能由国务院相关部委和直属机构所取代。

中财委成立后，在稳定金融物价、统一财经管理、调整工商业方面做了大量的工作，为新中国成立初期财政经济的恢复和发展奠定了一定的基础。财政部是在中财委的直接领导下开展工作的。

当时的中财委，除了各地方财经委和各财经部门的领导外，还吸收了不少专家学者和企业界人士。陈云同志抓住一切机会向大家学习，据陈云同志说，有一天已经晚上十点多了，他还去找章乃器先生请教外汇方面的问题。

中财委的管辖部门包括财政部、贸易部、重工业部、燃料工业部、纺织工业部、食品工业部、轻工业部、铁道部、邮电部、交通部、农业部、林垦部、水利部、劳动部、人民银行总行和海关总署。

新中国成立初期，将全国划分为东北、华北、华东、中南、西南、西北六个大行政区，每个大区都设立了财经委员会，大区的财经委员会受政务院财经委员会和大区军政委员会双重领导，大区财经委员会下也设立财经各部及人民银行区行机构，负责全区的经济管理工作。

中财委当时设在朝阳门里一个叫"九爷府"的地方，离财政部不远。由于中财委的前身也是华北财委，其中不少还是华北财委的同志，又都是年轻人，所以我们来往很多。

财政部的初期生活

我们进了北京以后,住在原国民党政府高等法院旁边的大四眼井宿舍,一般十来户人家合住一个四合院。后来财政部搬到对面的公安街十号,但是宿舍还在这边。办公地点和宿舍,中间隔着一个天安门广场。

由于刚解放,部里多数是年轻人,对新生活都充满期待,很有朝气。我们这些年轻人,天天清晨进行"劳卫制"体育锻炼,如饥似渴地学习苏共党史和苏联社会主义经济建设问题的书籍,晚上阅读各人自选的读物,向科学进军。我一来就在预算司,司里的党、团组织健全有力,经常组织学习、举办讲座及开展各种文体活动。其中特别重视基本功的训练,如打算盘、统计制表、经济核算等。当时预算司的业务干部人人都打得一手好算盘。有些时候还得自己琢磨学习,我曾经弄到一部手摇计算器,这在当时是非常先进的,但大家都不知道怎么用,我们就自己琢磨,硬是琢磨出来了,在后来的工作中帮了大忙。部里还经常组织上大课,记得安绍芸讲过会计,李朋讲过财政公文。

除了业务学习,当时文体活动也很丰富,部里还组织了篮球队、鼓乐队,每个星期六举行舞会,还有一个京剧班子,可以彩排演出"四郎探母"、"苏三起解"等折子戏。印象最深的是请国家乒乓球队的李富荣、张燮林等知名球员及北京杂技团、相声大师侯宝林等名角到财政部礼堂表演。当时财政部真是一派生机勃勃、蒸蒸日上、充满活力的景象。

在华北财政部时,我们实行的是供给制,除了口粮和菜金外,还有很少一点津贴。衣服、鞋子、袜子等生活必需品都是发实物。如每年发一两套单衣、四双鞋、两双袜子,三年发一套棉衣,五年发一套棉被等。进城初期还实行了一段供给制,大概是1952年开始发工资,当时经济发展水平还很低,工资比较少,但物价也很低,日子过得还不错。比如在机关里包饭吃,一个月的伙食费,男同志只需12元,女同志只需9元,而且吃得很好。有些同志买了一些稍微好点的东西,在党组织生活会上还挨了批评。

当时预算司的工作任务很重,需要学习的东西很多。晚上大家都下了班,我吃完饭以后,经常抱着一个小被子去加班,连夜在办公室写东西、学习,晚了就睡在办公室,第二天早上再把被子抱回宿舍。我还抽出时间看一些小说,通过读小说来提高自己的文化素养和写作能力。在财政部工作,有两个能力必须掌握好,一个是数字能力,一个是写作能力。能写出简练明晰的公文,是很重要的一项业务能力。

新中国第一个预算报告

1949年12月2日,在中央人民政府委员会第四次会议上,新中国第一任财政部长薄一波做了《关于1950年度全国财政收支概算草案报告》,这份新中国的第一个预算报告得到了中央人民政府的批准。

第一个预算报告的编制是在非常复杂

困难的条件下进行的。当时战争还未完全结束，军费开支仍是头等大事，接收旧中国军政公教人员达900多万人，财政压力很大，国家经济又遭受严重破坏，通货不稳定，地方财政工作还没就绪，所以编好一个全国性预算很不容易，但又是迫在眉睫的事情。当时预算编制有两个方针：保证战争胜利，逐步恢复生产；量出为入与量入为出兼顾，取之合理，用之得当。

为了促进预算的编制，1949年12月27日，中央人民政府政务院发出《关于1949年财政决算及1950年财政预算编制的批示》，要求各级政府和中央直属企业部门对1949年的财政决算及1950年的财政预算按规定时间编制上报，并明确规定我国预算实行历年制。

与现在的预算报告相比，第一份预算报告比较简单，只是画出一个轮廓、一个基本框架，所以称作概算草案。概算的许多数字虽是估计的，但都是有根据的，是接近实际的，比较可靠。因为在编制前，时任政务院财政经济委员会主任陈云曾赴天津考察，并根据天津的税收及各地人口的比例，推算了一下全国收支情况。

最后批准的财政概算中，主要收入包括：公粮收入1998400万斤，占总收入的41.4%；各项税收1878000万斤，占总收入的38.9%。主要支出包括：军事费支出2306930万斤，占总支出的38.8%；国营企业投资1420482万斤，占总支出的23.9%；文化教育卫生费支出243608万斤，占总支出的4.1%。以上收入总计5254260万斤，支出总计5949020万斤，收入总额仅合支出总额的81.3%，其余的18.7%则是赤字，即亏欠。

这份概算出来后，当时预算司的国民党政府留用人员看了很激动。他们说，国民党的预算是军队、警察和特务们的预算，预算中用于发展国家生产、国民教育和保健事业的支出一般只有2%~3%。在战争还没有完全结束的情况下，我们的经济建设和文教卫生支出就能超过这个比例，真是很了不起，这才是人民的预算。

可以看出，第一个财政预算具有鲜明的时代印记。预算是以粮食为计算单位的，北方的小麦和南方的稻米都按物价指数折算，所有征收的粮食，均折合成现金支付。财政收入中，公粮收入规模超过了税收收入，公粮还分为细粮和粗粮。从区域看，由于当时新解放区工作缺乏基础，老区的负担依然无法减轻，老区占了农业总收入的20%以上。

为便于预算的贯彻执行，陈云和薄一波还就划分中央和地方的财政收支管理范围问题，提出四点原则性意见：一是税收中，除关税、盐税、货物税、工商税外，划归地方部分要规定任务，以收抵支，多则上解，不足则由中央补助。超出任务部分，地方可提成50%~70%。二是公粮收入，除经中央或大行政区批准的地方附加归地方支配外，另拨粮食作财政开支，用于各大城市的调剂，并作为今后回笼货币的一个主要手段。三是主力部队与地方部队给养暂由军区后勤部供给，向大行政区报销。

四是大项目的投资，属于中央各部直接掌握的，由中央各部直接管理；大行政区掌握的，由大行政区管理。

由于是新中国第一个预算，从中央到地方，都积极努力执行，最后的执行结果大大超出了最初拟定的收支计划。其执行结果是：收入方面，全年收入完成预算数的178.53%，支出数完成128.46%。

第一个预算的胜利完成，为新中国预算管理制度奠定了很好的基础。1950年12月1日，政务院通过了《关于预决算制度、预算审核、投资的施工计划和货币管理的决定》，决定实行预算审核制度和决算制度。1951年8月，政务院又发布了《预算决算暂行条例》，规定了国家预算的组织体系，各级人民政府的预算权，各级预算的编制、审查、核定和执行的程序，决算的编报与审定程序等。至此，新中国预算制度初步建立起来。

自1951年起，预算编制开始以现金作为计算单位，这样，1950年的预算报告成为第一个恐怕也是最后一个以"斤"作为计算单位的预算报告。

（此文选自《中国财政60年回顾与思考》）

巴西的云（外二篇）

刘长琨

在马瑙斯为我们导游的是一位来自中国台湾的巴西籍华人。据她自己讲，已经是快五十岁的人了，但看上去还很年轻，特别是身材保持得很好。这大概和她的导游工作有关，整天东奔西走的，肯定能有减肥作用。她面色微黑，那也是导游的特色，在阳光下作业的人都免不了被晒黑的，何况马瑙斯靠近赤道，日照十分厉害。但这种阳光肤色并没有损伤她的美丽，反而使她显得更加健康和年轻。团里一位和导游年龄相仿的女士背后赞叹说："导游年轻的时候肯定是个美人，快五十岁了还那么漂亮。"是的，她是个美人，带有20世纪30年代特征的中国美人，那种质感很强的自然美，那种干净利索的简洁美。不像现在的一些女士，出于对美的追求，却把好端端的自己打扮得不堪入目。导游很开朗很健谈，她向我们报了自己的名字，同时报了自己的绰号，别人给她起的：巴西的云。我们听了不由都惊呼起来：噢！巴西的云，很美啊！她敏锐地答道：是云美不是人美。我们说：云美人也美。她听了很高兴，一连声地说谢谢。快五十岁的人也还是爱美，喜欢人赞美。爱美是人的天性。

巴西是个十分重视环保的国家，水资源又非常丰富，所以到处树木葱茏，天空永远是蓝的；在令人眩晕的纯净蔚蓝的天空中，永远地飘着千姿百态丰富多彩的云，构成了巴西一道美丽的风景。如同导游一样，巴西的云质感很强：一朵朵，一片片，一层层，一团团，无论像花像树，像飞鸟走兽或是像高山大漠，边界都十分清楚，绝不和天空混淆；无论白云、灰云或黑云，都充满了水分，显得洁净滋润。不像北京的云，总是和天空胶着在一起，分不清天与云的界限，而且干涩、轻薄、浑浊，像雾又像烟，所以人们往往把烟和云不加区别地叫作烟云。巴西的云装点着蓝天却不依附于天空，它是一个独立的生命，具有鲜

刘长琨，财政部退休干部。曾担任中央财政管理干部学院党委书记，财政部机关党委常务副书记、人事教育司司长、部长助理；1998年调任国务院稽察特派员，2000年转任国有重点大型企业监事会主席。2006年退休。时有理论研究文章及散文、杂文发表。

明的个性，其美丽正在于此。

魔鬼湖的传说

我们没有记住导游的名字，只记住了她的绰号："巴西的云"。她很喜欢我们这样称呼她。在马瑙斯短短两天的游程，"巴西的云"带我们参观了具有百年历史的亚马孙大剧院、独具特色的只建成了一半的天主教堂和印第安人博物馆，游览了亚马孙河与热带雨林。距马瑙斯几十公里的一段河域，当地人称之为魔鬼湖。"巴西的云"带我们游览了这个地方，并向我们讲述了魔鬼湖的来历。

"马瑙斯"原本是一个印第安人部落的名字，在印第安语中，本意是"神之母"的意思。为什么给部落起这么一个名字，引起了我们许多猜测，最终我们统一了这么一个看法：他们是神的后代。可是，神的后代却遭受了很大的不幸，几乎是灭顶之灾。导游告诉我们，500年前，巴西是一个纯粹的印第安人国家，那时在巴西居住着350多万印第安人，现在一共只剩下不到30万了。印第安人的大量减少有两个原因，一是葡萄牙占领者的残酷屠杀，二是白种人带来了天花病毒。土著印第安人从来没得过天花，没有抵抗力，被传染后大量死亡。马瑙斯地区原有100多万印第安人，葡萄牙人占领这里的时候，他们进行了顽强抵抗，死了很多人，把亚马孙河一段河水都染红了，引来了许多食人鱼和鳄鱼，从此这里就成了食人鱼和鳄鱼非常集中的地方。白天食人鱼成群结队，夜晚鳄鱼纷纷出没，令人望而生畏，所以人们给这个地方起了个很恐怖的名字：魔鬼湖。没有被杀绝的印第安人，就在这里生存下来。导游讲，现在马瑙斯的印第安人已经很少了，大部分居住在亚马孙河畔的热带雨林里，过着原始生活。他们和马瑙斯只一河之隔，但始终不肯融入白人社会，不肯接受现代文明。我们参观了魔鬼湖畔热带雨林中的印第安人住地，他们住在用原木搭建的极其简陋的木屋里，或者住在小木船上。船浮在水中，绑在树上。他们和文明社会有了一些接触和交流：男人身上缠着巨大的蟒蛇，少女臂上架着美丽的鹦鹉，吸引游客与他们照相；他们还用食人鱼的骨头做成鬼脸和各种饰物，向游客出售。但他们有一道行为底线，就是绝不依赖任何现代化成果。而在密林深处的部落，则完全过着自给自足的渔猎生活，和文明世界不通往来；只要有阳光、空气和水，他们就能生存。他们很满足，既没有落后的自卑，也没有发展的苦恼，对未来充满信心。这真是一个连魔鬼都奈何不了的民族！

亚马孙河上的幽思

亚马孙河毕竟是世界上流量最大的河流，其浩淼的气势是难以比拟的。它不像河，简直就是一片汪洋，所以巴西人称之为"河海"。我们乘坐在游船上，向对岸望去，对面的河岸似乎就是地平线；岸边黑压压地长满了树木，随着河流蜿蜒着，无限绵长。那就是著名的亚马孙热带雨林。

雨林上方，笼罩着大团大朵的白色的与灰白相间的云，犹如盛开的牡丹花。那云排成一线，随着河流随着雨林起伏延伸，极其美丽壮观。这不由使我们联想起中国的万里长城，那样大气磅礴，那样惊心动魄！可是，当我们想到，也如长城一样，在那壮丽景观的背后也隐藏着一段令人伤感的历史、沉淀着许多伤心故事的时候，我们的心又都收紧起来。游船接近了对岸，在每一个通往雨林的河汊处，都能看见岸边树上绑着的带篷的小木船和临水而建的低矮的小木屋。那都是印第安人的家。没有自来水，没有电，没有任何现代日用设施，和对岸高楼广厦、灯红酒绿、喧闹繁华的现代文明形成了鲜明对比。相隔着几千年乃至上万年的两个不同的时代、两种不同的社会形态，活生生地呈现在同一时空之中；原始与现代，蛮荒与文明，居然这样接近，仅仅一河之隔，一步之遥！使人不禁怀疑是否是在梦中，是否进入了神话世界。究竟是一种什么情结，使这个古老民族的后裔如此执着，永远与现代化保持着距离，这样泾渭分明？几百年过去了，那段伤心的历史难道还没有淡漠？心上的伤口还没愈合？也许，他们的执着有着更深层面的原因，出自于不同的生存理念，不同的人生观与价值观。我们对他们，最主要的，既不应是同情，也不应是责怪，而是应当深入地去认识他们、理解他们，从而反省自己。为了追求文明，贪得无厌地向大自然索取，破坏环境，无限透支难以再生的资源，甚至不惜骨肉相残，这代价是不是太高了？在发展的道路上，我们是否有失理智，走入了一个危险的迷途而至今尚未觉醒？文明不是为了满足贪欲！文明不应当用不文明的手段攫取！印第安人生活简陋，却活得理智，活得崇高。他们也一定能够活得长久，永远不会灭亡，因为他们向自然索取得很少。考古学家发现了一个令人大惑不解的现象，就是有些古老民族部落（如玛雅人，也包括印第安人的一些部落），会突然从文明中消失得无影无踪。他们为什么要逃离文明呢？这实在是一个值得我们深思的问题。

另一个伤感故事

和其他导游不同的是，"巴西的云"不仅向我们介绍巴西的风光和巴西的历史，也向我们讲述她自己。我们渐渐了解了她的身世。她的身世也有一段令人伤感的历史，也是一个沉甸甸的故事。

她的原籍是山东莱阳。1948年山东解放时，她的父母随从她的祖父母一起到了台湾。他们原本并不想离开老家，因为她的祖父当过乡长，当时传说，当过乡长的都算反革命，被群众抓住都要被打死，邻乡有个地主就被群众打死了，所以吓得从老家跑出来了。当初他们谁也没想到，一跑竟跑了这么远，跑到台湾去了。刚到台湾时，没有地方住，露宿在一座公墓里。后来，蒋介石下了命令，可以在公墓里建住房，他们就在公墓里搭建了一个临时住房长期居住下来。她是在台湾出生的，就出生在这座公墓里。后来，她父亲找到一个小学教师的工作，生活渐渐安定下来。

到了20世纪70年代，国民党退出了联合国，蒋介石也死了，台湾的局势不稳定，传说共产党要打过来了，她的祖父祖母又害怕起来，就带着一家人离开了台湾，来到了巴西，巴西移民入境容易。她那时正在台湾上大学，没有随家人一起走，大学毕业后也来到巴西，先在圣保罗，后来到了里约热内卢，最后在马瑙斯结了婚定居下来。她老公比她大二十岁，他们有一个女儿。现在他老公已经退休，回台湾去了。因为巴西的养老金太少，台湾比巴西多一点。她和女儿生活在一起，挣钱供女儿上学。她说，她父母和她祖父祖母对巴西的生活不习惯，一直都想回大陆老家，可是他们的愿望没能实现，因为两岸关系一直紧张，再就是路太远了，经济上也不允许。现在，她的祖父祖母和她父亲都去世了。她母亲还在，八十多岁了，住在她姐姐家里。"也回不去了。"她说，"年纪太大路又太远了！" 她是说她的母亲，话音里充满了伤感和遗憾。她还告诉我们："祖母去世前把我叫到床前，对我说，以后有可能了一定要回老家去，老家是个好地方，靠山临海，水土肥沃，四季分明，冬天不太冷，夏天不像台湾那么热，乡亲们都很纯朴热情；祖母说世界上哪儿都没有我们老家好。说完这句话她的眼睛就闭上了，再也没有睁开。"说到这里她难过起来了，望着天边的云彩陷入了沉默。当时，我们正乘坐在从魔鬼湖归来的游船上。落日把西边的天空染成了橘红色，满天云霞宛若灿烂的花朵，亚马孙河水像金子一般闪亮。除了游船发动机的声响，万籁俱寂，天地无比肃穆旷远。这是一种沁人肺腑让人难以承受的美丽！可我实在不明白，在这么美丽的世界上，怎么会有那么多的伤心故事！对于她的家世，我们实在无言可以安慰，难道能够同情一个国民党的乡长吗？我们也无法纠正她，因为在那个特殊的年代，在群众运动中确实死了一些人。过去我一直认为，对那些反革命，那些恶霸地主，苦大仇深的群众有些过火行为情有可原。没想到在另一些人的心中，在更广大的范围内，却造成了这么恐怖的印象，而且影响竟如此深远！我们对她说："现在时代不同了，我们应当向前看。"话一出口立即就后悔起来：这样的话她能听懂吗？可她却像个孩子似的一下子高兴起来，说道："我从大陆游客口中了解了很多大陆的情况，知道大陆的政策已经变了，我能够回去了。我要实现两代老人的心愿，回老家去，带着我的女儿和我老公，回去安度晚年。巴西老人不受照顾，不是个能养老的地方。台湾也不行，尤其阿扁上台后，老想搞独立，排斥外省人，在台湾没有安全感。但是我现在还不能回去，因为我老母亲还在，我不能离开，我还得尽一份孝心，另外就是钱还没攒够。我想，等到六十岁吧，六十岁我大概就能回去了。我老公在台湾等我，等我和他一起回大陆老家，但不知能不能等到。"说到这里，她的神色又有些黯然，可是她却笑了。我们无论如何也笑不出来，因为我们分明地感受到了她心底的沧桑，感受到一种历史的沉重。我们在想：那个时代确实应该结束了，海峡两岸的同胞怀着同一个梦想，期盼了很久很久，这个梦想该实现了！

挥手告别，我想带走一片云彩

在机场，我们与"巴西的云"握手告别，向她道谢，祝福她早日实现回大陆的心愿。虽没有诗中写得那么情意缠绵，但当双方离开了一段距离，回首相望，彼此挥手致意的时候，心中也不免有几分依恋，有一种未曾离别就已产生的思念。这一点我们都能感觉到。在她的背后，是巴西的蓝天，在令人眩晕的纯净的天空中，静静地停留着大朵大朵的白云，像是盛开的牡丹。那云既不降落，也不飞升，仿佛也在进行着抉择，仿佛心中也有一段隐情，一片苦衷，一个积久日深刻骨铭心的愿景。我忽然对徐志摩有了新的理解：他在挥手告别康桥的时候，为什么没有带走一片云彩呢？不是他不想，而是他不能。此时此刻，我多么想带走一片云彩啊，可是我也不能！

2003年写于巴西，2006年6月9日改定

歌 魂

——进藏笔记

一种说不出的怪异感笼罩了我，使我莫名其妙，甚至不安起来。

渐渐地，我悟出了，这是因为静。是的，一种近乎绝对的静谧。远方闪亮的河，青黝黝的山，近处碧绿如茵的草地，以及簇簇片片、星星点点，散布在草地上的各色朴拙的小花，全都无声无息。一切都像被凝固了一样，没有一丝风。高高的蔚蓝而澄澈的天幕上，两只苍鹰在上下盘旋，也不发一点声音。

我站住脚，于是听到自己的呼吸，十分清晰而且均匀。再静一静，就听到了心跳，突突突的。我还从来没有感觉到过，在我体内，居然有这么强大的生命力！我仿佛看到一条红色的河流，在我的身体里汹涌奔腾。我真想跪倒在地上，向大自然顶礼膜拜，我想放声欢呼歌唱，然而我只是静静地站着，一动不动。这超乎寻常的寂静好像是一种神秘的力量，把我也凝固住了，和山和水，和天和地，和天地之间淡蓝色的清醇芳香的空气，都凝结在了一起。

我忽然又觉得有点异样，仿佛有束光在照射着我。我环顾四周，发现不远处的一座长满灌木丛的土丘上坐着一个人。那是个藏族姑娘，穿一件黑、红、蓝三色藏式长袍，一动不动地坐着，正在静静地注视着我。她知道我已经发现了她，仍然目不转睛地望着我，一动不动，宛如一株鲜花盛开的灌木。我又有些不安起来，不知道是否应当向她打声招呼，表示一下问候。正在我心中犹豫不决的时候，突然从土丘后面蹿出一个人来，猛虎一般将她扑倒在地，一瞬间两人在地上无声地滚打起来。从服饰可以断定，那是一个藏族青年，身体十分矫健。我紧张地仓皇四顾，静静的原野上没有一个人影。看来，这见义勇为的角色只能由我来扮演了。我正要跑步上前，只听"啪"的一声，十分清脆响亮。

举目一看，那姑娘已经站起身来，一只手高举着，握着一根牧羊鞭。那青年一条腿跪在地上，两手抱着头，护住脸。"啪！啪！"又是两声鞭响，那青年一蹿跳起身来，倒退两步，转身逃走了。姑娘默默地站了一会儿，并不拍打身上的尘土，仿佛什么事也没发生过一样，坦然地转过身，也向土丘背后走去，刹那间身影便消失了。

我怔怔地站着，心中一时竟糊涂起来，不明白刚才发生了什么事情。忽然，土丘那面传来了嘹亮的歌声："呀咿哎——咦吆呦——嗷——"这歌声是那样悠扬悦耳，纯净自然。它与空气融为一体，飘向蓝天，渗入大地，弥漫了所有空间，浸透了我的身心。啊！这才是最真最美的歌！这才是最适宜歌唱的场所！虽然歌词我一句不懂，但我却完全理解，并被它深深地感动了。

作于1993年

人生边上的忠告

"我正站在人生的边缘上，向后看看，也向前看看。向后看，我已经活了一辈子，人生一世，为的是什么呢？我要探索人生的价值。向前看呢，我再往前去，就什么都没有了吗？当然，我的躯体火化了，没有了，我的灵魂呢？灵魂也没有了吗？"

这是杨绛《走到人生边上——自问自答》的一段话。

读了杨绛先生的新作《走到人生边上——自问自答》，如同读《我们仨》一样，心灵感受到一种震撼。原因主要不在于作品的内容，而在于作者的态度。

一个九十多岁的老人，还天天坚持读书、写作和思考，这本身就令人感动。而把人生的大喜大悲大感悟叙说得那么平和与冷静，像聊家常一样，面带微笑地娓娓道来，实在不能不让人肃然起敬。读杨先生的文章，能够感受到一种文字之外的信息，感受到一种沉潜的定力，任何尘世繁华都无法令其动摇。但是，最难能可贵之处还不在此，最可贵最感人的是杨先生的真诚。无论做人还是作文，她都从不作秀，不自欺，不欺人，实事求是，朴实无华，无伪地面对一切。因此她的文章就具有了震撼力。

杨先生在她的书中，提出了一个似乎早有定论尽人皆知的问题，天真得像个孩子。这个问题肯定存在于很多人的心中，但是谁都不肯这样公然地提出来，就是怕别人笑话，怕别人说像孩子一样无知。可是，不正是一个孩子说出的真话才揭示了皇帝没穿衣服的真相吗？杨绛先生正是这样一个敢于说真话的孩子，一个九十多岁的顽童。在她功成名就的晚年，大胆地向世人袒露自己的困惑与无知，这是一种怎样的光明磊落、大智大勇啊！

关于灵魂的有无及灵与肉的关系，大概是一个从人类诞生的那天起就困惑折磨着人类至今仍然使人困惑并备受折磨的问题。但由于时间太久，争议太大，所以人们都不愿意再讨论它，甚至不愿再想它。因为，讨论不会有结果，想也无益，甚至还会招来讥笑和麻烦。就连勤于思索勇于追求的孔老夫子，似乎也不大愿意涉及这一话题。对于长久无解劳而无果的问题，

聪明人往往采取放弃或回避的态度，也算是一种解脱。但杨先生却不具备这种聪明。她执着地要弄清她所不明白的事情，不耻向晚辈请教，即使到了人生的边上，也还是要回过头来，向浑浑噩噩的世人发出振聋发聩的一问。如果说安徒生的《皇帝的新衣》是对虚荣的不敢讲真话的世人的一种嘲讽，杨先生的《站在人生的边上——自问自答》，则是对卑屈的失去了思辨勇气与能力的芸芸众生的一个忠告，对在浮华的人世间丢失了灵魂的人们的一个忠告。这是一个世纪老人怀着博大的爱心站在人生边上的忠告，我们万万不可掉以轻心！

其实，对于灵魂的有无，杨先生已经作出了肯定的回答，并以其一生的实践，以其诚笃的科学的人生态度和追求真理的大无畏精神为我们树立了崇高的榜样。

杨先生说她已经走到人生的边上，但我们却觉得她离人生的边界还很遥远，而且，所谓人生边界，大概也是因人而异的吧！杨先生的人生边界，肯定是一个无比辽阔的空间，有一段极其漫长的途程。读杨先生的书，我们感到杨先生还很年轻，童真未泯。我们希望杨先生永远年轻，因为这个世界需要童真，需要敢说真话的孩子。

作于2008年5月6日

特别推荐·散文

生与死
——访问埃及感悟

王军

王军，高级会计师、博士、财政部财政科学研究所博士生导师。1958年11月出生，河南商丘人，1982年毕业于中南财经大学会计系；先后在财政部会计司、中国注册会计师协会和财政部办公厅工作，现任财政部党组成员、副部长。出版多部财经理论著作，发表论文多篇。其中散文作品集《遥望地平线》、《行与思》等，在社会上产生广泛影响。

一

记得多年前读过作家柳青的一段话："人生的道路虽然漫长，但紧要处常常只有几步。走错一步，可以影响人生的一个时期，也可以影响一生。"随着年岁渐长、阅历渐丰，对此的理解也愈益深切。

近年来，我在每次出国考察之余，均顺便对相关国家的发展历程做些比较研究，不禁想：一个国家、一个民族的兴衰浮沉，其紧要处何尝不也是就那么几步？在历史大变动、大转折、大发展的关键时期，一个国家如能清醒认识世界和自身、传统和现实、优劣和短长，找准发展的战略路径，革故鼎新，发奋图强，就能乘势而上，全盘皆赢。像俄国彼得一世改革、美国独立战争、日本明治维新等莫不如此，经验极其宝贵。相反，如果一个国家处于发展紧要关头而领袖和国民却不抓机遇、裹足不前，甚至抱残守缺，那么也许不用太长时间，该国就将国力衰退，甚至后果不堪设想。如晚清时期的中国、19世纪末的英国、20世纪80年代后的苏联等，教训极为深刻。

2004年初，我率团对埃及进行了为期一周的财政考察，既了解了不少财政经济情况，又进一步认识了这个伟大国家的灿烂光辉历史；既明晰了她在当代阿拉伯世界和非洲的重要政治地位与作用，也弄清了她在公元前4世纪就因思想的僵化及异族的入侵而使文明断裂。当然，特别引人思考的是：当前埃及经济处在一个安与危、兴与衰、生与死的十字路口上，埃及人、关心埃及的人以及我一脸茫然……

二

其实，从中学时代至今，或许可以推至更早一些，埃及的辉煌历史和埃及领袖的丰功伟绩就在课本和媒体中影响着我，并烙在我们脑海里了。埃及在我心中始终是高大的、美好的。我知道：在世界四大文明古国中，古埃及文明处在顶峰。她有文字记载的历史就有5000多年，公元前3000年左右就建立了第一王朝，公元前2600年建造的高耸入云的金字塔和雄踞塔旁的狮身人面像是埃及人勤劳智慧的象征，也是令世界各国人们驻足兴叹的圣地。我还知道：现代埃及作为一个政治大国，因其战略位置重要、人口规模庞大、政治社会稳定以及在国际事务中的积极表现，一直在国际政治舞台上发挥着举足轻重的作用。1992年埃及副总理加利出任联合国秘书长，使世界各国对埃及刮目相看。近些年来，穆巴拉克总统在中东问题上发挥着重要的、不可替代的作用。在探讨阿拉伯世界任何问题的解决方案时，不仅巴勒斯坦和其他阿拉伯国家要同埃及频繁磋商，就是以色列乃至美国也得时常听取埃及的意见。凡此种种，使我脑海里对埃及的印记形成了一个鲁迅先生所说的"好的故事"，它使我长久以来一直对埃及心向往之。

然而，当我带着这些"好的故事"来到埃及首都——开罗时，这个城市的古老与落后却委实给了我一个巨大的反差和震撼：

没有想到开罗城郊即是沙漠。当我们走出开罗机场，举目四顾，发现天地之间主色调只有一个"黄"字。我们在飞机上看到的连绵不断的沙漠已经延伸到开罗，已经包围了开罗，已经侵蚀着开罗。蓦地，我感到一阵惊诧——原来举世闻名的开罗竟像一只灰色大鸟，是栖息在沙漠中央的。

没有想到开罗城内缺少像样的新建筑。我们入城看到的，大都是一些破旧低矮、年久失修、灰头土脸的小砖楼。尤其是大多砖楼并不封顶，一束束锈烂的钢筋齐刷刷地指向天空，似乎要向世人诉说些什么。之所以如此，是因为埃及税法规定，房子建成后要缴纳建筑税。为了避税，开罗人就让房顶呈现出上述"开放性"，已示"尚未完工"，而房子里早已住上了人，甚至已经住了若干年、若干代。这令我这个搞财政的备感有趣。前年在希腊，也看到了同样的情形，原因当然也是一样的。我不禁感叹：原来"上有政策，下有对策"之道，外国乃早已有之啊！

没有想到开罗街道车行拥挤且管理较乱。公路两旁建筑与路争地，旁曳斜出，犬牙交错，既难觅古都的模样，也侵吞了纵横捭阖、大气磅礴的皇城架势。有意思的是：开罗城内交通要道上并不画分道线，司机们在滚滚车流中开起车来，可以横冲直撞，如同驰骋疆场。执勤的警察，对此大都见怪不怪，置若罔闻。道路中央还时常出现一些骑驴的人，与冲锋陷阵的汽车司机相比，他们显得格外神清气闲；有的行人还抱着两头羊或顶着一筐饼，任你喇叭高鸣，他自闲庭信步。那些早该报废的

公共汽车呼啸着夺路而行，车里沙丁鱼似的挤满乘客，有的还悬空吊在车外。公共汽车开动时前后车门皆不关闭，不时可见乘客步履轻盈地跳上跳下。毕业于北京第一外国语学院、长期在埃及工作的中国导游告诉我们，开罗公共汽车到站是从不停靠的，乘客们必须以"铁道游击队"功夫飞身上下车。她试过一回，结果脚踝扭伤，一瘸一拐了半个多月方才恢复。

没有想到商场里有那么多的中国产品。当晚，我想找一家大型商厦转转。导游告诉我们，开罗可没有像北京的赛特、燕莎、哪怕是长安那样的商场，好一点的也就是几家两三层楼高的国有百货商店。购物店里，偶有入目的商品大都是中国产品。导游讲，埃及日常用品的80%~90%来自中国。这是中国的骄傲吗？我笑不出来；这是埃及的悲哀吗？我真的直想哭出声来。原本想为女儿买点小礼品的打算，也只好放弃了。

没有想到埃及的文化生活相当落后。晚上打开电视，调来调去只有几个频道，且皆用阿语广播，节目也较单调。我关掉电视，走出房间，站在位居十八层楼的房间阳台上向外望去，视野所及，除一些主干道、办公楼灯火较密集外，大部分居民区灯光寥落，有的甚至一团漆黑。后来我了解到，开罗人居条件较差，除部分中产阶级居住区外，许多居民都住在以下几类地方：一是棚户区。它是在非法侵占的公私用地上建筑的帐篷之类的简易住宅；二是被允许的贫民住宅区，即由于历史原因而保留的窝棚、茅草屋、帐篷之类的简易住房，又称贫民窟；三是老城危房区，地处老城中心，建筑物大都年久失修，破旧不堪；四是公墓居住区，又称死人城，居民与坟墓相伴，垃圾遍地，脏水四溢，苍蝇乱飞，老鼠横行。这些居住区的共同特点是：人口稠密，住房拥挤，缺水少电，混乱肮脏。

这就是大名鼎鼎的数千年文明古都吗？这就是我心中美丽、富饶的埃及吗？我的脑海里不时涌现出许许多多个问号，不时涌现出许许多多个为什么。要知道，开罗可是一座拥有数千年历史、现今容纳了7000多万埃及人口中的四分之一的巨型城市呀！历史上，这座城市曾代表着埃及的辉煌，代表着世界的文明程度。如在10世纪前后的法蒂玛王朝时期，开罗已是世界重要商业中心，波斯旅行家纳赛·库斯特描绘说："我无法估计它的财富，我从未在任何别的地方看到像这里这样的繁荣"。在12世纪前后的阿尤比王朝时期，开罗则为穆斯林世界的中心和亚非欧三大洲的大都会，"市肆喧哗、金银绸锦之类种种汇聚，工匠技术咸精其能。"13世纪马木露克王朝时期，开罗规模已经"比巴黎大六倍"，摩洛哥旅行家伊本·白图泰惊叹道："地区辽阔，物产丰饶、商旅辐辏、房舍栉比，而且极其富丽……"

俱往矣，开罗昔日的繁华与灿烂，历史的沙尘已将其深深掩埋。面对缺少生机至少黯淡趋衰的今日开罗，我不敢相信又不得不去相信这一点。

三

开罗的城市面貌其实是当前埃及社会经济的一个缩影。联合国《2003人类发展报告》指出，2001年埃及人类发展指数（HDI）全球排名居第120位，落后于越南、印度尼西亚等国。对此，埃及国内一些有识之士感叹道："我们一直在侈谈减少贫困、发展经济、增加就业，可事实上，这些目标从未得到实现……当世界各国迅猛发展时，我国经济却处在不断倒退之中。"英国刊物《经济学家》也对其经济发展状况评价说："上世纪90年代中期埃及曾一度自诩要成为尼罗河虎，可现在看来它倒更像是一只无齿鳄鱼。"

为了研究这个问题，我像打开俄罗斯套娃一样，一层层地剥离，又一层层地装回，试图从来来回回的分拆与整合中发现些什么。我认为，埃及经济发展中的现实问题主要集中表现在以下四个方面：

一是经济增速缓慢。2001~2003年埃及国内生产总值增长分别为3.5%、3%、2.8%，呈不断减缓趋势。根据国际货币基金组织统计，同期世界经济平均增长为2.4%、3%、3.9%，中东地区平均增长为4.3%、4.2%、5.4%，非洲地区平均增长为3.8%、3.5%、4.1%，亚洲地区平均增长为5.6%、6.4%、7.8%，基本呈加速趋势。再考虑到埃及经济基数相对较小的实际情况，埃及GDP增长率与世界其他国家相比，显然乏善可陈。另外，在埃及GDP盘子中，苏伊士运河通行税、石油出口、侨民汇款和旅游业这四项增长空间狭小的收入占了12%左右，这意味着今后埃及经济增长空间受到不小制约。

二是外贸发展不振。首先，出口商品总额小。20世纪90年代，埃及在世界贸易总量中的份额下降了20%，其中制成品出口方面更是下降了25%。到2002年，埃及对外商品出口总量仅为73亿美元。其次，出口结构不合理。初级产品、资源密集型产品、低技术水平产品比例太大，而制成品、高科技产品比例太小。2001年，埃及出口产品中原油、棉花等初级产品占60%，高科技产品只占1%；而同期世界发展中国家的出口结构中，高科技产品平均为27%。最后，外贸赤字居高不下。2002年外贸赤字为68亿美元，2003年为63亿美元。因为大量粮食和日常生活用品均依靠进口，短期内埃及外贸赤字下降的可能性不大。

三是内外债务堆积。由于财政收入入不敷出，1999~2003年，埃及财政赤字占GDP比重连年攀升，分别为2.95%、3.9%、5.52%、5.8%、7%。根据埃及中央银行公布的2002/2003年度（截止期为2003年6月底）初步统计数据，年度末埃及国内债务总额608.4亿美元，占GDP的比例为90.6%。其中，政府债务占全部债务的比例为67.6%，其余为经济机构和投资银行债务；政府债务占GDP的比例为61.3%。外债总额为287.5亿美元，比上年度末增加8670万美元。外债占GDP的比例达43%，人均外债415.3美元。人们

担心，埃及庞大的内外债务将成为引发埃及未来经济危机的导火索。《开罗日报》曾刊出这样一幅漫画：埃及前总理伊贝德坐在床上，双手抱头、形容枯槁、喃喃自语："我又梦见埃及变成阿根廷第二了。"这虽是调侃但绝非杞人忧天。

四是失业问题严峻。20世纪以来，埃及人口规模急剧膨胀。2003年人口总量已达7000多万，是1975年的2倍多，并且目前还在以每年20‰的速度增长。未来十年，埃及每年都会新增60万~80万的劳动力。要消化这些劳动力，国民经济必须每年保持6%~7%的增速，这大大超出了埃及经济增长的可能性。2003年埃及官方公布的失业率为9.9%，西方报道认为真实情况应是数字的一倍以上。据报道，有许多埃及大学生毕业十多年了还找不到工作。我在开罗大街上，常见到一些穿着潦倒、百无聊赖的人在扎堆闲聊，估计就是那些无工可打、无事可做的人。有工作的人的工资水平也非常低。据世界银行统计：51%的埃及人一天收入不足2美元，7.6%连1美元都赚不到；政府数据表明，23%的埃及家庭生活在贫困线以下，有人说这个数字其实应为35%；30%的埃及儿童营养不良，在农村这个数字更是高得可怕。特别是近四年来，埃及物价几乎上涨了一倍，生活开支也平均上升了20%，老百姓生活水平持续下降。

我相信所有了解埃及的人都会为埃及近年经济发展情况扼腕叹息：埃及，作为一个矿产油气资源丰富的资源大国，作为一个面向且能够沟通波斯湾石油大国与欧洲发达国家的地缘中心，作为一个人口众多、消费潜力巨大的潜在市场，特别是作为一个政治大国和强国，其经济发展的先天条件不可说不具备，本应发展成为经济强国，而不应该被人描述为"向经济黑洞陷落"。究竟什么因素阻碍了埃及经济发展，使其步履蹒跚，乏力与衰退交织，困难与危机相伴呢？

流过数千年埃及文明史的尼罗河，仍然循着呼吸的节奏，一如既往地缓缓流过开罗城，水面无痕，波澜不惊，就像一位饱经沧桑、思想深沉的哲人。伫立此河之畔，我陷入了沉思。

四

世界银行2001年度的《埃及社会和结构评论》以翔实的数据和深刻的分析，为我们研究这个问题提供了富有洞察力的见解。它的主要观点是：埃及经济发展之所以问题严重，关键在于埃及的制度环境有问题。并举例指出在全球155个国家"商业友善度"调查中，埃及近年来各项指标均告落后，政府效率排第100名，管制负担排第102名，法律规范排第80名，官员腐败排第103名等。

上述分析固然精彩，但它似乎忽略了埃及经济发展中受到的诸多复杂因素的影响，显得并不那么全面。综合分析，当代埃及经济之所以发展缓慢，问题丛生，既有制度环境的影响，也受政治因素的制约，

其原因是一个多面体。概括起来主要有：

（一）埃及政府部门冗员多、效率低，一些官员以权谋私，这些问题交叉缠绕、相互作用，大大提高了市场交易成本，使埃及经济发展受到严重阻碍。埃及政府部门吸纳了全国近三分之一的劳动力，是包容埃及过剩劳动力的无底洞。这让我想起了在我国经济比较落后的省份和市县，吃皇粮人数的比例显然要比发达地区特别是比较早进入财政收入过亿元的经济强县高得多的情况。为什么会这样呢？因为经济不发达，就业门路便少；就业门路少，就只好千军万马来挤政府公务员这条独木桥。好在小平同志让一部分地区先富起来，让一部分人先富起来，人员也流动开了，出现了"孔雀东南飞"的景象。可在埃及国内，想飞也无处可去，只好削尖脑袋往政府部门挤。由于冗员过多、人浮于事、报酬微薄、论资排辈，大部分埃及公务员逐渐养成了一种得过且过、应付了事的工作作风和工作习惯，甚至"在工作上能少花点时间就尽量少花一点，将时间腾出来干点私活挣点小钱"，高效率倒显得像"孤岛漂浮在平庸的大海里"。从国内来埃及经商多年的孙先生谈起这个问题时露出一脸无奈，他告诉我们，埃及政府部门脸不难看，很多埃及人极为热情，可就是事太难办了，办起事来是一拖再拖，直到最后贻误商机。比如，埃及司法机关低效率是出了名的，据说，"由于法官少、报酬低、专业人才缺乏、基础设施落后、司法程序繁琐，最终结案率只有36%，每个案件平均要花上6年才能结案。"在这种情况下，人们是很难依靠国家力量来强制契约履行和及时有效解决经济纠纷的，往往要通过结交重要人物等旁门左道来维持自己的生意。再加上埃及以权谋私、权钱交易、任人唯亲、胡乱收费之风盛行，更使得埃及经济的交易成本大大提高，严重阻碍了经济发展。

（二）埃及政府部门对微观经济活动管理较为僵化，扼制了企业的自主发展动力，影响着埃及经济的活力。在埃及从事经济活动，样样要许可，事事须审批，而且手续极为繁琐。如成立一家公司至少需要通过七项关卡；申办一份地产，要涉及31个不同部门和77道程序；要取得贸易执照，一个企业家需要费尽心机应付11道以上的法律；政府审批程序之复杂、花费之巨大、耗时之漫长，令投资者特别是外国投资者瞠目结舌，望而却步。与此同时，埃及政府牢牢控制着境内大部分商业银行的贷款权，它们主要向国有企业贷款，私营中小企业要取得贷款是非常非常困难的，大约95%的小企业甚至连银行户头都没有。政府这种对微观经济活动的高度干预或许有利于一小部分规模大、根基深、关系广的国有企业或家族企业的发展，却从根本上扼杀了中小企业尤其是高科技中小企业的自主发展动力。然而，众所周知，中小企业是推动经济发展和创造就业机会最强大、最持久的源泉，没有中小企业，就没有真正的市场。我不禁想，埃及政府对经济活动这种僵化管制与我国改革开放前的情况很相似。当时我国政府对各种经

济活动的管制也非常严格,比如基建建房就要盖满100多个公章才行。目前,我国已经通过放权让利、简化审批程序、减少审批事项乃至实施行政许可法等办法逐步放宽、规范了行政管制,引入了市场机制,从而一步步释放出微观经济体的活力,推动了国民经济持续快速健康发展。看来,埃及政府还远未走出管制严、效率低、活力少、发展慢这个怪圈。

(三)埃及财政制度特别是物价补贴和高额关税制度,既使财政不堪重负、无力支持经济建设,也封闭了埃及经济。埃及物价补贴制度是埃及政府吞不下、吐不出的一大难题。埃及财政部副部长告诉我们,2003年度埃及补贴支出占财政总支出的47%,其中光用于对大饼、食糖、食用油及住房、交通实行暗补的支出,就达11.5亿美元,占国家财政预算的5%。这种物价补贴制度同我国在20世纪70~80年代对粮、棉、油等生活必需品实行暗补的政策如出一辙。暗补比起明补存在明显缺陷:第一,补贴对象模糊。暗补不分对象一视同仁,缺乏针对性,无法将有限的补贴钱花在最需要补贴的对象上,往往使得该补的没补好,不该补的反而躺在补贴上吃皇粮,不但效率低,还刺激了等、靠、要等不良风气的滋长。第二,损失浪费严重。因为补贴商品价格低廉,国民很不珍惜,往往浪费严重。比如大饼,1个埃镑就可以买10个,由于不值钱,许多埃及家庭购买后就随意乱放,变质了就当垃圾扔掉。据统计,埃及每年丢弃在垃圾箱的大饼竟达上万吨,浪费面粉加起来相当于埃及本国小麦产量的一半。许多农民甚至进城低价回收大饼,整车运回去当饲料。第三,扰乱了供求关系。暗补使商品价值和价格相互背离,违背了价值规律,扭曲了价格信号,最终导致供求关系的失衡。第四,加重了国家财政负担。财政收入是有限的,如果大量财政资源用在价格补贴上,就腾不出多少财力用在支持经济建设上了。埃及这几年财政赤字天文数字般上升,价格补贴制度是难逃其咎的。但由于整个体制和机制问题,埃及要想减少补贴乃至"弃暗投明",似乎有一段十分漫长和艰难的路要走。

埃及实行的高额进口关税制度也给埃及经济发展造成了严重负面影响。目前埃及的平均关税水平为28%,加上一些附加费用,实际关税高达31%,大大高于同期世界发展中国家18%的水平。历史上,我国也曾一度实行高关税制度,如1991年关税平均水平就达42.5%,为适应改革开放和加入WTO的需要,我们从20世纪90年代中期以来不断降低关税税率,到2004年平均关税税率已经降至10.5%了。高关税制度虽在一定程度上保护了埃及幼稚民族产业,但其代价却是非常巨大的:第一,埃及企业由此丧失参与国际大竞争的动力。因为拥有价格保护,不必直面国际市场竞争,埃及企业对改进生产技术、提高产品质量、降低生产成本始终缺乏积极性和主动性,相反表现出一种"自满和昏昏欲睡的状态",陷入低水平、低效率的泥潭。第二,埃及出口产品价格因此大大提高。

由于高额关税，埃及制造商无法从国际市场得到便宜的原材料和加工机器，使得制成品价格明显过高，这就使埃及无法利用其劳动力价格低廉的优势进行来料加工，发展出口导向经济，外资也因此退避三舍。据统计，20世纪90年代，埃及每年平均吸收外商直接投资8亿美元，仅占国内生产总值的1.3%，与其他发展中国家平均数2.6%相比明显偏低。近年来，埃及吸纳的外商直接投资还在减少，2002年仅为6.5亿美元，国外媒体评论说：埃及经济是越来越封闭了，搞得像"一座孤独的金字塔，没有游客愿意问津"。在当前这种经济全球化迅速发展的大趋势下，埃及这种紧捂自家市场、逃避外来竞争的做法，恐怕不是一种好的科学的办法。

当然，埃及实行高额关税制度的另一个考虑是要保证财政收入不减少或增加财政收入。从短期和急需看，这似乎是有利可图和必要的，但从长远看反而会导致税源萎缩，适得其反。作为财政工作者，我不禁回想起过去我国对税改的认识误区，即认为一旦降低税率就会减少财政收入，日子就没法过了；认为增加财政收入只能靠提高税率、增加税赋来实现。殊不知，在我国改革开放过程中，财政上的许多增收，不仅不是靠加税反而是靠减税来实现的。原因在于，税率减轻了，企业"包包"里的钱就会多一些，业主发展生产和进行投资的积极性和能力也会相应提高，由此促进了经济增长，扩大了国家税基，财政收入当然就相应得到增加了。

（四）埃及政府对社会的严格管制及教育的落后，束缚了国民的创新意识和创新能力，阻碍了科技文化的进步，从而制约了经济发展。一方面，埃及建国以来的60多年中，除8年外，一直处于紧急状态。我们在开罗看到街上的警察和警卫比城里的树木还要多，一个个头戴钢盔，荷枪实弹；虽然司法独立，但是国家安全法庭经常以各种理由取代民事法庭审判平民；舆论受到严格控制，信息传播速度相当缓慢和有限；议会实际权力微弱，被称为"橡皮组织"。这种高度集权的政治体制等于把国家所有重大问题都交付少数人去思考。另一方面，埃及落后的教育体制不利于埃及科技文化进步，导致高层人力资源十分匮乏。据统计，目前埃及社会的文盲率为27.7%，文盲人数大约有1240万。埃及当前教育体制的弊端在于：第一，教育拨款捉襟见肘且资源使用效率较低。埃及各级学校都雇佣了大量不事教学的行政人员，他们与教师的比例为1∶1，大量财力不是投入到教学中而是浪费在行政人员的扯皮里。第二，课程设置陈旧，教育质量低下。埃及学校所教课程与当前社会需求严重脱节，许多大学生因为所学知识派不上用场，毕业之日便成失业之时。上述两方面情况都造成了埃及国民创新意识和创新能力的萎缩，导致科技文化进步缓慢。比如在联合国发展署关于世界各国技术传播和创新能力的评价中，2001年，埃及每1000人中固定电话、手机和因特网使用者分别为104、43和9.3人，大大低于世界平均水平的169、153和79.6人；每100万人拥有专利者仅为1人，远远少于世界平均水平的68人。这种"脑力匮乏"状况严重损害了埃及经济的国际竞争力，特别在当前知识经济时代，其负面影响更是非常严重、非常深远的。

（五）埃及政策决策层对推进改革举棋不定。穆巴拉克总统对埃及稳定和中东和平做出重要贡献，在埃及拥有一言九鼎的威望，在世界特别是在阿拉伯世界具有举足轻重的影响。然而对于推进全方位、大刀阔斧的国内经济改革，这位政治巨人似乎犹豫不决，至少过于谨慎求稳。他曾多次申明改革的重要性和紧迫性，却又担心改革的推进会破坏社会稳定，酿成社会动荡；他对一些修修补补的小型改革工程颇感兴趣，却不愿意打破瓶瓶罐罐去触及埃及经济社会中存在的深层次的矛盾和问题。因此，有人说他是一位"裱糊匠"，对一间破屋东补西贴，勉强涂饰，从外面看好似一间净室，但其歪斜的架构未变；有人分析他的做法也许是因其76岁的高龄和长达20多年的执政生涯，磨去了他推进改革的锐气、开阔进取的豪气和承受风险的勇气；还有人认为，害怕深层次改革危及统治阶级和商业集团的利益或许也是一个重要原因。我认为，上述评论虽有些道理，但都过于尖刻和片面，未能全面考虑穆巴拉克总统的处境和难处。其实，穆巴拉克总统作为埃及最高领导人所承受的责任和压力是十分沉重的。比如，要应对埃及国内人口剧增而就业岗位较少的客观现实，要处理国内宗教极端势力的多方掣肘，要协调西方社会对它那种半支持半牵制的关系等。维护国内稳定是他放在第一位考虑的问题，也是必须放在第一位考虑的问题。但不管穆巴拉克总统有多大难处，他似乎不该裹足不前，不该囿于维持现状而忽略开拓未来，而应有一个整体布局、分步推进的改革规划。另外，围绕在穆巴拉克总统周围的埃及高层决策人士大都年事已高，思想守旧，对推进改革的必要性和紧迫性缺乏深刻认识。埃及高层决策群体多为穆巴拉克总统担任军官时期结识的、长期效忠于他的老朋友、老部下。如前总理伊贝德、农业部长和信息部长等都已随穆巴拉克总统工作了20多年。这些人长期掌握埃及重要部门的大权，其中许多部长年龄已远远超过法定的退休年龄，身体虚弱、老态毕现。如82岁高龄的司法部长就常在参加重要会议时昏昏睡去。有些部长还把本部门变成一个封闭的小王国，"其思想几十年不变，丝毫不受比他们更具现代思维的同事的一点影响"。显然，要求这些人披荆斩棘地去推进改革是不切实际的。

（六）埃及民众对推进改革不甚关心乃至心存担忧。虽然埃及老百姓对身处这种日趋艰难、腐败丛生的生存状态之中很不满意，但在抱怨几声后他们仍然继续沉浸在个人的小天地里。许多人包括许多知识分子闭目不视世界大势，熟视无睹潜在危机，只求一天天把日子混过去。余秋雨先生在《千年一叹》中生动地描绘了埃及人这种不思进取、怠惰慵懒的日常生活：

"每天上午九时上班，下午二时下班，中间还要按常规喝一次红茶，吃一顿午餐，做一次礼拜……一般人完全不在乎时间约定，再紧急的事，约好半小时见面，能在两小时内见到就很不容易了。找个工人修房子，如果把钱一次性付给他，第二天他多半不会来修理，花钱去了，等钱花完再来。连农民种地也很随便，由着性子胡乱种。"我在埃及也直观地发现，开罗人走路那种慢悠悠的劲头，别说比东京人、纽约人了，就算在我国西部城市里也很难找到。另外，许多埃及人还害怕改革会像洪水猛兽一样冲毁自己的生活堤坝，损害自身的既得利益，他们只求自己熟悉的生活环境和条件永不改变："公务员担心丢掉自己那份食之无味但弃之可惜的工作，农民担心失去名下土地，弱势人群担心国家不再提供微薄的教育和医疗保障，社会主义者抱怨信仰的理论会被整个推翻，保守主义者怀疑世代相传的价值信念会被彻底腐蚀，而那些浪漫的爱国者则念念不忘那些作为伊斯兰和第三世界领头羊的黄金岁月。"由于形形色色的担忧心态，他们维持现状的愿望甚至胜过创造明天的激情，更难提具有主动承担一定改革成本的牺牲精神了。或许，正是由于民众对改革的担忧以及由此引发的游行示威，导致了埃及物价补贴制度改革的多次回潮。

五

"一个幽灵，一个全身散发出僵化和复古气息的幽灵，正徘徊在埃及上空，阻挡着埃及通向改革的道路。"这个幽灵是什么呢？——我认为，如果说文化是行动之圭、是制度之母的话，那么不思进取的思想观念正是阻挠、毒害埃及改革的文化根源，是徘徊在埃及上空的可怕幽灵。正是在这种弥漫于埃及社会的不思进取的思想观念的影响下，埃及人轻轻将改革搁置在一旁，继续走着多年不变的老路子，继续将"新鲜的血液浪费在衰老的细胞之中"；也正因如此，整个埃及经济犹如进入了冬眠状态，新陈代谢日趋缓慢。

令我备感困惑的是：埃及，这样一个拥有数千年文明、创造了辉煌历史的国度，为何当代却变得精神怠惰、意志消沉？埃及人民，这样一个曾经在大地上筑起巍峨的金字塔和雄伟的卡尔纳克神庙的伟大民族，为何现在却丧失了挑战自我、重铸辉煌的闯劲和勇气？余秋雨在《千年一叹》中指出，那是由于"埃及文明曾不适度地靡费于内，又耗伤于外，最终选择了一种低消耗原则"，这是"一种无可奈何的选择"，因为埃及文明"确实已经体力不济"。余先生的论述攻其一点，见解深切，但略欠综合，不够全面。在我看来，当代埃及文化之所以失去朝气与活力，是与其置身其中的历史和宗教传统、国内和国际环境等复杂因素分不开的，是多种力量共同作用的结果。

（一）埃及在漫长历史中形成的超稳定的社会结构，压抑了埃及文化的活力，使其表现出求稳定、求内向、求平衡的明

显特征。众所周知,埃及是尼罗河的赠物,埃及文明也是在与尼罗河的不断斗争中逐渐成熟的。古埃及的自然条件要求建设大规模的人工灌溉体系,受当时生产力水平制约,这只能由一个高度集中的中央专制政权组织民众去完成,由此形成了典型的"亚细亚生产方式",其重要特点就是崇尚等级与秩序,坚持复古与守旧,力求静态与平衡。在这种生产方式影响下,埃及社会形成了一种超稳定结构,即使内战、外侮、政变等事件发生,也只能触动埃及社会表层,而内在结构却未曾改变或很难改变。这种社会结构的超稳定其实是一种静态、僵化、封闭的稳定,是通过压抑革新、排斥创造、控制流动来实现的稳定,最终导致了"人的头脑局限于极小的范围内,成为迷信的信服工具,成为传统规则的奴隶,表现不出任何伟大和任何首创精神。"亚细亚生产方式对埃及文化发展影响深远,其文化基因沉淀至深、挥之不去,使当代埃及文化仍然表现出求稳定、求内向、求平衡的明显特征。

(二)埃及对优越自然环境、文化遗产及国际援助的过于依赖,弱化了埃及文化自强不息的精神品格。尼罗河三角洲自古就是一个土壤肥沃,温度适宜,灌溉便利的风水宝地,只要春播一粒种,即可秋收万颗黍,历史上一直是世界闻名的粮仓。老百姓基本无需为糊口苦斗,不必为御寒挣扎,只要依赖优越的自然环境,就可以勉强度日。进入当代,埃及可依赖的不只是优越的自然条件,还有祖宗传下来的文化遗产以及外国提供的巨额援助。埃及从苏伊士运河、旅游等方面取得的收入占了埃及外汇收入的大头,而从国际社会取得的援助尤其是美国援助也是数额甚巨:20世纪70年代中期至80年代中期,埃及仅从美国就获得100亿美元援助;海湾战争后,西方国家一次性免去埃及76亿美元的外债;2001年,埃及得到的美国援助达7.23亿美元。埃及这种对自然环境、祖宗遗产、国际援助的严重依赖,久而久之,就强力压制了埃及文化中那种自强不息、艰苦奋斗的雄健品格的形成,使得埃及民众在面临危机时,缺乏那种挑战自我、奋起应战的强者精神。

(三)埃及文化与西方文化之间的巨大差异,以及埃及民众因西方国家长期侵略积累的民族怨恨,严重影响了埃及对西方文化的吸收接纳。今天的埃及人并非古埃及原居民的后裔,而是公元7世纪进入埃及的阿拉伯人的后代。西方文化对于阿拉伯文化来说是一种异质文化,吸收接纳起来本来就比较困难。再加上埃及历史上多次遭受西方入侵,从十字军进犯、法国入侵到沦为英国殖民地,备受压迫,饱尝凌辱,民众在骨子里对西方世界深怀怨恨。近年来,以美国为首的西方国家在处理阿以冲突问题上,又一直采取偏袒、纵容以色列的做法,这更使埃及人对西方国家的怨恨加深。虽然埃及目前是西方中东政策的支持者,但这仅是高层的一种战略选择,在普通群众看来,西方国家仍是惟利是图、不受欢迎的坏家伙。据导游介绍,埃及人民的反美情绪一直是比较高的。上述先天和后天两个因素叠加起来，使得埃及民众自觉不自觉地排斥西方文化，在内心筑起了隔绝和封闭的无形长城。然而，西方文化既是人类文明的重要一部分，又在一定意义上代表着先进生产力和生产方式，有许多是值得学习、值得借鉴的。如果一味排斥西方文明、拒绝文化交流，难免会让自身文化显得单调、小气和贫血。

记得有位哲人写过这样的诗句："日出金字塔，千年古埃及。"而我却特意去看了金字塔畔的日落，它是那么悲壮，惟其悲壮而更显凄清与落寞。随着夕阳西下，周遭万物仿佛宿命般地沉入广漠，陷入死寂，而塔边数千年的历史却浓得化不开，纹理可辨。时有大风从沙漠深处吹来，掠过金字塔顶，又向沙漠中疾去。风中好像隐隐约约夹杂着一种巨大的悲声——千年埃及，魂兮归来……

在写这篇稿子的时候，正值第28届奥运会如火如荼地进行着。一次次地，我看到了鲜红的五星红旗在奥运赛场高高升起；一次次地，我听到了激昂的《义勇军进行曲》在领奖台上豪迈奏响。当深夜我即将结束这篇稿子时，正好看到中国运动员在田径赛场连续获得中国在这个领域里开天辟地的2枚金牌。全场沸腾，全国欢呼，全球震撼。我实在压抑不住心中的激动，泪水不知不觉从眼眶中滑落。我相信，在那一刻，所有中国人都会与我有同样的感动，为了中国运动员取得的优异成绩，为了运动员身上表现出的一种自强不息、奋发向上的民族精神，更为了几百年来中华民族历经千难万险、千辛万苦、千屏万障而最终走向新生、走向崛起、走向辉煌的光荣历程。70多年前，当中国人第一次出现在奥运会赛场上的时候，唯一一名参赛选手刘长春也是站在百米起跑线上，但他在预赛中就被淘汰了。我们，被那时的世人称之为"东亚病夫"。改革开放以来，中国经济在腾飞，文化在进步，国力在发展，而体育作为一面镜子也在国际舞台上全方位展示了中国的实力，她向世界表明：中华民族是一个能够实现从无到有、从"不能"到"我能"、从"死项目"到"新突破"的伟大民族。我骄傲，因为我们奋斗而不屈；我自豪，因为我们自强而进取；我感动，因为我们雄健而刚毅！

在我修改这篇稿子的时候，正值党的十六届四中全会在京隆重召开。新一届党中央决定将推进党的执政能力建设作为工作重点，从党的执政理念、执政基础、执政方略、执政体制、执政方式、执政资源和执政环境等方面入手，全面加强和改进党的思想、组织、作风和制度建设，使党永葆凝聚力和战斗力，永葆先进性和创造性，始终成为中国现代化建设的坚强领导核心。我更加心潮澎湃，热血沸腾，更加坚信随着我们党的执政能力的不断加强和完善，我国全面建设小康社会的光辉征程必将得到加速推进，民族复兴的伟大梦想必将得到早日实现。

在我这篇稿子即将定稿的时候，在北京玉渊潭附近绿荫摇曳的办公室里，倾听

中华民族又一次在努力超越自我的有力脚步声，眺望窗外阳光灿烂、清风习习、硕果累累的中秋大地，我突然想起了100多年前梁启超先生的《少年中国说》。少年就是新生，少年就是未来，少年就是希望。我感慨万分，且愿与大家分享这份感慨，并以此文作为本文结尾：

少年智则国智，少年富则国富，少年强则国强，少年独立则国独立，少年自由则国自由，少年进步则国进步，少年胜于欧洲，则国胜于欧洲，少年雄于地球，则国雄于地球。红日初升，其道大光；河出伏流，一泻汪洋；潜龙腾渊，鳞爪飞扬；乳虎啸谷，百兽震惶；鹰隼试翼，风尘吸张；奇花初胎，矞矞皇皇；干将发硎，有作其芒；天戴其苍，地履其黄；纵有千古，横有八荒；前途似海，来日方长。美哉，我少年中国，与天不老！壮哉，我中国少年，与国无疆！

（本文选自《行与思》，人民出版社2007年3月出版。）

师缘漫漫 挚情拳拳

王保安

"惑而不从师，其为惑也终不解矣"。师从厉老师，最初的因缘始于大学的四年。一介懵懂学子的我，在大学期间对经济学萌生了一种执着的酷爱。对经济现象的观察、思考，对经济问题的迷惑、彷徨，使我逐步接触、学习厉老师的论著。厉老师睿智的思想、犀利的评论，启迪我经济观察的心智、给予我打开经济学大门的钥匙，开启了这扇门，打开了一个崭新的世界。大学四年，我认真学习了所能找到的厉老师所有的理论文章和学术专著。在厉老的经济学思想体系中徜徉，如大海行舟，如高山仰止，使我对厉老师的学术思想与为学之德，有了愈来愈深的钦佩与赞叹。那是解开一位学子心结的大师，明德之风，山高水长。

曾几何时，我几乎成为北大的学子。若历史重演，我可能会在大学本科四年，就直接成为厉老师的学生。我高考时，高考总分高出北大录取分数线许多，但历史却给我开了个大玩笑：直到学校高考录取过半，我到校报考复读班时，才发现我的总分中漏统了一门地理分数，少计了88.5 分。等到分数纠正过来，北大等名校的录取已经结束，幸好赶上了当时属第二批录取的中南财经大学。我与厉老师、与北大失之交臂。

但现实也往往这样，愈难以得到，愈弥加珍惜。历史拉开我与厉老师空间的距离，也让我对厉老师、对北大的仰慕期盼之情，愈来愈浓。1990 年初，在项怀诚副部长的鼓励下，我再次萌发了冲击"北大"、走近厉老师的冲动，真情难抑。经过几个月的复习拼搏，艰苦备战，几乎到了筋疲力尽的地步。在北大"教甲3"的英语考试后，出场就晕倒了。尽管如此，功夫不负有心人，我还是通过了考试。但历史给我开了一个更大的玩笑：恰在那时，我所在的机关印发了红头文件，规定在职攻读原则上只能报考部属院校和科研所，且每年只能批准 3~5 人。眼看一位同事因不愿放弃名校而被劝辞，领导只好劝我放弃，仍回母校读博士。我再一次与厉老师、与北大失之交臂。

历史的河流奔腾不息，时与不同，与高考时相比，这次考博士期间，

王保安，河南鲁山人。中南财经大学研究生毕业，经济学博士。北京大学光华学院博士后，财政部财政科学研究所教授、博士生导师。现任财政部党组成员、部长助理。工作之余笔耕不辍，在《人民日报》、《光明日报》理论版及《求是》、《财贸经济》等期刊发表论文 90 余篇，论文多次在全国和中央国家机关获奖；著有《中国：经济增长与方式变革》、《转型经济与财政政策选择》等多部学术专著，著作曾获"中国图书奖"。

我与厉老师有了直接接触，与心中敬仰的老师，有了直接的交流。当厉老师知道我考博"考糊"的故事，给予了我更多的关心与鼓励，三年攻读研究生期间，厉老师从未放弃对我的指导和教诲，我成了关系不在"北大"的厉老师的学生。厉老师对西方经济学的客观评析、对宏观经济学的深度甄研、对国有企业改革的理论创新、对经济发展的制度设计……浸润着我、激励着我，我与厉老师也结下了非同一般的师生之谊。尤其是我的毕业论文《中国：经济增长与方式变革》，厉老师不仅通篇修改，而且在出版时认认真真地手写了一篇序言。三天时间，一笔一画，雕刻神工。当时，人民出版社的责任编辑李春生同志惊叹说："从未见过这样忙的大师级经济学家能如此工整、一丝不苟地手写序言，真该收藏。"序言的一字一句浸透了老师的关爱与深情厚谊。1998年第11届中国图书奖获奖著作中只有两本经济学著作，一本是厉老师的《宏观经济学》，另一本就是我的《中国：经济增长与方式变革》，师生囊括了经济著作奖项。

而立之年后的学习，常有谷未成粟之惑，一日难再晨的紧迫，使我对厉老师和北大的情结再次发酵，而此时机关对在职学习早已放开学校选择的原则性规定。2000年初，在取得主管部领导批准后，我再次报考了厉老师的博士后。当时报考者数以百计，我一人被荣幸录取。直接地、"体制内"地从师于厉老师终于变成现实。从1990年至2000年，漫漫十年求索路，梦寐期盼终成真。随后，在厉老师精心指导下，共完成了6篇研究报告，全部发表在《人民日报》理论版、《财贸经济》和《求是》三个核心报刊。最终成果《转型经济与财政政策选择》一书被评为"十五"优秀图书。每一篇论文和专著无不浸透了厉老师的心血和学术思想。

时光荏苒，转瞬到了2005年仲秋时节。井冈山干部学院叶飞树红、秋高阳暖。正在饭后散步时，我所在的中青班一位同学忽然过来神秘地问我："厉以宁老师和你是什么关系呀？"我先是一怔，紧接着回答"师生关系，怎么啦？"这位同学拿出一份当天的《人民日报》，以一种欣羡的口气说："看看理论版吧，这样的权威大师写文章评价你的学术专著，羡慕呀！"我迅速瞄了一眼，只见文章副标题是：评王保安《转型经济与财政政策选择》。一时心潮澎湃，久久难息。联想到1997年，厉老师也是在《人民日报》同一版面，评析我的《中国：经济增长与方式变革》一书。看着手中文章那力透纸背的评析观点、中肯褒扬的激励文字，厉老师悉心指教、亲切鼓励的往事，一幕幕重现眼前。我深深感到，厉老师予我的指导关怀、学术奖掖，一如春风化雨，润物无声，催人奋进。激励我探索，引领我前行。

多年来，我时常徜徉在厉老师关心、同学师友关照的春风之中，使我有不懈的动力去学习、思考、研究，努力提升自己的经济理论水平与政策设计能力。师生之缘、不世之情，将成为我不竭的学术探索和工作创新动力……

（原载《我们的老师厉以宁》，人民日报出版社，2010年版）

一千个日夜里的难忘片段

——谨以此文献给援助汶川地震灾后重建三周年和财政人

谭学亮

援建理县近两年,时间接近百来周。自从"三年援建任务两年基本完成"调整为"三年援建任务两年必须完成"以后,工作任务成倍增加,可谓周周有故事,天天有新闻。比如刚刚过去的6月20日至26日这一周,正像我两年援建生活、几百个援理日子的一个小小缩影。

周日（6月20日）

在驻地吃过午饭,我和办公室主任云峰同志就匆匆乘车赶往桃坪,准备迎接湖南省政府省长助理、省援建工作领导小组副组长袁建尧同志一行前来考察工作。县城到桃坪走317国道,大约40来公里,地震前最多需要一小时就到了。地震后湖南开始对口援建,路上经常是重车云集,同时国家又在进行"三改二",经常实行交通管制,加之沿途山体地质条件极差,时不时发生大规模塌方,致使这条道路经常被堵得水泄不通,到底需要多长时间才能通过是谁也说不准的事情。不过我们今天的运气好像还不错,只用了不到两小时,快3点就到了桃坪。

快4点钟时,建尧同志一行到达桃坪,并马上开始了工作。首站是考察桃坪新寨。桃坪新寨是我省支援理县的大型重点项目之一,目的是为了保护已有2000多年历史的国宝——桃坪老寨,传承古老神奇、独一无二的羌族文化,助推理县未来产业发展。建尧同志已经是第八次来理县了,他依然一丝不苟,先是在会议室认真听取施工单位的情况汇报,接着又踏着泥泞来到工地,现场查看工程进度,仔细询问每一个细节。

看完桃坪新寨,建尧同志一行又马不停蹄赶往30多公里外的甘堡藏寨。在2008年"5·12"汶川大地震中,具有700多年历史、被称为"嘉绒藏区第一寨"的甘堡藏寨被彻底毁掉,令人扼腕叹息。湖

谭学亮,原籍湖北,现居长沙。虽然爱的文学、学的文学,工作中当过教师,办过杂志,做过秘书,2004年扶贫,2008年援川,经历可谓丰富,收获也觉良多,却很少形诸笔墨,因此心常愧然。偶有小作,总希望能用最平实朴质的语言传达出最深切丰富的情感。

南投资4000万元，支持理县按照"统筹规划、修新如旧"的原则予以重建。工程于2010年3月5日破土动工，经过一年多的艰苦努力，目前已近尾声。进入高高的寨门，踏上平整规则的步道，欣赏着宽敞平整的点将台、伟岸挺立的石墙、藏风浓郁的民居和功能完善的演艺大厅，建尧同志非常高兴，鼓励理县有关同志和施工单位再接再厉，确保8月30日如期全面完工，投入使用，发挥作用。

匆匆看完这两个援建项目，到达理县县城已是华灯初上，万家灯火了。

周一（6月21日）

今天，建尧同志继续在理县考察项目。

在汇报会上，建尧同志充分肯定了前段工作成绩，对今后的工作，项目建设方面要求加人、加班、加调度，确保质量、进度、安全；预算管理方面要求严格把关、严控规模、严格程序、严格手续、严防突破。

吃罢午餐，建尧同志没有休息就来到湘川情社会工作服务队看望慰问社工队员，视察"社会工作和心理援助"项目的进展情况。这个项目不但是湖南省重点支持的项目之一，同时还是18个援川省份中独一无二启动的精神家园重建项目，在全国都很有地位和影响。当地党委政府、干部群众对工作队启动实施该项目特别欢迎，称赞是"援在了根上、援在了心上"，是"做了一件功德无量的大好事"。建尧同志勉励大家在下一阶段要进一步巩固工作成果，拓宽服务领域，优化服务质量，提升项目水平。建尧同志的肯定和指示极大鼓舞了社工队员。

从社工服务队出来，建尧同志一行就直奔理小路工地。理小路由北向南，连接理县和小金两县，是理县和小金县的第二条生命通道，在理县境内长度有40多公里，由湖南负责投资，其规模超过2亿元，是湖南援建理县的最大项目。建尧同志于是决定重点去工地现场看一看，并告诉我说，看路就是要多走，今天要尽量走远一点，多看一点。于是我们坐上越野车，沿着毕棚沟边刚刚开始铺筑的毛石公路，一路摇摇晃晃，向大山深处挺进。大约跑了20多公里，我们抵达二标段工区，海拔也从沟口的2000米上升到了2700米左右，但见蓝天白云下面，灿烂的阳光照耀着远处巍峨的雪山，构成一幅绝美的风景画，可是道路却越来越差了。我问，还向前走吗？建尧同志毫不犹豫地说，走！

一路走来，我们所经过的好多路段其实是修路时临时开辟的便道，山梁上更是挂满了密密麻麻的回头线，一看就知道弯急路陡难行，海拔也提高到了3100多米。大家建议停止前进，就此返回。建尧同志问，到终点还有多远？听说只有七八公里了，又果断地一挥手，继续走！

越野车一路跳着"迪斯科"，不停地左弯右绕，终于盘上了海拔3600米的高处，巍巍雪山也近在咫尺，距终点应该不足千米了。谁知就在我们胜利在望时，一处大塌方却堵住了前行之路，满地泥泞也让我

们根本没有办法下车落脚，我们只好悻悻然地倒车返回，赶往下一个考察点——古尔沟镇。建尧同志对没能到达终点感到非常惋惜。通过实地查看，他对工程质量和进度已经了然于心，对按时完成建设任务也充满了信心。

说实话，我虽然没有负责理小路这个项目，也曾来过工地好几次，只是没有一次像今天走得这样远，离蓝天、白云和雪山这样近。亲身感受建尧同志的这种韧劲、这种较真精神，我自愧弗如，更觉难能可贵。

周二（6月22日）

上午10点，湖南建工集团副总经理、同时也是湖南建工集团理县分公司总经理的陈浩同志来到我办公室，专门商洽援建项目的资金管理和规模控制问题。监督组美南、小明和财务组王剑三位同志一起参加会谈。

事情还得提前一点说起。

过去一年多来，湖南建工集团在为援建项目保质量、抢工期方面还是做了不小贡献，但是在投资控制方面确实要略差一些，比如有些中标单位，就存在明显的虚报胡报现象。为了控制投资，不管大会小会，我是逢会必讲，要求工作队及项目组加强管理，严控设计变更等关口，要求施工队依法依规，严禁乱报投资。可喜的是，2010年以来，工作队已经决定把"严控投资"作为工作的重中之重了！

为了确保2010年9月30日前全面完成援建任务，迎接国务院检查验收，4月18日，工作队召开会议，集体约见中标单位的法人代表，要求各单位全力以赴推进项目，保质保量按时完成任务，并向工作队做出承诺。借此机会，我专门讲了学校医院标段的结算审计和在建项目的投资控制问题，并举了一些比较典型也可能比较难听的例子。代表建工集团与会的副总陈浩同志一听就急了，或者说很有几分激动了，因为他说他不知道，以前也没有人向他反映过这方面情况，并表态说，5月份一定把结算工作作为重点，与工作队当面沟通。所以陈总这次来队，算是践约来了，虽然迟了一个月。

会谈开始，陈总首先表态，以前对规模控制和结算审计有畏难情绪和回避思想，监控确有不到位的地方；从现在起愿意把它作为工作重点，积极配合支持，力争少点水分、少出笑话、少露马脚。同时还提出了希望理县项目资金由理县分公司统一归口管理等几条建议。美南、王剑、小明三位同志重点通报了对各标段项目资金进行检查和结算审计两方面的情况，既客观指出了存在的问题，也明确提出了加强监督、管理和控制的具体意见。

在此基础上，我重点谈了四点想法。一是要强化政治意识。援建工作是政治任务，援建资金性质特殊，任何人都不能打主意，严禁虚报骗取。二是要强化资金监管。各项目部必须在理县开设专户以便监管，防止发生截留挪用，影响到工程款拨付和农民工工资发放。资金归口管理问题，只要各分公司和项目部同意，工作队可以予以支持。

三是强化投资控制。重点是把住附属工程、大宗建材采购和设计变更三大关口；未经工作队审查同意，一律不会认账。四是强化结算审计。目前有些标段报送的结算严重超概，必须高度重视，抓紧自我纠正；由审计部门发现的，将予以惩罚。对在建项目，应要求各标段同步做好结算审计准备工作，做到又好又快。陈总表示同意。

总体感觉，今天与湖南建工集团陈总的会谈还算圆满，真希望能够真正发挥作用，产生效果。

周三（6月23日）

今天下午本来是如同周日一样，去桃坪迎接前来理县视察的湖南省卫生厅党组成员、省中医药管理局局长邵湘宁同志一行，并陪同他们沿途考察医院、卫生院等援建项目，谁知却没有了周日那天的好运气，在甘堡和蒲溪口之间遭遇了严重的堵车。

午饭后大约1点多钟，我按原计划从县城出发。刚出县城不久，就在甘堡电站附近被执勤的警察拦住了，被告知前方不远处从早晨8点钟就开始堵车。我必须赶到桃坪，但又不知前方具体堵车情况，于是决定先弃车步行。

顺着已经铺了半边水稳层的317国道，转了好几个山坳，步行了大约三里路后，远远看见车辆是被堵在了甘堡棚洞工地那个地方，再下去大约一里路就是蒲溪口了。被堵住的大载重汽车、小货车、小汽车密密麻麻，一辆接一辆地排成了线。去年冬季我已经被狠狠地堵过两次了，一次4小时，一次2小时，巧的是那两次也都是接送客人的时候，没想到今天又碰上了！

走近现场我发现，虽然只是在放上行车，现场还有交警在满头大汗地指挥，但车速却极为缓慢，简直是像蜗牛一样在慢慢挪动。原来，因为靠山的棚洞正在修，占去了本来不宽的半边路幅，棚洞以下的公路也刚刚铺了半边水稳层，所以这段路整个就变成了单行道，因此现在根本没有下行的可能。

正在心急火燎却又无计可施之时，我身边又多了一个被堵的同盟军——理县政府副县长刘培英，她同样也是去桃坪迎接这一批客人。客人是越来越近，我们却寸步难移，看样子今天是没有办法在桃坪接到客人陪同考察了！

这时，我们发现在杂谷脑河的一段驳岸边似乎出现了一个豁口，虽然不太大，但离汽车压出的外侧深沟却离得很近，大约不足一米，如果车辆继续碾压深沟或者偏向外边，就很有可能翻车出事。于是我们就自发地当起交通指挥员来，每有一台车开过来，就举手示意司机尽量往山里边靠，离豁口远一点。

不知不觉，快3个小时过去了，被堵的车辆远没有断流的影子。有灵通人士说，蒲溪口以下还堵着好几公里呢！这时云峰同志来电告诉我们，客人马上就要到桃坪了。于是我们迅速做出反应，建议客人不要在桃坪、薛城等地停留考察了，而是尽量加快行车速度，争取赶上正在放上行车的机会，否则一旦改为放下行车，就又不知堵到什么时候去了。而我和刘副县长等

人,则返回甘堡藏寨迎接客人。

返回到甘堡的路上我想,见到客人后肯定要先表示歉意,同时还要告诉他们,这样的事情虽然在理县、在灾区几乎每天都在发生,但却不一定每个人都能刚好碰得到,今天让大家碰上了,说明大家有福气,这是老天爷让大家多一份独特的灾区考察体验呢!

周四（6月24日）

今天的主要任务,是赶往成都,飞往北京,准备参加明天在人民大会堂召开的"民族地区社会工作与社会建设论坛"。本来是计划昨天先到成都的,因为省卫生厅领导要来视察,就改了行程:今天上午赴成都,晚上飞北京。因为担心路上堵车,还特地把航班订在了晚六点。

八点钟匆匆吃过早餐,首先陪邵湘宁局长一行考察理县文体中心、湘川情社会工作服务队、理县人民医院、公共卫生服务中心等在县城的重点援建项目,看望湖南省第九批援助理县的医疗卫生队员。一路行来,邵局长对理县医疗卫生系统一流的硬件条件赞不绝口,并一再叮嘱理县有关同志要扎扎实实地加强软件建设,充分发挥援建项目的作用,同时勉励湖南医疗卫生队员搞好"传帮带",多多造福理县人民。

陪同视察完在县城的医疗卫生项目,时间已近十点。我与邵局长一行匆匆告别,就急急忙忙往外赶。其实刚才在理县人民医院时,县政府应急办副主任姚世友同志就告诉了我甘堡大塌方的消息,并说初步估计要下午四点才能通车,政府办主任夏朝俊同志正在现场指挥抢险。我一听这个消息就急了,如果真到下午四点才能通车,那就只有坐直升飞机才能赶得到成都再飞北京了,否则就不用去了!问题是直升飞机当然不可能有,而我明天上午要代表工作队在论坛上发言,这是头等大事,又怎么可能不去呢!于是我要姚副主任抓紧进一步弄清情况,并让他转告夏主任,如果车不能过人能过,就请帮忙想办法从甘堡以下哪个乡镇借一台车来,把我们转运出去。无论如何,我们今天必须赶到北京!

踏着满地泥泞,穿过交警临时拉起的警戒线,我来到离垮塌现场最近的地方,找到了正在指挥抢险的县交通局局长罗清华。他告诉我,垮下来的石头大概有万把方,一下子根本清不完,特别是马路正中的那块巨石就有300多吨,挖掘机根本拿它没办法,只能等放炮炸开,估计午后才能清出一条路来。

眼见时间一分分流逝,我找到夏主任,请他乐观地估计,什么时候才能开出一条道来!他说起码也要在下午一点半以后。我一听,不敢再耽搁了,就决定采取第二套方案,人冒险冲过去,到对面坐车,走人。因为谁敢肯定下午一点半肯定就会通路,路上也不会再堵车呀!于是,我们几个要到北京开会的人赶快拿上行李和开会用的资料,瞅准山上没有滚石头的空档,一次走一个,左手提行李,右手扶石头,趔趔趄趄地往前跑,同时还要紧紧盯着上方,生怕有石头滚下来。战战兢兢跑过了乱石阵,到了塌方地段对面,大家这才松了一口气,坐上了夏主任帮忙备好的车。

所幸沿途下来还算顺利，只在蒲溪口被堵了半小时，所以我们在五点钟前就赶到了成都双流机场。路途中得到消息：甘堡垮塌路段终于在下午三点半通车了，谢天谢地！

周五（6月25日）

北京。人民大会堂。重庆厅。上午9时。

由中国社会工作协会主办的"民族地区社会工作与社会建设论坛"隆重举行。

论坛对全国民族社会工作先进单位进行了表彰。令人自豪的是，湖南省共斩获三项大奖，其中湖南省对口支援理县工作队获"民族社会工作创新奖"，下设湘川情社会工作服务队获"民族社会工作组织奖"和"民族社会工作集体奖"。中国社会工作协会会长徐瑞新评价说，湖南是18个援川省市中，第一个在政府层面将社会工作运用到援建实际工作的省份，反映了湖南省委、省政府的远见卓识，体现了湖南人民敢为人先的深厚文化底蕴，具有重要的开创性意义。

更感荣幸的还有，我以《让和谐之花盛开理县大地》为题，代表湖南援助理县工作队在论坛上第一个发言，赢得了在场领导、社工专家和全国各地同仁的热烈掌声。

荣誉，来自辛勤的耕耘。我不禁想起了这个项目背后的一些故事。

2008年8月底，我们正式进驻理县，开始了伟大的援建进程。汶川大地震给理县人民造成了巨大的物质损失，所到之处墙倒屋倾，令人痛心疾首。更令我们感到难过和手足无措的是，当我们面对遭遇重创、悲痛欲绝的理县人民，特别是那些死亡伤残家庭的成员时，劝他们"节哀顺变"，或者"要坚强"、"要乐观"什么的，往往显得苍白无力，难以产生什么效果，有时候甚至还会起反作用。我多么希望我有一套劝人的专业本领，能够帮助理县人民抚慰受伤心灵、摆脱精神痛苦、走出灾难阴影、回归正常生活啊！

这时候，通过别人的介绍，一支特殊的救灾队伍出现在我的眼前，这就是由湖南省娄底市残疾人爱心互助会组成的心理援助大队，主要成员是苏建飞、毛智文、许涟钢等人。他们首创的"心灵抚慰＋生活自理辅导＋创业就业指导"的残疾人互助模式，还于2008年10月12日在绵阳举行的"'5·12'震后心理援助首届国际论坛"上被授予"国际莫尼卡人道主义杰出奖"，是三个团体奖之一。当国务院确定由湖南对口支援理县以后，他们辗转找到了我，希望能协助工作队，为治疗理县人民的精神创伤做点贡献。

我把娄底市残疾人心理援助大队引荐给了工作队银桥队长，并谈了我的想法：把这两支队伍整合成湘川情社会工作服务队，负责具体实施理县精神家园重建活动，工作队负责提供财力支持。其工作目标，就是既努力为理县人民提供独到的心理援助服务，更努力促进这项事业在理县、在四川灾区其他地方的发展。

银桥队长同样被这支队伍和他们的不

凡举措深深感动了，他同意作为一个精神家园方面的独立项目予以支持。对口支援必须坚持物质家园和精神家园并重，否则就不可能是完美的对口支援。

县委书记蒋刚、县长蔡清礼以最快的速度做出批示，认为该项目意义重大，请求工作队尽快组织实施；省领导小组也很快同意把该项目纳入我省三年援建规划，并作为第一年的重点项目。于是，在18个援川省份中，唯一一个精神家园重建项目，就这样在湖南工作队、在四川理县幸运地诞生了！

周六（6月26日）

上午是中国社会工作协会组织的培训活动。授课的专家有好几位，其中有一位专家颇值得一提，她就是中国青年政治学院前党委书记、常务副院长陆士桢教授。

陆教授是中国社会工作协会专家组的首席专家，2009年10月，她曾带队到理县，考察确定"全国社会工作服务组织示范工程"的试点单位，湘川情社会工作服务队是待考察的最后一家。陆教授告诉我，很多人都向她推荐过湖南援建工作队在理县开展的"心理援助和社会工作服务"项目，从理县上报的材料看，感觉也很不错，估计很可能是几个试点单位中最好的一个，但她一直没有表态同意，因为她必须亲自到现场考察，必须眼见为实，方才心安。

陆教授不但做事认真扎实，而且一直就是"拼命三娘"，过去是，现在也是。虽然退居二线了，却比在位时还要忙，一周有大部分时间都是在空中飞来飞去，连轴转地到处讲课。她说："没办法，这方面的专家太少了！"

陆教授还讲了她自己买车的故事。因为要到处讲课，所以就经常要用车，她虽然退了二线，用车还是有保证的，但经常去要车自己也感到很不方便，于是就决定买一辆车，自己来开。她老伴一听坚决反对，说她不如干脆直接买一个骨灰盒得了。不过，陆教授还是坚决把车买回来了。而且，为了花最短的时间把车学会，她主动提出给驾校交双倍学费，条件是给她安排一个专职教练和一台教练车，让她不分白天黑夜，全天候学一个星期的车。别看陆教授年纪不小，可真还有一股倔劲和韧劲，硬是只用一周的时间就学会了驾车，并顺利考取了驾照。所以现在如果在北京市区讲课，都是由她自己开着车跑来跑去。

从陆教授身上，我仿佛看到了中国社工的伟大身影。我想，如果我们的社工们都能够像陆教授那样对事业充满激情，对工作认真负责，不辞辛劳，无私奉献，我们国家的社工事业就一定会大有希望。

路易的财政

刘江华

刘江华，1971 年出生，河北唐山人，纯爷门儿。东北财经大学经济学士，北京理工大学工业工程硕士，北京航空航天大学博士毕业学管理。曾任东北财经大学校刊主编，星期六诗社社长，《纪检论坛》（创刊）执行主编。偶有经济财政短文发表，十年九旱。当兵十一年，干过惊天动地两件事：惊天为送神舟飞船和杨利伟上天，动地为参加核试验第一个冲进爆心。现为财政部机关党委综合处处长。领导和同事的评价为："工作踏实、作风正派、团结同志、廉洁自律"。有时幽默。

突尼斯政权的垮台，原自"面包契约"失效。从 1956 年突尼斯独立以来，即践行卢梭的"社会契约"理论，建立了政府与百姓间心照不宣的约定，突尼斯特色的"面包契约"。因为民生资源紧缺，政府以"面包"换取百姓的顺从。逐渐地，"面包"扩大到了糖、茶、咖啡、煤油，以及教育、医疗、住房等，以补贴形式分配这些民生物资，取得部分成功，直至 2011 年 1 月。维基泄密爆料突尼斯独裁总统本·阿里政权的贪污腐败，26 岁大学生为抗议警方阻止他贩卖水果蔬菜谋生而自焚，引发警民冲突，催化人民反政府的决心，本·阿里仓皇逃亡，"茉莉花（国花）革命"胜利。

突尼斯独裁总统本·阿里仓皇逃亡时，他一定非常懊恼，觉得神马都是浮云。但是，如果和上了断头台的路易十六相比，路易一定会羡慕不已。

十四、十五，现在轮到十六了

路易十四高度专制，自称"朕即法律、朕即国家"。路易十五荒淫挥霍，"我死后哪管他洪水滔天"。1774 年，心地正直善良但优柔寡断的路易十六即位。

早在中世纪的 1302 年，法国就召开了历史上第一次"三级会议"，第一等级教士、第二等级贵族、第三等级市民分别开会，各自讨论议案，不分代表多少，各有一票表决权。1357 年，法国颁布《三月大敕令》，确认三级会议享有决定税额、监督赋税征收和使用的权力。然而，波旁王朝却长期充当了逆历史潮流而动的角色。当路易十三还是个"儿童国王"的时候，就由他摄政的母亲做主解散了三级会议。路易十四

进一步扼杀了高等法院对王权进行监督的职能，王权以外的意志表达被彻底窒息。虽然"太阳王"路易十四时代的法国是强盛和稳定的，但没有民主制度给力的"强国"是虚幻的，他所加强的是一个上层对下层平民拥有无限权力的旧制度，这个制度已经腐朽了，不可能维持长久。路易十五执政后期，宫廷生活糜烂，经济方面仍然很成问题。

此时的法国，就像任性玩闹的孩子，累了。为了支付到期的债款和利息，王国政府不得不举借新债，从而使国家财政陷入恶性循环，发生了严重的信贷危机。路易十六认识到，对下层民众积怨已久、而特权阶层死守不放的赋税征收制度进行脱胎换骨的改造，不改不行了。他先是任用重农学派著名学者杜尔哥为财政总监进行卓有成效的财政改革，然而，在改革的关键时刻，路易十六却恢复了"穿袍贵族"（法官）的特权，反对改革的力量骤然增大，刚刚启动的、明显有利于资本主义经济发展的财政改革化为泡影。此后，国王又接连任用瑞士银行家内克、里尔省总督卡隆以及图卢兹大主教布里埃纳等主持财政改革，无不以失败告终。

即使如此，路易十六推行的财政、赋税政策与他的前任已经有了很大的不同，已经比较温和。这个时期法国的社会经济以前所未有的速度繁荣起来了，如托克维尔说的："公共繁荣在大革命后任何一个时期都没有大革命以前20年中那样发展迅速。"但历史没有给路易十六留下足够的时间。1787~1789年的法国，农业连续歉收，粮食严重短缺。与此同时，由于农产品价格的急剧上涨和1786年英法通商条约的生效，工业危机加剧，大批法国企业倒闭，大量工人失业。巴黎本地的情况更加严重，还有成千上万的人从贫困的农村地区涌进巴黎，城乡下层居民大都处于饥寒交迫之中。

路易十六总是把面临的深刻政治危机和社会危机看作是一种"小危机"，他的注意力总是放在诸如增加财政收入这样的问题上，唯独不愿意听取有关政治制度改革的意见，而是企图通过财政、赋税体制的修补来克服那个"大危机"。实际上，严重的财政危机往往是严重的社会危机的反映，需要进行全面的社会变革，对此，路易十六毫无认识，实行的仍然是旧的财政管理体制，财政管理是秘密的、无保障的，人们在这里仍遵循路易十四和路易十五统治下的某些不良做法。政府努力促进公共繁荣，发放救济金和奖励，实施公共工程，这些每天都在增加开支，而收入却并未按同一比例递增，这就使国王每天都陷入比他的前人更严重的财政拮据中。

法国的财政收入达到2000万时，路易十六仍然觉得不够花，要求国民继续掏钱。于是，在短短的一代人时间里，财政收入飙升到超过1亿。显然，这是一种没有刹车装置的制度。法国国王自查理七世（公元1422~1461年在位）时就"做到了不需要各等级同意便可任意征派军役税"，从那一天起便种下了全部弊病与祸害的根苗。如托克维尔所说，任意征税乃是一切流弊的根源，"并在王国身上切开一道伤口，

鲜血将长期流淌。"

没有把握，纠结开会

万不得已的国王于 1788 年 7 月 5 日同意召开三级会议。

路易十六面临的困难，最主要的原因是制度上的。此时的第三等级，是教士和贵族之外的一切社会阶层，力量空前强大，他们早就不再满足于纳税多而权利少的政治地位，只要有合适的机会，他们就要将自己的意愿表达出来，重新改组社会结构和重新分配权力。三级会议为第三等级提供了一个难得的机会，他们不失时机地将这次会议变成了制宪会议。于是，第三等级的代表就不只是作为纳税人，更是作为立法者来参加会议。所以，这次三级会议注定不会是一个仅仅事关财政事务的会议，而必然是一个重新划分社会权利与权力的会议。

积累起来的经济病和社会不满情绪为当时即将召开的三级会议带来不祥的兆头。对此，路易十六竟没有丝毫察觉，更没有提出任何社会改革的方案以应对第三等级可能提出的要求。如果国王改善财政状况以求政治稳定的意图在三级会议上能够实现，法国的历史就完全是另一种样子了。然而，经过数十年启蒙思想熏陶的 18 世纪的法国毕竟已经不是一个多世纪以前那个君主专制思想占主导地位的"古典主义"的法国了，事实证明，路易十六的设想只不过是一种天真的一厢情愿。这样看，国王早在他批准召开三级会议的那个晚上，就给自己签署了死刑判决书，或许，在他登上断头台时仍在为当初召开三级会议的决定而悔恨不已。

会议开得果然很不顺利。国王关心的只是财政问题本身，财政大臣内克的主题报告则是国王"指示"的乏味而冗长的注释。第三等级的代表们对路易十六大失所望，他们认为，三级会议不能成为特权等级维护私利的场所，必须制定一部宪法以维护人生而有之的基本权利，建立一套新的国家机器以取代弊端丛生的专制机构。在他们看来，如果继续实行三个等级分厅议事并按等级投票，税收权利和政治权利的平等就是一句空话。

1789 年 6 月 17 日，第三等级将有名无实的三级会议改为"国民议会"，并且赋予自己批准税收的权力。对此，路易十六并未想出什么化解危机的良策，而是采取了一个愚蠢的行动——关闭第三等级的会议大厅，结果引发了著名的"网球场宣誓"："如果不制订出一部王国宪法并使之得以实施，他们决不解散。"

攻占巴士底狱引发的经典对话

路易十六在王后及部分宫廷贵族的鼓动下，向凡尔赛和巴黎四周调派军队企图加强对局势的控制，激起了因政府财政改革毫无成就而生活艰难的普通民众的强烈不满，并迅速演化成一场社会动乱。人们到处寻找武器，贫民大肆抢劫。1789 年 7 月 12 日下午开始，成群结队的起义者开始焚烧遭人痛恨的税卡。这些税卡的勒索被

小店主、酒商和小消费者恨之入骨，早已成为经常引起骚乱和企图走私的场所。在4天的骚乱中，54个税卡有40个被摧毁，文件、登记簿和收据均化为灰烬，税务官四处逃散。7月14日，爆发了著名的"攻占巴士底狱"的行动。

由此，引发了一个经典的对话：

巴黎市民攻克巴士底狱的当夜，当路易十六听到消息时询问身边的廷臣昂古尔公爵："这是一场叛乱吗？"

昂古尔回答："不，陛下，这是一场革命。"

1789年8月4日夜的制宪会议上，贵族和教士的代表们纷纷提议废除一切不合理的封建特权和赋税，取消徭役和其他人身奴役，通过了著名的"8月法令"。8月26日，制宪会议又通过了具有里程碑意义的《人权与公民权利宣言》，从根本上铲除了旧制度时期的特权原则，取而代之的是人权和法治原则。

路易十六为了控制局势，命令驻扎在杜埃的佛兰德团向凡尔赛进军，激起巴黎民众更大的愤怒。10月6日凌晨，一群情绪激奋的群众冲进王宫，国王的几个贴身侍卫被杀。关键时刻，路易十六选择了不与民众对抗，被暴动的民众押回了巴黎，被软禁在杜伊勒里宫中。

1792年9月21日，领导暴力革命的国民公会宣布废止君主制，第二天又宣布法兰西为共和国。

1793年1月16日，作为立法机构的国民公会就路易十六的生死问题进行表决，激进派仅以1票的微弱多数决定了路易十六的命运。1月21日中午，年仅39岁的路易十六被送上了设在大革命广场（今协和广场）的断头台。如果不是发生民众暴动，法国完全可以像英国那样逐步地建立起立宪君主制度，走上宪政之路。但遭受压迫剥削太久的法国人此刻已经没有耐心继续等待，他们把积累了一个世纪的仇恨毫不留情地全部倾泻到了可怜的路易十六头上。

法国著名历史学家米涅说，在革命者的步步为营面前，路易十六步步退让，而实际上如果不惜代价从一开始就坚决抵抗的话，他甚至有可能在有生之年保住王位。在改革过程中，路易十六缺乏坚强的意志，他的改革计划所遇到的阻力是他所意想不到的，也是他未能克服的，因此，正如一个君主因拒绝改革而遭到毁灭的结局那样，他是由于尝试改革而毁灭。

由此可以得出一个结论，改行仁政和继行暴政都是困难的，因为要改革就要有力量使特权阶级服从改革，触动既得利益者。

财政改革给力革命之火

专制强权的路易十四在位整整72年，昏聩无能的路易十五竟也在位59年，而温和善良、愿意改革却又十分软弱的路易十六，历史留给他的时间竟只有15年！他要通过财政改革取消上层阶级的财政特权，恢复被历代国王废止了160年的三级会议，把全国几百名代表请到凡尔赛来"共商国是"，是他之前的专制统治者远远做不到的。

他一次次地妥协、让步，并没有真正实施武力镇压，都可以说明他是一个比较开明的国王，人们还能期望一个旧时代的君王做些什么呢？

革命的发生并非总是因为人们的处境越来越坏，最经常的情况是，一向毫无怨言仿佛若无其事地忍受着最难以忍受的法律的人民，一旦法律的压力减轻，他们就将它猛力抛弃。一个国家经济越是繁荣，旧制度消失得就越快；政治自由程度越高的区域，民众对革命的支持也就越积极。这是一把双刃剑。

对于一个坏政府来说，最危险的时刻通常就是它开始改革的时刻。在大革命发生以前一段时间财政政策的调整改革可以带来经济的发展，民众的生活水平也能做到比过去有明显提高，但大革命恰恰就爆发在这个总体情况相当不错的时期。单纯追求经济改革、经济发展并不一定带来社会安定、避免革命发生。临近巴黎的地区在革命前几年就取消了个人徭役，军役税的征收比法国的其他财政区更正规、更轻、更平等，但这里却恰恰是大革命的主要发源地。

革命前的 20 年里法国政府变得过分活跃，连连发起从未有过的各种事业，成为工业品的最大消费者和国内各项工程的最大承包人，造成社会上与政府有金钱关系、对政府借款颇感兴趣、靠政府薪金为生、在政府市场投机的人数以惊人的速度增长，国家财产和私人财产从未如此紧密地混合在一起。财政管理不善在过去是政府的"公共劣迹"之一，是从来就有的老问题，但现在却正在成为千家万户的私人灾难。1789 年，法国国家欠债达到 6 亿锂，那些债权人本身又是债务人，正如当时的一位财政家所说的，他们与同受政府财政管理不善之苦的一切人联合起来，把他们的怨恨一齐向政府发泄。请注意，随着这种不满的人数的增多，他们更加激怒。因为投机的欲望、发财的热忱、对福利的爱好已自动传播增长，30 年前对同样痛苦逆来顺受的人，现在对此却忍无可忍了。

一方面是民众发财欲望每日每时都在膨胀，另一方面是政府不断地刺激这种狂热，可是又不断地从中作梗，点燃了又想设法把它扑灭，最后，终于熊熊大火烧起来再也控制不住了，君主专制政权就是这样从两方面加速了自己的毁灭。

惊心动魄财政史

为什么一场财政改革会引发大革命？为什么良好的改革愿望带来的却是否定改革者自己的结局？

财政是政府履行职能的物质基础、体制保障、政策工具和监管手段。在任何时代、任何社会制度下，财政都是个大问题。财政、税收实际上是一国政治的全部经济内容，它与市场经济制度的作用发挥、国家自由民主制度的构建、人民的主人翁地位的确定、现代法治的形成等几乎所有的国家大事都密切相连。因为向谁收税、收什么税、收多少税、怎么收税，公共资源的配置方向和数量界定，税收、预算权如何分配、如何决策、通过什么程序决策等等，根本就不是纯粹的经济问题，而是关系到宪政、民主、法治的政治大问题。既然是大问题，它显然不能仅仅依靠"税种设置"、"税率调整"、"费改税"之类的具体措施来解决，而是要在重新界定中央与地方的关系，重新划分各级政府的事权、财权和预算决定权，构建财政民主制以体现宪政民主的经济内核，真正实行纳税人对政府财政活动的直接监督等方面进行实质性的全方位的彻底革新，舍此没有更好的出路。

以降低绝对剥夺的政策如减税或提高纳税人权利为特征的财政体制改革并不必然带来稳定的社会秩序，反而有可能引起社会的不稳定，这是法国大革命前夕财政改革的一个主要教训。政治不稳定不一定来自于绝对剥夺，可能在更大的程度上来自于相对剥夺，或者说，来自于经济发展和政治自由度的提高。就这样，权利意识已经觉醒的、对专制制度已经难以继续忍受的、私有财产欲望日益膨胀的民众到此时已经不会再把任何希望寄托在政府、国王的"改革"上了，他们要亲自动手了，也就是从这个时刻起，一场流血的革命就不可避免了。

路易十六由于历史的和阶级的局限，没有把财政当作政治问题来处理，不知道以政控财、以财行政，而是把财政看作是纯技术问题，进行的只是一种低层次的改革。这种局限性极大的改革在一个民众的权利意识、民主精神已经有所觉醒、社会矛盾已经急剧激化的社会里，只能带来经济状况的暂时改善，却无法拯救旧制度，甚至会引发革命，加速旧制度的灭亡。如果他能够以更高的视点观察判断所面对的形势，顺水推舟，适时地把财政改革的触角延伸到政治领域，在确定公民权利、三级会议的权限和王权的限度、放弃贵族诸多特权方面采取一些实质性的作为，更加主动地将此次会议变成一个真正的制度改革的会议，法国将会顺利地建立君主立宪制度，避免流血革命，他自己也可以避免悲剧性的结局。

作为一个身处社会转型大潮中的中国财政人，回首200多年以前的那场惨烈的大革命，不禁感慨万千。1789年，正是"皇恩浩荡"的乾隆五十四年，中国人在做什么？"盛世"下的奴隶与至高无上的皇帝能有什么制度上讨价还价的可能？西方谚语说"地狱的道路是由善良的愿望铺成的"。200多年后的今天，公共财政制度正在构建中，方向、力度、节奏的把握，与政体改革的互动，能否有所借鉴呢？

斯坦福的秋天（外一篇）

许昕

许昕，1976年出生。2002年毕业于财政部科研所，现任职于财政部国库司。2009年，参加财政部斯坦福大学高访项目学习，研究养老基金管理及政府财务报告相关问题。平日爱好读书、游泳。人过而立，拥有理想的工作，身处团结的集体，加之美满的家庭、可爱的孩子，由此而感悟生命，感爱生活。偶有心得，与友分享。

来到美国已有一段时间，疲于最初的租房、开户、购置简易家具、安装电话及网络等琐事。当一切尘埃落定，终于可以躺在床上，静静地审视繁荣与浮华背后地域与文化的差异，信仰与理念的不同，思索着那些或远或近但又挥之不去的做人做事做学问的大道理。尽管希冀的心从未改变，却少了许多年少时的轻狂，倒仿如醍醐灌顶，整个人清爽起来，思维也渐渐活跃了。一些体会，和大家分享。

毋庸置疑，作为世界著名的学府，斯坦福有着她独特的魅力。置身于校园，穿梭于课室，棕榈大道、大方院、纪念教堂，眼底收尽的美是真实的；商学院、胡佛研究所、格林图书馆，身边弥漫的学术气息是浓郁的。在这里，无论是听教授讲课，还是与国内来此就读的硕士生、博士生交谈，感受最深的就是，自信写在每个人的脸上，在通往学术圣殿与成功彼岸的路途中，他们早已将自己融入斯坦福，成为斯坦福骄傲的一份子。

或许是身份的不同吧，在庆幸能够来此访问的同时，我也时常感慨，尽管那道光环就在指尖闪烁，但当你伸手触摸它时，才发现望尘莫及，自己不过是匆匆过客而已。这种感觉似曾相识，也就越发让我困惑。近些天，试着听了几次经济系高级经济学的课程。坦白讲，且不说克服语言障碍，单是一长串的数学模型推导公式，也着实让我汗颜。看着课堂上活跃的年轻学生，蓦然意识到，一份耕耘，一份收获，困惑的根源在于自己从未付出过如他们一般的努力！那份自信与执著，犹如凤凰涅槃，分明是历经了千锤百炼后，破茧重生的喜悦与内心的宁静！

"不诚无物"，先哲孔子阐述的思想总是对的，这次是有了实际的体会。做任何事情，无论最初的动机是什么，要想做得圆满，着实需

要靠"诚"这个态度去推动、去实现。或许由于潜质与机遇不同，衡量每个人成功与否的标准并非唯一，但可以肯定，如果从未真诚付出过，那就一定不会也不可能融合，不过重复着过客的失落与惆怅，徒留下遗憾罢了。

关于爱心，是在了解斯坦福的故事之后被深深触动的。人们常提起老斯坦福夫妇为纪念失去的爱子而决定让全加州的孩子受益建立斯坦福大学的故事，但其后在斯坦福并非一帆风顺的发展史上，一个女人，凭借自己的爱心和意志拯救了斯坦福则鲜为人知。

斯坦福开课后的两年，老斯坦福与世长辞了，整个经营和管理大学的任务落到了他的遗孀简·斯坦福身上。当时整个美国的经济情况不好，斯坦福夫妇的财产被冻结了。校长乔丹和学校的其他顾问建议简关掉斯坦福大学，至少等危机过去再说。这时，简想到她丈夫生前买了一笔人寿保险，她可以从中获得每年1万美元的年金，大抵相当于她以前贵族式生活的开销。简开始省吃俭用，将原来的开销减少到每年350美元，相当于一个普通大学教授一家的生活费，并将剩余的近万元全部交给校长乔丹用于维持学校的运转。随后，斯坦福夫人亲自去了华盛顿，向当时的美国总统克里夫兰寻求帮助。最终，美国最高法院解冻了斯坦福夫妇在他们铁路公司的资产。简当即将这些资产卖掉，将全部的1100万美元交给了学校的董事会，斯坦福终于熬过早期最艰难的六年时间。乔丹说：

"这时期，整个学校的命运完全靠一个善良妇女的爱心来维系"。

读到这里，我的眼眶湿湿的……

闲暇的时候，喜欢看着金发蓝眼睛或是黑发棕皮肤的各色人等穿梭于校园，或行色匆匆，或亲密牵手、抑或是交谈着什么，常令我哑然失笑，脑海中闪过一丝念头：呵呵，尽管楚河汉界，但它上面往来的风是自由的！或许就是这份爱心吧，给了斯坦福自由的灵魂，让其得以自由地发展。

转眼看看我们人类从茹毛饮血发展到现在，不是吗，拥有爱心的人带给我们的是创造和幸福，丧失爱心的人强加给我们的是毁灭和痛苦。有爱心的人，才能发现生命之美，才能领悟生活的真谛，才能受到成功之母的眷顾！

关于用心，一个多月的生活下来，有几方面的体会：

这世间你无论到哪里，无论想做成什么，都与做人有关，只有处理好与人的关系，才能做到你想做的任何事情，任何人离开了人际关系便无法生活，而无一件事情可以脱离别人而存在。诚然，美国式的热情与好客确实让人感觉不错，但仔细想来，从古至今也好，从国内到国外也罢，讨生活、交朋友，实心实意还是基础，还是最受欢迎，大家都喜欢和忠厚可靠的人交往是不争的事实，小聪明总是不会长远。

斯坦福的"学问"随处可见，是因却少了一些愤世嫉俗，多了几分睿智和纯粹，不由得发人深省。想想看，现在这个纷繁浮躁的世界中，诱惑我们的东西实在太多了。有些人做学问不是为了增长见识，更不是为了解决问题，而是为了邀功或成名，更有甚者为了利益而替人代言。那么，如果在做学问时除去这些"私心杂念"，或许就不会急功近利，就不会被浮躁蒙蔽双眼，就更容易保持心头的宁静和质朴，离真理更近些。

斯坦福的路宽阔，占地8180英亩，设计校园的，正是著名的设计家弗莱德里克·欧姆斯泰德。他的特色是自然森林式的设计，这在纽约曼哈顿的中央公园有过亲身领略。但奇怪的是，斯坦福却没有这样的特色，莫大的校园，尽管草地林荫随处可见，却是毫无自然意味、显示人工规模的大道。设计师的灵感岂是常人所能慧悟，只是我想，这笔直的大路，是出于偶然还是另有寓意在其中呢？从学校到住所有不短的距离，曾经为了省劲，试着想抄近路回家，结果反倒迷了方向，折腾到天色很晚才进门。小镇上人不多，着实让我虚惊了一把，此后便放弃了这个念头，乖乖走起我的大路来。大概其他事情也是一样吧，每一步路、每一个抉择，倒不如慢工细活，急于一时看来是行不通的。

俗话常说，在家千日好，出门一日难。也许是很小的时候就住校，长大些独自到外地求学、工作的缘故，随意间一切平稳地也就过来了，自认为还有些闯荡的魄力。但真当凡事都要亲力亲为，经常又有些小磕小绊时，心情总是会变得糟糕，而当压力突然从有形到无形，一下子给你完全自由的空间时，又如脱缰的野马，似乎少了些方向。关于自立与自律，多少有些体会。

记得来到美国第一天，邻居（一家韩国人）便告诉我们，以他的经验，当你遇到困难或不明白的地方，可以随时向别人请教，但记住，要学会自己处理，否则别人会觉得很奇怪。于是，有了后来的到当地的社保部门申请SSN号码、自己安装网络、与老美讨价购买二手电视等等，多体验一下生活倒也未必是坏事。到了校内所在的研究中心，更明白了研究与访问是一个宽泛的概念，压力是无形的，一切全在于你自己如何去安排，去经历不一样的斯坦福生活。

渐渐地，脑中迸出关于自立与自律的思考来。我想，随着岁月的积累，阅历的丰富，每个人需要做的事情总是越来越多，所处的关系也总是越来越复杂，如果能在自立后而自律，明确自己要做什么、不要做什么，应该就会少一些烦恼，多一份对未来的把握，进而期待更精彩的人生吧！所谓"知止而后有定，定而后能静，静而后能安，安而后能虑，虑而后能得"，本应如此。

执子之手 与子偕老

——关于美国国家公园体系的几点思考

这，是黄石公园看到的一幕：6000万年的雕琢，守望终生的承诺——同样的沧桑，同样的执着。曾经，让我感动到落泪；

曾经，让我相信了地老天荒。

古稀之年旧地重游，老先生告诉我们"清晨"就在小路的尽头。尽管岁月轮回、时世变迁，她的色彩不同于往昔，但，她依然如25年前那样清澈，依然是这里最美的热泉。穿过木板搭建的小路走近"清晨"，群山环抱、水雾缭绕，高温下生存的藻类更将其装点的眩目斑斓，令人不得不惊叹于造物主的神奇，亦被大自然的鬼斧神工所震撼！

巨鹰振翅于苍穹，驯鹿游走于林间，平地峭壁拔起，云端飞瀑直泻，关于国家公园，实在有太多的描述。但我最喜欢的，仍莫过于那份远离喧嚣的沉寂，再或是几丝沁入灵魂的洗涤。沿途上，听闻洛克菲勒家族捐赠私地创建大提顿国家公园的历史，目睹年过半百的老年夫妇自驾出游的温馨，不觉对美国的国家公园体系有一些体会。

美国的国家公园占地总面积超过33.6万平方公里，分布在338个地区，可谓一个庞大的体系。一直以来，国家公园作为公共财产而得到了有效管理，守护着包括海洋、山径、纪念地和战场遗址在内的多种自然景区和历史景点。纵观国家公园成立近140年的历史，从最初公园的定位、管理机构的设置、公园立法体系的建立，以及联邦政府的预算，到地质专家对公园地表环境的监测、对特殊公园"以火管理"政策的研究，再到园内一些小警示标牌的设立、几帧由于人类的错误行径而对自然生态曾经造成伤害的历史说明，可以说，处处体现出管理者致力于保护环境和服务公众的用心。

与朋友闲聊中谈及国家公园，几乎人人以为自豪，并提及富兰克林·罗斯福总统的名言："国家公园体现着美国的精髓。公园的风景和野生动物孕生于美国大地，建园理念萌生在美国国土——这个理念是：国家属于人民。"受之感染，不觉忆起西湖之美、五岳之秀来。细算，其实早在2000多年前，我们的先祖对于自然保护的观念就早已萌生，道家所谓的"道法自然"、所谓的"天人合一"不正如此吗？只是，在文明与进步的同时，在物欲诱惑面前，一些思想的精华被逐渐淡忘随之消失殆尽，不得不说，我们确实忽略和失去了很多。我想，比起道德的力量，政府的有效疏导和规治应当更显成效——无论是我们正在做的还是将要做的，如何借鉴并适应国情更好地管理这些公共财产，如何在发展的同时维持经济与社会的可持续性、寻求人类与自然界的平衡，都应该是一个长期的承诺，都可谓任重而道远。

众多公园中，不少是由私人捐赠建立的。置身于此，总是会想，地域与文化的差异铸就不同的信仰与理念，是非自当别论。然而，西方传统文化中关于"志愿主义"的精神、"赎回原罪"的教义，以及对于"财富归宿"的阐释，却无疑给富商巨贾们开创了回馈社会的途径。无论第一桶金如何，在积累了大量财富之后，很多人选择倾其所有造福他人。尽管在人性之外，不排除制度层面起到了重要作用，如地产税的缴纳、遗产税的开征等等，但结果却

有积极的一面，或是更好地保留了历史的印迹，或是更快地推动了社会的进步。

朋友的孩子在这里读书，总是很高兴地给我们讲每日发生的事情，有两件感触颇多。一是每逢大的传统节日，学校总会组织一些捐赠活动：有时是让小朋友亲手做个盒子写上自己的名字，捐出平日积攒的小硬币，有时是一些看过的旧书，再有是几件穿过的旧衣服；二是学校里有两个聋哑学生，为了让大家更好地和他们交流，各班便每天抽出四五分钟闲暇时间教学生手语。点点滴滴，让孩子从小体会"帮助和给予"的快乐。我想，当公益成为一种风尚，奉献成为一份普通诉求的时候，倒也不失为一种文明的再现，这和我们目前所倡导的"和谐社会"在某些方面大有异曲同工之处。

沿途所见有许多老年人退休后自驾出游，羡慕的同时，也感慨于其后方方面面的保障和支持。

社保体制相对完善。凑巧此次来访所做是关于养老金方面的研究，闲聊中问及相关，全当调查也是件乐事。目前，美国的养老金体系除国家统筹的基本养老金外，还包括有雇主为雇员建立的补充养老金及私人养老金，这种多层面的养老体制使得老年人在退休后有比较充足的财力保障，大概也是其能够如此洒脱出游的最主要原因。但是，谈及目前全球人口老龄化的压力，美国很多地方政府背负沉重的养老债务，甚至面临破产的危机，尽管政府在想尽办法解决，人们仍有一些担心和顾虑。

我想，经过多年的建设，我们的社保体系具备了较好的基础，随着民生财政、新农保等制度的实施，社保的覆盖面也逐步扩大，但仍不尽完善，着实需要广泛借鉴与反思，这样才能真正做到未雨绸缪、从容应对。

基础设施比较健全。尽管多数国家公园都远离都市甚至地处偏远，但却能明显感觉到相关基础设施比较完善，治安、救援等保障体系比较健全。沿途高速路上，我们发现有很多自助的服务设施，譬如加油站、饮水系统、微波炉等，其中有些还是免费的。我们还亲眼目睹了直升机援救交通事故的场景。平时几乎见不到的警察，总能在需要时出现在身旁，一次是由于找路，车开得比较慢，警车随即而至询问是否需要帮助；再是朋友背包遗失，没过多久就被警察送回。在黄石公园内，一对老夫妇的汽车引擎因气温骤降无法启动，求援不久公园管理员便赶来解决了问题。正因为如此，安全和服务有了较好的保障，减少了老年人出行的后顾之忧。

财政政策造福于民。国家公园的主要收入来源财政拨款，尽管近年来国家公园财政状况欠佳，号称第一家国家公园的黄石公园也"濒临破产"。虽然相关部门为此担心，但目前黄石公园门票却非常便宜，大概20美元，有些国家公园还是免费的。出于非盈利性考虑，公园内也几乎感受不到商业行为的烦扰。不可否认，人们享用众多的低成本公共资源的同时，也面临着高昂的税赋。美国人一生中三分之一的收

入用来缴纳各种税负，譬如在加州，即便日常用品，也要缴纳9.25%的营业税。从这一点上看，倒是有些"劫富济贫"的味道。当然，一方面这与美国强大的国力有关，另一方面，其财税政策似乎更强调平衡社会的财富分配。

另外，美国被称为"车轮上的国家"，其公路体系相当发达，国道、州道交纵且少有附加费用。总体上考虑，驾车出行一来比较经济，二来尽管公园面积广大，但驱车几乎可以到达任何一个景点，只要有足够的体力和精力，大可纵享美景。与之相匹配，其汽车租赁行业发展也比较快，一般机场、城市中均有连锁的汽车租赁公司，承租方便且相对费用较低，其后涉及的信用、保险、理赔等相关事项均与个人信用挂钩，省去了中间环节，比较易于操作。

黄石的所见所思，常令我不尽感慨：我们的父辈何时能够如此洒脱？我们的山川何时能得到如此保护？多少有些凉意，透过天窗望去，皓月当空、繁星点点，空气中散满着静谧和灵动，然蜗于车内却是踏实和幸福的。触及岁月留下的丝缕痕迹，体验文明与自然的完美结合，恍惚间，牛顿的作用力与反作用力原理被诠释到了极致，万物相生由因得果。正如那些公园守护者所说："世界属于我们，但她更需要我们！"我想，这就是所谓人性的美好、生命的永恒吧……

月亮·花·诗

——献给财政姐妹

王彦欣

王彦欣，1957年9月生于北京，上过学、当过兵，喜欢文学诗词歌赋，曾攻读于中国人民大学中国现代文学专业，工作之余常有一些小品文、小诗歌见诸于报端昔见处。现任财政部机关服务局局长。

人说你是水
像绵绵洁净的一泓清泉
有波澜而不浮躁
快乐地伴随着生命的长河
终日里低吟浅唱

我说你不是水
你有着水过石穿的力量
呵护着生命诞生的摇篮
用瘦弱的肩膀支撑起另一半脊梁

人说你是月亮
你把太阳的光芒延续到没有太阳的晚上
内心却藏着不甘、藏着遗憾
寂静中绽放出一抹温柔、一丝清亮

我说你不是月亮
你清丽绝俗、神圣光芒
多少英雄、圣人身上流淌着你炽热的鲜血
因为神圣，你才不做依付他人的月亮

人说你付出的是忙碌和辛劳
娇美的欢颜过早地染上岁月的风霜
男人做父亲只用了短短几分钟
你为做母亲却要付出一生的善良

我说你付出的是爱和心血
你在勾勒自己生命图案的同时
却用生命的精髓哺育着成长
你以无私和伟大
精心缔造了明天的希望

人说你是花
艳丽的光彩散发着沁人的芬芳
生活让你点缀得七彩斑斓
你让世界变得更加丰富、更加鲜亮

我说你是诗
你有着琴心剑胆般的韵味和沧桑
妩媚中透着真情，娴淑里包含着智慧
只有细品品读，才能体会到那种震撼和力量

人说你是茶，品尝过后沁人心扉，有着无穷的芳香
人说你是酒，有着甜甜的滋味，让人不禁联翩浮想
人说你是秋日淡淡流云，自然而然流露出一种飘逸、一种优美
人说你是夏日凉凉雨丝，洗涤去的是起落的尘埃和张扬的目光

我说都是 也都不是
你就是你

懂得把多彩的生活提炼成一种彻底的精神享受
懂得在繁杂忙碌中调试出一种宁静和希望
懂得在人生中追求品位，自尊自强
懂得在工作中收放自如、乐观向上

你就是你
有着自爱的深刻
有着情爱的丰富
有着母爱的无私
有着博爱的和祥

你就是你
在不断的失去中不断地获得
在不断的徘徊中不断地向往
在不断的追求中实现自我
在不断的进取中塑造形象

你就是你
拥有着可歌可泣的精神支柱
拥有着感人至深的精神能量
拥有着一份对美好生活的殷殷渴望
拥有着一份属于自己的事业梦想

这就是你啊
财政姐妹们
这就是你啊
从容、自信、聪慧而阳光

路边拾遗（组诗）

贾康

五十所感

少有冥思识剑胆，
风起云飞面八荒。
三蒸九焙心坦荡，
南晖北暮意苍茫。
攻书研道凭滋味，
眷国忧民恃热肠。
江山胜迹追法眼，
月如霜处鬓如霜。

端午

吃粽子的时候，
总咽不下亘古流传的思绪，
泪水决堤涌成滔滔的汨罗江。

屈公走散，君王已远，屈平独在激流中喊救世，
文人们望江争议，谁醉与谁醒，
商人们沿江兜售，离骚与粽子。

一张青叶载不动沉重的历史。
您在水中，我在现世，作千载的回望。

赠友人

叶落方觉秋意浓，
酒醒始知梦无踪。
旷谷幽兰馨香永，
冰原雪岭意态丰。
微风吹露成天籁，
朗月临空照大同。
箫韵已随伊人远，
余音犹伴浪千重。

凡尔赛宫

辉煌金碧依旧是，
血火狼烟不同材。
方订和约凡尔赛，①
万里风雷绕地来。
四传天子荣枯尽，②
九州生气五四开。
屈辱百年终成史，
神舟怒射天下白。③

注：
①凡尔赛和约1919年签于凡尔赛宫镜厅，触发中国五四运动。
②据介绍，凡尔赛宫为路易十三开始修建，后路易十四居此宫在位七十余年，征伐开拓；路易十五在位五十余年，开一代宫廷奢靡风气，追求时尚艺术、声色犬马；路易十六昏庸至极，民不聊生，终至大革命爆发，与皇后双双命丧断头台，其子死于狱中。
③访欧出发日，正值"神舟五号"载人飞船发射成功，翌日胜利返回，举国欢腾，全球瞩目。

拾遗五首

（一）西山道中
曾别西山久，再望此登临。
川流一线白，梨花满地银。
春阁重重树，孤帆处处云。
由来惜岁月，还是少年心。

（二）宝坻途中
河北大平原，金秋何壮哉！
日照腾紫气，云横添素白。
谷熟粮如海，树茂林为带。
极目感古今，燕赵人豪迈。

（三）太湖小诗
岸边青草地，
黄花照眼开。
乘舟五湖去，
此兴正悠哉。

（四）八十之期
大功大过一党成，
功大于过得殊荣。
不忘庐山与文革，
再造中华待新功。

（五）人生·历史
物质不灭，
我们都将化烟化灰。
星辰亘古，
生命只是来去匆匆。
顾不上总结，
来不及叹息，
活的是感觉，
留的是延续。
有限的磨炼和消耗中，
争取一点意义。
如白驹过隙，
轻风一缕。

（续上期《异地抒怀》）

贾康，著名财经专家，现任财政部财政科学研究所所长、研究员、博士研究生导师，中国财政学会副会长兼秘书长，财政部高级技术职务评审委员会副主任，中国国债协会常务理事，《财政研究》主编，北京市人民政府特聘专家、福建省人民政府顾问，中国人民大学、国家行政学院、厦门大学、西南财经大学特聘教授。

拥抱深情的大地（组诗词）

张更华

张更华，汉族，1965年出生，河北省广宗县人，1985年毕业于东北财经大学，现任财政部行政政法司副司长。爱好古典文学，偶写诗词以抒发内心情怀。

秋蝉

怀抱枝头碧，
身披露气清。
日出高送暖，
霜冷近无情。
委地伤薄翼，
奄息慢警声。
洁然从此去，
不辱世间名。

冬草

荣枯皆往事，
践踏入泥泞。
满腹蓬勃志，
昂首待春风。

风筝

飘摇千万尺，
几可近仙神。
无奈风中索，
不能弃凡尘。

迪庆

蓝天大海祭佛缘，
雪作哈达水作弦。
热血康巴英雄种，
歌声浩荡彩云间。
金杯玉碗称豪迈，
骏马雄鹰掠险川。
自愧身无缚虎力，
半生诺诺案牍前。

香山红叶

一
西山哪得赤如云？
为有霜叶乱纷纷。
伴送游人城里去，
坊间冷暖正相闻。

二
红叶黄花几胜春，
何来万众似流云？
秋风自会盈阶送，
睹物便知凉意深。

三
鲜艳经霜剩几只？
秋风瑟瑟满山拾。
一丘一壑安然卧，
但等春来育万枝。

雪

一
夜半忽觉寝枕凉，
飘飘白雪锁寒窗。
梧桐杨柳苦折伤。
漫卷风云英雄梦，
怀柔碧玉芰荷香。
窈窕倩影倚新妆。

二
飘飘洒洒满天飞，
万里山河个是谁？
醉里依稀尘世远，
云中漫步不知归。

三
短日薄冰雪似尘，
枯枝托起万朵云。
一朝晴暖东君至，
红绿浑如去岁春。

四
今夕恍恍除夕夜，
烛影幽幽雪影深。
造物何惧三冬冷，
晓钟过后又新春。

五
冰彻寒天鬼啸风，
了无趣味虎年冬。
除夕夜梦关山雪，
一树梨花万树情。

六
江山宛若月明中，
上界鹅毛落九城。
任是有情无情处，
化为春水润无声。

临江仙·黄浦

醉醉迷迷黄浦路，
飘飘细雨绵绵。
游人散尽倚栏杆。
灯火佳丽地，
不见有云天。

往往来来功利事，
平添心内忧烦。
巾车白鹿访名山。
青烟缭绕处，
可否作神仙。

浪淘沙·感寒

窗外舞翩翩，
春雪飘然，
绵绵笼盖润无言。
路上行人枝上鸟，
又感轻寒。

少小事如烟，
烂漫田园，
风花雪月尽娱欢。
澎湃静如钱塘水，
蕴满波澜。

遗失的沙子

金荣华

引子
从山丘来到海边
我到处寻找那颗遗失的沙子
海滩上沙的世界迷了我的眼
我倒在沙滩上睡着了
在梦里终于找回了那颗属于我的沙子

一
夏夜
无数颗星星在闪烁
亲爱的，你能否告诉我
距离地球几十亿光年曾经的地狱般的烈火
为何变得如此美丽和宁静
和谐是遥远的欣赏和缺失的记忆

二
一条大河流入海洋
科学家说是直线与圆在联姻
哲学家说是有限与无限在相亲
少年说是两个青年在热吻
诗人说是母亲拥抱归来的儿郎

三
黑夜里
婴儿一声啼哭
惊醒了熟睡的母亲
灯亮了
解开衣衫的母亲
将硕大的乳送到婴儿张开的嘴里
悠悠乳香是母亲的摇篮曲
音符上有两个男人

鼾声款款
伴着咕咕的流咽
不再饥渴的灵魂
和谐黑暗与黎明

四
孩子还小的时候
父亲驮着一天天长大的儿子去公园
父亲垂老的时候
儿子背着一天天衰老的父亲去医院
一个在爱中成长，一个在爱中衰亡

五
和谐是上帝存放在聪明果里的爱汁
有人偷吃了禁果
心里生了爱就用树叶遮住那害羞的地方
数万年后
科学家用放大镜从躺在博物馆里的那片树叶上寻找和谐

六
希望是酒后胡言乱语中流露出来的冬天里的梦
是挂在流浪者脸上淡淡的笑容
一颗沙子也有梦想
穷人在梦里总是穿金戴银
拥有数不清的财富
让财主忌妒得深度昏迷
诗人在梦里整个世界变成了他口袋里的一颗沙子

希望是种子
和谐是树
自由和尊严是阳光和雨露

七
上帝在有些人的灵魂里放了一点酒精
他们就成了诗人
在有些人的灵魂里放了一点睡丸
他们的灵魂至今沉睡不醒
在灵魂沉睡的那一刻
和谐就休克了

八
天使掉进酒缸里，出来时变成了酒鬼
魔鬼掉进染缸里，出来变成了蓝色的猫
亲爱的，请你告诉我
灵魂的和谐是炉子里炼出来的
还是染缸里染出来的

九
一位老者逝去
没有留恋
没有匆忙
像一片树叶飘回大地故乡
家人为他举办了简朴的葬礼
在葬礼上
天降大雪
覆盖了一切
不知这是人间挽留者碎裂的心瓣
还是天上的世界迎接他掉下的花瓣

金荣华，1963年3月出生于浙江省安吉县，1985年江西财经大学毕业，毕业后就职于财政部农业司，现供职财政部会计资格评价中心，高级会计师。

十

思想的锁链是透明的
感情的锁链是柔软的
欲望的锁链是鲜红的
没有窗户的牢笼
是另类的和谐

十一

一个财主梦见自己被抢了钱变成
一无所有的人
一个国王梦见自己跪在大臣前面
接受审判

梦中的世界并不总是有更多的和谐

十二

骆驼可以驮着我们到达沙漠的绿
洲
亲爱的，你能否告诉我
我们心灵的绿洲在哪里
谁能驮着我们去

十三

宽容的田里常收获狭隘者的奉献
仁慈的河水哟何时净化鳄鱼的心

瞎子和哑巴携手就能有嘴有眼
和谐是两个有缺点的人的深度合作

十四

张大千笔下的老虎是和谐的组合
毕加索笔下的人物是和谐的拆分

十五

忧虑是横在后花园路上的一堵墙
它使我们看不见眼前的鲜花
和谐是那墙上新开的窗户

星星·风·河流

吴斯宁

在读古诗十九首时，我重新发现了星星，风，河流……这些亘古不变的东西在静静流淌。

夜色降临了

露水随着星星一个一个
水泡一样冒出来
天空、土地以及土地所滋养的万物
都湿漉漉的

我们看到草叶、花朵、黑色的枝条……
跳跃着星光

但天空依然是蔚蓝的
是被河流、奶汁、泪水洗涤后的蔚蓝
是纯洁的

连鸟声也是湿润的
我们听到了树林间翅膀的拍击声
眼睛却被眩目的一瞬闪亮所惊奇

有人说，那是鸟翅扇落了一颗星

但我们是静默的
夜色也是静默的

在静默中，河流声在悄悄地靠近
让我们想起童年、飞舞着的红丝
巾、远去的少年

初恋以及离别、隔河的眺望……

距离。星星与天空的距离
天空与大地的距离
人与人的距离

起风了，树梢在摇晃
土地上，阴影开始飘动

我们感到了寒意
不论在春天还是秋天里
在夜色中独行的人总是脆弱的
多少个夜晚过去了
脆弱依然没有改变

当一颗流星划破夜色时
那一声惊呼
也被冻结在历史里

而今天，一颗心去磨亮那已蒙尘
的历史时
忽然感到了无数世纪前
另一颗心的跳动

距离消失了
衰老死亡的阴影也消失了

这时，我们看到了银河——
永远的河流从我们头顶静静流
过

夜之鸟叫

我像一块安静的石头
静静地躺在土地上
直到一声尖厉的鸟叫
划破了夜空
我才真正感到了宁静
才真正成为了一块石头
一株毛毛草从我的耳中长出
而眼睛上
睡着了
无数的星星

鸟巢

在树的顶端
蹲踞
如一团蓬松的黑发

而那棵树
高大而孤独

仰望
想穿透黑暗深处的黑暗
穿透每一颗隐藏的星

而一根根树枝托举
如同托举黑夜
托举自身的命运

（作者：宁夏财政厅监督检查局）

夏风里的歌（组诗）

莫之军

夏日旷野

一支粗犷热烈的歌
在夏的旷野
灼热的风里流行
歌之淳真炽烈
有着我们父亲母亲们
向往秋日金色灿灿的感情
炎日下
老牛样劳作的身影
有着我们兄弟姐妹们
迎迓橙黄季节的期冀
热风里　青鸟似
蓬勃激越奔放的翅膀
呵　这夏风里有歌优美酣畅
我们如春种样
饱满成熟　似稚鸟
不断不断不断
歌唱歌唱歌唱着
飞向丰硕的秋季

归家路上

夕阳西下
蝉声渐远
归家的路上
一片灿烂的灯火
如萨克斯管
吹奏的欢乐的旋律
奔驰在夏日的夜晚
宽阔的公路林间
高大的白杨树
有若梦里娉婷的情人
在皎洁的月光下
柔曼温馨地等待
风雨兼行的旅人
挟空空行囊
回归家园

曾经有过

曾经有过的歌谣
依然会久唱不绝
曾经有过的梦幻
依然那般撩人心扉
曾经有过的路
依然会延伸向前
曾经有鸟飞去
依然会有鸟翩翩飞来

曾经有过的
并非都会烟消云散
在我们深藏的记忆
多少都留有岁月的痕迹
曾经有过的
并非全是灰暗苦涩
沉淀于跋涉者心底
曾经有过的
不论你愿意不愿意
她总是自由自在地来去

山坡

从前
走过我的祖父
后来
走过我的父亲
再后来
走过我
和我的兄弟
如今
我的儿子
从遥远的都市
回到他陌生的祖籍
想望一眼
山坡
已夷为平地

春日青海湖

高原之上
天鹅
鹰
在飞翔

澄净之水
如洁白的哈达
源于
莽莽雪山

春日
湖畔
古木苍苍
叶红草绿

美丽的青海湖呵
鸟的天堂
诗人的故乡

站在高高的楼上观风景

站在高高的楼上
观风景
广袤大野
如秋天
美丽的湖泊
尽收眼底

宽阔的大街
似纵横交错的网
闪烁视野

络绎不绝的车河
一如
传说里阿拉丁的神火
满载梦幻
在人们憧憬的目光
驰骋

莫之军，1963年11月生于鄂西北南漳县，曾经服役多年，20世纪80年代中期复员到湖北省财政厅工作，现在湖北省财政厅科研所从事机关刊物编辑工作。业余爱好文学，曾在《诗刊》、《长江文艺》等百余家报刊发表诗歌、随笔、散文等文学作品若干。1998年出版诗集《为往事而歌》，2004年出版诗集《风中短笛》，并有多首作品荣获过有关报刊优秀奖，另有诗歌作品入选多部诗歌选集。现为中国诗歌学会会员、湖北省作家协会会员。

诗·词·赋

相逢一笑天地宽（组诗）

李旭鸿

李旭鸿，字慕云，曾用笔名江羽，1976年生于陕西长安，北京大学法学博士，中南财经政法大学财政学硕士，拥有国家律师资格，现供职于财政部税政司。曾获财政部"杰出青年"、全国优秀学生干部、湖北省高校优秀共产党员等称号。坚持学习研究、笔耕不辍，已公开发表财经法律论文40余篇、参编专著20余部以及若干散文诗歌等。

夜雨

夜雨中
思想的视线延伸得很远
夜雨中
你把我的思念绷得紧紧的
夜雨中
人生和历史都在默默蹒跚
我在现代化的旋转里
寻不见感人的震颤

我想把延绵千年的生命力
在"秦岭行旅图"里
再铺染一遍
我想一再地品味苦涩的风雨
然后踏着泥泞
艰难走向你
我想苦苦操作黄土地的厚重
把一种力介绍给远古
启化出活生生的今天

夜雨中
秋池涨满了
思想和相思

古都

　　这是一个满袖都是凝重的地方。这是中国浩浩大西北的千年明珠。这是无数王侯将相、才子佳人粉墨登场的舞台。这里曾是世界的灵心……
　　这里是很多人的故乡。也是我的老家。
　　　　　　　　　——题记

夕阳·烟云

掩不住古都沉重的心跳
箭楼的飞檐
宁静地挑着千古的明月
斑驳　方正
老砖渗出盛唐和强汉的光芒

幽幽的护城河
淌着一曲曲《广陵散》
诗人折枝的灞柳
还在风中奏响《阳关三叠》
渭水滩上清瘦的芦苇
轻诉秦皇将士的粗犷英气
卷着历史而来的黄沙
又将天地扮成辉煌的雄旗

我轻抚老砖
一种悲凉、一种清净
刺入肌肤
我从垛口望去
朔风猎猎中有胡马狂嘶
我站在吊桥上
站在斜阳中的古老与年轻
我想拥吻革命历史偌大偌深的古城
却只抓住了她枯干的老手
而她把我搅入千年慈爱的怀里
我聆听到她苍劲的心声
触摸到她雄浑的呼息

我闻到长安春花
遥看见近却无的草色
古城体内不断
催涨的激情
让我脸热心动

我看见
开阔的蓝天染进城墙
飞腾的阳光穿透古老的空气
火红的灯笼笑迎天下宾朋

蓝天
阳光
目睹古城
又上演一出
开
元
盛
世

硅藻大业

　　2010年8月，在吉林省临江市参加中国硅藻土产业发展高峰论坛有感。

长白腹地临江城，
物华独厚天有情。
山珍矿木九州誉，
江泽泉池四海评。
产学商研齐论策，
钟鼓琴瑟共争鸣。
硅藻大业奋英贤，
喜看林海腾巨龙。

春蚕

康佳

一

如丝丝春雨润泽天地万物
似阵阵清风吹散历史尘烟
平衡是落笔的支点
清晰在账页中重现

会计
就是这样一个平凡的职业
没有雷霆万钧的豪言壮语
只有掷地有声的傲骨尊严
没有叱咤风云的恢弘气势
只有公允真实的道德积淀

就像春蚕吐丝
即便作茧自缚
也要把收益转化成资产
再一次完成生命的裂变!

二

会计
是一个枯燥的职业
在阿拉伯数字的排列组合中
在账簿凭证的往来传递间
描述着生命的状态
印证着人生的价值
抵御着金钱的诱惑
对抗着权势的威胁!

会计始终如一
用道德的尺度
信守一个恒久的诺言
会计从不动摇
用良心的天平
守护一份古老的情结

诚信为本 操守为重
是会计人的生存理念
坚持准则 不作假账
是会计人的品格气节

既然选择了使命
就应当承担责任
既然选择了目标
就只能勇往直前
失却公允与完整
剩下的只有错觉

面对"利润统治道德"的
尴尬情形
面对"会计报表化妆"的
拙劣表演
我们怎能视而不见?
阳光下岂能有黑暗
拨开迷雾重见晴天
信息中岂容掺假
让我们共同向虚假宣战!

三

会计,
是一个乏味的职业——
缺少花前月下的温馨浪漫
却用青春点亮生命
撑起蓝天一片

会计,
是一个平淡的职业——
没有衣锦还乡的志得意满
却把心血化作甘甜
晚秋夕阳正艳!

几度风雨春秋
几经沧海桑田
点点滴滴汇聚社会财富
一笔一笔记录时代变迁——

从上个世纪
铁笔铁算盘的方寸天地
跨越到 新世纪
电算化的网络空间

会计啊,就是这样
一个永远
值得珍惜
值得追求
值得眷恋的职业!

尾声

听,
春的脚步敲响了激越的鼓点
看,
新的征程续写辉煌的诗篇

让我们继续把汗水洒进
希望的田野
而不是在金秋的硕果里
陶醉自满

让我们继续以年轻的心扬起
生命的风帆
以坚定的步伐迎接
时代的挑战!

作于2000年4月,修改于2011年2月

康佳,女,1970年出生于内蒙古,1992年毕业于内蒙古大学汉语系,文学学士。一直从事财政工作,现任内蒙古自治区财政厅政府采购管理处副处长。工作之余,爱好写作,主要作品散文《天边飘过故乡的云》《我在美国当翻译》等,诗歌《河套平原》《很想看看草原》《舞动的风车》等。2009年加入内蒙古作家协会。

金凤引鸟（组诗词）

徐丰

徐丰，1964年出生于黑龙江，计算机硕士。现任财政部信息网络中心综合处副处长。小时常听中央人民广播电台的《阅读与欣赏》节目，至今喜欢文学诗词。

家有新生儿

家有新生儿，可爱又可人儿，
他笑你也笑，他哭你费神儿。
怎么费神儿？得想啊——
是渴，是饿？还是想媳妇儿？

今天是圣诞，听说圣诞老人专门给孩子送礼物，
赶着小鹿，驾着雪橇，
满世界送礼物。
哎，要是圣诞老人真的给我小孩送礼物，
也许送来个外国小妞儿跟他玩儿。

家有新生儿，父母没闲事儿。
从早忙到晚，真想睡一会儿。
喂奶水，换尿布，洗个澡，
学本事儿。
摸摸这儿，看看那儿，
就想教他世界是怎么回事儿。

家有新生儿，父母有干劲儿，
为啥有干劲？
因为有了"第三者"！
有了新的爱！

这种爱——
是一种爱护——
一种牵挂——
一种希望——
更是一种责任！

要问做了父母啥体会？
一个字儿，
美！
心里美，脸上美，
吃苦不算苦，
挨累不叫累，
只要他长大有作为，
自己牺牲也无所谓！

小鸟离巢

今年，我小孩上小学一年级，且住校。我把老师比喻成金凤凰，在她的带引下，展翅高飞，去开创新的人生诗篇。

离巢小鸟乍投林，
欣喜新奇偶思亲。
朝霞瑞彩金凤现，
首引高歌雀动音。

浪淘沙

南戴河

大任落于肩，
群力克坚。
南戴河旁有海滩，
志趣朋友志趣唤，
共赴休闲。

海天畅心田，
身吻自然。
水浴沙浪风味餐。
心心交融聊不倦，
乐在其间。

尼亚加拉大瀑布

来到美加交界处的尼亚加拉大瀑布，雷鸣雾漫，碧水飞鸟，阳光照雾，时有彩虹映天，甚为壮观。

尼亚宏瀑雨雾澜，隆隆重慢万浪帆。
碧潭浮鸟彩虹起，游此李白必妄颠。

七绝

天地人

经过"非典"，人们对人类与自然的关系又进行了深层反思。

天地孕育万千年，
人与自然本蹁跹。
丹鹤折翅泠泠雨，
他年葬我草可嫌？

北宫山赋（外二篇）

林子

　　北宫仙山，飞峙京畿西苑，南接青龙湖，北守颐和园，西邻潭柘寺，东望白云观。群山逶迤，如龙蛇奔走；森林蔽日，似烟雾弥漫；盘柿飘香，若酒穿古巷；河塘泛波，像风飑素练；莽苍苍，横锁大漠黄沙于一隅，令燕京天空洁净如洗；气昂昂，屏障苍旻烟尘于一处，还紫禁生态气息若兰。初春时节，山花烂漫，织万幅云锦，有纤指精雕细镂；盛夏之季，菡萏怒放，裁千朵莲花，呈姚魏争奇斗艳；仲秋十月，枫黄栌红，染陇首亭皋，数不尽色彩斑斓；隆冬数九，瑞雪纷扬，飞龙鳞凤羽，望不断缟岭素川。嗟乎！妙哉北宫山，故都胜地！嗟乎！美哉北宫山，世外桃源！

　　庚寅深秋，正天高云淡，风轻日暖。携侣畅游，赏自然秀色，气定神闲。急冲冲，驱车电擎于郊野，叩关杜家坎；兴悠悠，信马由缰于山脚，借道西五环。陌上游人如织，谁不恋山青水秀，有老态龙钟，有步履蹒跚；坳里山歌似酒，谁不醉春华秋实，品红菓清香，品黄柿甘甜。抬望眼，峻岭峥嵘，统收眼底，宛如倒海翻江卷巨澜；侧听耳，金风萧瑟，尽抚耳边，恰似大珠小珠落玉盘。绵绵湖畔，碧柳披云鬓，一丝丝一缕缕，蕴靓女心间之柔情；缓缓堤堰，银杏泛鹅黄，一枚枚一叶叶，烘壮士眉宇之风范。蝉鸣落叶，凄凄声透依依不舍；蛩响枯草，瑟瑟音怨日短天寒。予无意悲秋，喜看姹紫嫣红，谁绘丹青水墨，举天际画展，真乃洋洋大观；予有心试笔，偷泼浓颜重彩，怎奈心猿意马，乱构思图案，堪叹暗暗勖勉。回首东坡，落木翻飞，疑是孔雀蜕翎，凤凰折羽，悲壮中孕生机一片；送目西岭，天女散花，猜想卉佩金箔，柳别玉簪，浓妆里透闺秀容颜。征雁声窃窃，伴阵阵微风袭来，琼枝跳五线音符，沙沙作响；秋英扑簌簌，俟纤纤酥手拈起，指尖解九天密函，细细钻研。试问红叶，莫非春之使者？慰大千世界，彩缎千匹，红烛千盏；敢询黄栌，可是春之书笺？邀芸芸众生，寄情落木，陶醉山峦。予重整焦距，摄锦绣于一瞬；君再绽笑靥，留玉照于人间。谁亭亭玉立，棵棵枫树为之倾倒；谁灿灿桃花，株株黄栌为之翩跹。倩影举手投足，使蝶飞蜂舞；佳人明眸皓齿，惹嫔愁妃烦。嗟吁！瑶池仙姿瞬间无色；嗟吁！广寒嫦

娥弹指失颜！

予常叹，叹宋朝进士柳屯田，槛菊肃疏，井梧零乱，伤赋一曲凄凉《戚氏》，让多少文人骚客谈秋色变——"远道迢递，行人凄楚，倦听陇水潺湲。"予总念，念春秋才子宋子渊，萧瑟草木，摇落变衰，撰著千载悲哉《九辨》，使几代诗词歌赋逢秋伤感——"空惨愁颜，未名未禄，往往经岁迁延"。暮秋何伤？四季轮换，冬为春之母，秋为冬之父；晚秋焉痛？时令更删，雨是雪之泪，电是雷之鞭。予颂秋之成熟，宛如夫人风韵不减；予吟秋之坦荡，恰似丈夫海纳百川。

胜境归来，几日魂牵梦绕，不知今日何夕；遐思又去，驻足云里雾里，审视亘古谜团。敢问谁造北宫山？巍峨千秋，横空万仞，壮宇宙威武之气概；冥想谁育北宫山？神工鬼斧，金镶玉掩，秀华夏俊美之万千！遐思百转，茅塞顿开，造物主劈混沌时空，开茫茫沧海浩浩桑田；舜尧十亿，彪炳史册，共和国绿荒山秃岭，植莽莽绿茵赫赫云杉。曾记否，银锄落五岭，千军万马向山头开战，索要吃穿。不曾忘，铁臂摇山河，千沟万壑裸贫寒肌肤，肆虐自然。苍天遭辱，屏障顿消，一时间沙尘弥漫。生态受毁，黑洞扩张，回眸处环球变暖。痛定思痛，退耕还林，绿化山川。千秋大计，造福子孙，美化家园。数多少春秋，京城斥巨资，造绿色首善福地；经几度艰辛，百姓结同心，筑锦绣欢畅港湾。嗟乎，壮哉北宫山！你是凤凰涅槃，历万载岁月，经雷轰电闪，化沧海桑田，佑华夏大地国泰民安；嗟乎，伟哉北宫山！你是宇宙经典，集三山五岳，聚云蒸霞蔚，耸万丈云端，引九州气象今古奇观。

噫呼吁！倚窗凭栏，心驰神往兮，巍巍北宫山！噫呼吁！把酒临风，胸襟永恒兮，赫赫北宫山！

庚寅年深秋写于北宫山森林公园

妙峰山游记

岁维己丑，序属初冬。塞北万木霜天，京畿色彩斑斓，正是醉赏深山红叶之季也。遂邀旧雨，驱车妙峰，访百年古刹，游五朝胜地，尽陶冶心灵之雅兴，慰纵情自然之夙愿，何其快哉！

名山妙峰，危峙门头。襟巍巍太行之脉，抑猎猎大漠之风，庇莘莘华北之黎庶，壮赫赫紫禁之威名。峰高千仞，云蒸雾绕眷恋其间；山呈百态，奇松怪石峥嵘其中。极顶庙宇毗连，坳里祠阁相映，依山就势，高低纷呈。玉皇顶，妙顶泛金辉九天彩仗开阊阖；灵感宫，霞宫临紫盖万姓熏香叩玉清。每逢旧历四月，云聚善男信女，顶礼膜拜，摩肩接踵。殿前香烟袅袅，如祥云缭绕，沁人心脾；堂内鱼鼓阵阵，似松涛跌宕，扣人襟膺。斯时庙会，登高眺远，放线踏青，酬山献艺，施粥布茗，一派壮观繁盛气象，几度海内域外蜚声。

车行山脚处，人伫牌楼下。红柱擎天，飞檐泛碧，蓝匾鎏金，龙蛇醒目——金顶妙峰山，真乃摄魂夺魄也。时非周末，游客稀少，车如脱缰之骥，心同绽放之蕾，笑声不绝于耳,美景不绝于目。山路弯弯,蜿蜒千尺,宛如青带系于峰峦之间;羊肠崎崎,连绵十里,恰似褐绢飘于沟壑之壁。悬崖陡峭,百兽狰狞,游客惊悚神工鬼斧;峡谷幽深,梦幻迷离,行者叹吁匿影藏形。望银杏飞黄,丹枫流红,松柏吐翠,岩石泛紫,问谁人浓墨重彩,绘长卷丹青,壮江山秀色?数乔木千株,灌木万丛,藤萝攀援,野花摇曳,是孰辈春耕秋播,植满岭群英,孕蓬勃生机?初,旧雨沉醉,抒一腔豪情,迎风引吭高歌;挚友流连,撒一串珠玑,挥笔赋诗低涌。又,道路盘旋,时光荏苒,销魂间置身金顶;凭栏送目,执仗临风,遐想中神游仙境。噫呼吁!群峰奔踊,骇浪拍空,大有倒海翻江之势;古树参天,华冠蔽日,更具顶天立地之风。巨石扑面耸立,勒刻"金顶妙峰山",红光灼目;硕匾凌阁高悬,御笔"敕建惠济祠",皇恩吟颂。瞬时古风时景,统统收入心胸。嗟夫!美哉妙峰山!

　　古人云:山不在高,有仙则灵。妙峰山,山高峰峻,道骨仙风,寺院错落,钟鼓长鸣,白塔威仪,龙柱腾空。呢喃时燕雀与落霞齐飞,缥缈间青烟共长天一统。庙祠供佛教、道教、儒教与一山,三教皈依,统佑苍生;庭院集僧侣、居士、游客与一隅,三者合一,共祈康宁。始明末清初,自香火极盛,人烟辐辏,车马喧阗,灯繁火旺,灿若列宿,实可甲天下矣。有求寿者,跪拜玉皇庙,默默祈祷兮,至虔至诚;有求子者,秉烛娘娘庙,静静许愿兮,至笃至忠。时山风袭来,千条树枝摇动,万尺红绫翻飞,恍惚人间仙境,迷者焉不信乎?仙家崇尚慈善,信徒敬奉神灵,父母之恩必报,众生之恩必报,社稷之恩必报,佛祖之恩必报。置身仙山道场,感悟慈悲襟怀,克己从礼,无念为宗。嗟夫!善哉妙峰山!

　　日斜西岭,肠饥辘辘。旋即山下,做客农家。把酽茶神清气爽,品野味心满意足。忽天降大雨,如万串佛珠九霄飞溅,滋润苍茫原野;窗落玉玑,似千行热泪两颊滑落,浸透寂寥心田。数秋雨声声,心绪千千结。任凉风习习,回首妙峰山。

　　夫茫茫宇宙,浩浩万物,唯善者美者长存。善者无奸,美者无瑕,至善至美者,乃真性也!妙峰山至美,美在山峦。横看成岭侧成峰,四面青山皆入画。主峰如剑,刺破青天锷不残;群山如簇,挽紧臂膀朝天阙。云梯百级,直逼玉皇顶,曲径三里,信步回香阁。妙峰山至美,美在林海。苍松遒劲,翠柏峥嵘,白果伟岸,黄栌俊秀。群英交织,变幻无人能解;重彩融汇,艳丽无人能工。妙峰山至善,善在仙境。殿宇画梁雕栋,祠堂飞檐叠脊,云蒸霞蔚沉浮楼台,暮鼓晨钟飞落鸦鹊。宫门二将狰狞,驱魔鬼于净土;宝殿三佛慈眉,渡众生于人寰。时逢心不净者,焚香一炷,自忏悔三刻,思改弦更张;偶遇性不清者,屈膝三拜,当郑重一诺,求皈依佛门。君不见鉴真大师驭海东渡,襟胸包万象,倡慈悲为怀;君不见达摩佛祖破壁十年,佛法镇八方,扫魍魉行踪。斯天地和谐,休戚与共,至善至美,并臻真性。唯青山不虚,神灵不伪,庶民不疑,亘古不变,聚真善美于一身，倡真善美于一宇，芸芸众生年年膜拜，鼎鼎香火岁岁不熄，孰不信欤！

山如斯，何况人乎！

己丑冬初写于北京梅鹤轩

龙 赋

夫龙者，中华民族之图腾是也。其形奇特，其势威猛，其性刚烈，其志高耸，其智深邃，其变多重，其功卓著，其运恢弘，堪谓盖世无双，四海称雄，实乃万物之尊生灵之长也。

华夏推崇龙之图腾久矣。夫远古时代，先世以伏羲女娲为人类之祖，始创人首蛇身图腾画像，奉若神明，顶礼膜拜。嗣后，部落纷争，酋首割据，弱肉强食，渐成一派，遂将自奉图腾之精华附着人首蛇身，泱泱集世间生物，浩浩容宇内禽怪，虚幻神灵构建，天地生灵主宰。斯图腾，头似骆，角似鹿，嘴似马，眼似龟，耳似牛，须似羊，腹似蛇，鳞似鱼，腿似蜥，掌似虎，爪似鹰，足似凤，尾似鸟。斯图腾，行如电闪，声似雷鸣，兴云布雨，隐介藏形，造福呈祥，驱邪避凶，飞腾宇宙之间，潜伏波涛之中，光闪闪撕裂九霄天幕，轰隆隆震撼八荒幽境，名曰：龙，真真神灵之精也。故，皇帝自诩真龙天子，黎庶自信龙之子孙，华夏自喻龙之国度。龙之文化深入人心，可见一斑矣！

今人笃信尤甚，龙之域名，遍布九州，龙之民俗，推陈出新，龙之精神，发扬光大。何乎？夫龙乘时变化，犹人得志而纵横四海。龙之为物，当拟世间英雄，英雄者，胸怀大志，腹度良谋，驾御包藏宇宙之机，冶炼吞吐天地之魂，其势焉能不盛？嗟乎！国人如斯，何其善哉！何其壮哉！

己丑年秋写于北京梅鹤轩
（作者：财政部机关服务中心）

财政赋
——为湖北宜昌市财政局大楼改造竣工而作

李晖明

江河之水源于青藏,府库之财取自民商。漾潆财政四千载,理财之辞见于《易》章。诸家百论,点时发后,圣哲千智,传世垂芒。

理财者,乃谋聚用端方。

先祖理财,咸矜取敛厥源若决。先秦至秦汉,唐宋迄明清,贡赋助彻役而租庸调,方田以均赋及青苗法,两税一条边而地丁银。各朝伟士,创制改良,满怀经世之才情,遍寻济民之良方。然重本废末,财源无盈,府库无长,苛捐杂税,历朝未央。

夫理财之僚,既患财聚而民散,更忧不时而空仓。为供上用,殚精竭虑,"思其力之所不及,忧其智之所不能",鲜见佳绩而积恙,多怀慨叹而隐伤!

今之理财,其有大道,强国裕众。定国伊始,百废待兴,兴工尤重。财计国统,国营利贡;价赋二策,养工纳农,保障给供。公启国门,英豪纷至,南北物畅,海内市通。引西洋税赋之制,习市场理财之道,三产昌隆。改利为赋,财计包干,划赋分成,理财之制,渐臻完充。后于激各方竞争,各开其源,自壮其力,充央域之库,富卓著之功。

逮至纪初,万行勃旺,百业争雄,国库疾丰。库虽丰,然政事益丛,瓶颈积成。为扬两手之长,遂生"公共财政"。弛赋补农,体恤民生;贯八纮拓揽月之衢,纾贫富振两北之业,复生态还疆域之林,举国力救雪震之灾,解饮困调南江之水,挽内需遏币信之危,承奥运展万国博览,施人道护和平之义,具彰大国之气,民族之能。于日常财用,悉守经绳。统预算内外,国库集支;各部岁预,往复求善,遵纪而正。立行之精厉,孰堪与今等!

财者,政也,乃国之常经,系邦之衰盛。国富,民必较其所得,民寡,国必受其所乱。今革未停。国求变而图其强,民期富而吁其声。多元利体,所欲各异,均平之难,诚非昔比。时移治易矣!"以人为本",本乎心神:心兮,使作而飨其成;神兮,厚教而摘其文;事兮,当公而事其民。实而不浮,柄而不私,辱而不愠;强本节用,交感上下,清慎恪敏;兼四职之功于勤理,驭三驾之力而健进。消贫富之悬以和处,求情心之通以礼行。

"以天下之财与天下共理之"。如是,国恒幸盛!

庚寅年正月

(作者:湖北宜昌市财政局)

九十华诞赋（外一篇）

胡定荣

胡定荣，湖南省澧县大堰垱镇人，1959年参加工作，曾任县经委书记。1991年1月选调财政部，曾任财政部综合司副处长、处长、国务院国资委监事会副司长等职。现为全国预算与会计研究会常务理事、《预算管理与会计》月刊副主编。发表经济论文近200万字，著有《盛世财经纵横谈》、《游子思乡》等。

吾党问世，九十诞辰。庆建党之盛典，龙腾虎跃；歌神州之华韵，水起山鸣。忆往昔，我中华大地，烽烟四起，盗贼横行，举目哀鸿遍野，腑首民不聊生。恨蒋家竖子，窃国乱政。仰十二代表，沪嘉举薪。如龙行沧海，似斗转云星。三湾改编，南昌兴兵；井冈举旗，雄起瑞金；遵义择帅，北上长征；八年抗战，日寇亡命；三年倒蒋，基业大成。旧世界彻底打碎，新中国百废待兴。财政迅速崛起，唤起亿万工农兵。以财安邦，以财治国，华夏前程日日新。

嗟乎！而后极"左"潮生，真理蒙尘，更有"文革"，祸国殃民。抓经济枉受批判，稳财政历尽艰辛。喜民心所向，朝纲重振，"四害"剪除，本正源清。

细雨无声，江山有情；春风徐来，岁月峥嵘。看财力翻番，科技创新，卫星飞船，将科学奥秘探寻；喜国力强大，奥运世博，高层论坛，迎四海五洲嘉宾。一国两制，海峡"三通"，中华同胞一家亲。一方有难，八方支援，举国上下一条心。兴改革以求持续发展，活经济实施积极财政。今政通人和，举世称颂，良策善举惠庶民。人乃一国之本，爱系万世之根。更祝愿物我生生与共，国民息息相通。以人为本，重塑现代文明；以财行政，再创盛世太平。岁次辛卯，感赋心声。

人无常胜

夫星移斗转，月无常圆；寒暑交替，时无常温；荏苒四季，花无常娇；读史思政，人无常胜。

余观古今伟人，有慎于一时，无胜于一世者也，是胜易乐，乐易骄，骄易败，度己难于度人也。史辙之鉴，凡当政者，务戒骄奢淫逸。

天下乃天下之天下，唯有德者居之。天下兴亡，匹夫有责。创业难，守业更难，道合民助，行者三思，则难者亦易也。

临武赋

黄明

夫中国之临武，古因城邑侧临武水而得名。历史悠久，源远流长。盖兆基于石器，开化于夏殷，设邑于楚时。处湘南边陲，南岭北麓。始属荆州，周归楚国，秦隶黔中，后分长沙，汉析桂阳，郡治郴县。高祖五年建县，其县治时设宜章，并领嘉禾及桂阳一部，领域甚广。曾名王莽之大武，则天之隆武，复归临武，统域至今。历尽坎坷，饱经沧桑，赋史二千二百余载。德蒙舜帝恩典，南巡至此歌咏《南风操》赞之，并教化农耕；惠泽万代，传颂千古。

夫临武者，山川奇秀，人杰地灵。其三山两水一盆地之风貌，枕西北望东南，托一峰舒南岭北麓之逶迤，分二流汇珠湘大江之渊源。山阜相属，含溪怀谷。纵横方圆，南北暗合，经途延亘，近千四公里。人丁富甲，豪气冲天，美女如云，同胞三十一万。古誉八景，流芳百世。自仙境春游、武水拖蓝，连挂榜晴岚、秀岩风月、西山霁雪，至龙洞烟云、韩山遗址、舜峰晚眺。春夏秋冬，朝花夕拾；满目风光，美不胜收！徐霞客惊其"从来所历之未有"而叹为观止。风水宝地衍生德贤俊杰。黄公师浩，封侯万里，庙食百世，赠封三朝五百年，尊为武陵广惠灵佑显应昭德侯。既为德贤，自有人敬，民间奉为昭王菩萨。威名都堂，刘公尧诲，文武双全，为人清廉，一心为民，功绩卓越。历任台都御史、户部尚书、兵部尚书，参赞朝廷机务。因其功德，加赠"太子太保"。曾公朝节，探花及第，为官清正，著书颇丰，位至礼部尚书，亦为"太子太保"。历朝文武，桑梓有为；为国捐躯，英烈无数！上不辱天，下不愧民。

夫临武者，资源殷富，物华天宝。广袤大地孕生万千风物。佳矿联姻，相伴相依。锡之精、钨之纯、铍之珍、铅锌之富、钽铌之贵、乌金之丰、矿晶之美，香花石之奇于斯为甚！南方之煤海乎其波连天，北方之金山乎其峰入云。一县双誉，曰之"煤炭之乡"、"有色之都"。

黄明，汉族，湖南永兴人，1962年生，在读博士。现任湖南高新创业投资有限公司总经理、党委书记，湖南省股权投资协会会长。第六届"中国经济百杰"、"当代湖南杰出经济人物"。历任湖南永兴县副县长、资兴市常务副市长、郴州高新区管委会主任、临武县委书记、郴州市财政局局长。撰写的《当前财政收入质量问题的成因及对策》被收入《中国当代党政干部优秀理论文集》一书。

水生尤物，地产嘉素，林宿异禽。香塘鱼贡之朝廷，临武鸭歌之四海。大冲辣椒红映日，临武香芋绿染天。龙须草席千古传颂，东山古樟独树成林。孟春花笑，胭脂淡淡绘大地；仲夏果羞，桃梨沉沉香天下。乌梅含情，蜜枣不语，年年知音自成蹊。橙柚函列，栗榴竞裂，漫山百果，异色同荣。任土所丽，应时而献！悠悠乎常闻"南风之熏兮，可以解吾民之愠兮！南风之时兮，可以阜吾民之财兮！"

夫临武者，古邑新貌，雄姿勃发。城池乎四季如春，大厦乎鳞次栉比。方轨井然，天设地造，蜕变惊人，气势磅礴。内则破旧而立新，推陈而成今。拓城三路之宽阔宛如三龙穿越，望江广场之壮美恰似巨蝶恋花。车水马龙驰于阳光之下，流光溢彩现于月夜之中。金铺相连，玉题相晖；人声鼎沸，水乳交融。繁华盛景，蔚为壮观！外则四通八达，地阔天方。拓狭路为坦途，连村道于高速；崇山峻岭，一日千里，于是乎闭塞山村豁然开朗。商贾云至，工厂林立；互通有无，互惠共赢；地尽其利，物尽其流。城乡和谐，交相辉映。截长河集西山云雨平湖播春华，汇溪流聚涓涓之能明珠托万家。纵电波之神通而知顺风耳，凭荧屏之方寸而成千里眼。多媒网络，天涯咫尺；身在乡梓，心怀世界。老则有所养，孤则有所抚。耕者有其田，劳者有所获，学者有其成。福祉日善，县力日强，风尚日新。当今之临武，百业俱兴，千帆竞发，万众同心，欣欣向荣。正挥其山川之空灵，汲其先哲之精华，以和谐一体、励治一新、敢为一流之精神，宛若东方冉冉升起之红日喷薄而出！

永远微笑的老莫

肖书胜

第一次见到老莫,是在1982年初,那时我刚从大学毕业,分配到财政部会计事务管理司(现在的会计司)二处工作,正好与他在一个办公室。最初他给我的印象,怎么看都觉得有一点像"弥勒佛",不高的个头,圆圆的大肚皮,浅浅的白头发,慈眉善目,无论见到谁满脸都堆着微笑。与他接触了十几年,时间一天天过去,周围事物悄悄在发生变化,但老莫的微笑从早到晚每天依然那么灿烂。我没见他和谁红过脸,说过过头话。在相当长一段时间里,我不太理解,无论外界发生什么变化,为啥他都与世无争,每天都这样从容,这样高兴?他究竟是怎么修炼的?

"我能挤上车的"

每天上下班,对别人来说也许不是一个问题,但对老莫来说却是一个考验。老莫家住宣武区虎坊桥的一幢老式楼房里,每天需要换乘几次公共汽车才能到三里河。20世纪80年代初,交通虽没有今天这样拥挤,但路窄车少,普通家庭不要说没有小汽车,就连自行车也不是很多。那时没有现在排队等车的好习惯,眼巴巴的好不容易盼来一辆车,大家一哄而上,年轻人各显神通,拼体力,比智慧,谁有本事谁先上,年龄稍大的只有等到后面再往上挤。对于老莫来说,上车的困难更大一些,已经70高龄的他,个子不高,且心宽体胖,每天要想在众多挤车族中"杀开"一条血路登上公共汽车,需要智慧,还需要勇气,我想在很多情况下他只能多等几辆车。虽然如此,他风雨无阻,把挤车看作是一种锻炼,一种挑战,我从没见他埋怨过北京的交通状况,埋怨过年轻人的横冲直撞,总是高高兴兴上班来,欢欢喜喜回家去。我有

肖书胜,1955年生于湖北武汉。1973年下乡做农民,1976年进城当工人,1978年入校学会计,1982年毕业于湖北财经学院(现中南财经政法大学)会计系。30年来先后在财政部会计司、中国注册会计师协会、会计资格评价中心从事与会计有关的工作。现为财政部会计资格评价中心主任。

时担心他上下班安全，询问他乘车情况，他总是说，"没问题，我能挤上车的！"

"去问问老莫"

我很佩服老莫的"坐功"，每天从上班一直到下班，老莫一屁股坐下后，除了上洗手间，很少起来活动，即便是中午休息，也是边吃饭边工作。由于几十年积累的丰富实践和教学经历，老莫在会计界大名鼎鼎。他虽坐在会计司二处，但实际上是我国会计实务界的栋梁之才。每天除了起草或审阅二处职责范围内的各行各业企业会计制度，他还直接接受司领导委托，处理司里甚至是部里的其他文件。那时会计司的同志，每当遇到会计实务中的一些问题，大家往往都会说，走，去问问老莫。不光是我们初出茅庐的年轻人，各处领导、司领导有事也经常找老莫商量。我常常看见杨纪琬司长、魏克发副司长等领导径直走进我们办公室，开口就说："老莫，这件事你看应该怎么办呀？"不管谁来找他咨询，不管官大官小，或是普通百姓，老莫总是马上放下手中活计，笑眯眯看着你，尽其所能，热情回答你的问题。特别对于我们年轻人提出的问题，他更是循循善诱，由浅入深，耐心细致，不厌其烦。我经常看到他收到部外单位，包括国务院部委、地方财政厅局、大专院校甚至是一些企业单位给他寄来的文件资料或稿件，请他帮忙审核、修改，每当此时，他心静如水，就像每天看晚报一样认真看起来。

"给我带俩糖火烧"

老莫家境不错，但生活十分简单，粗茶淡饭，不抽烟、不喝酒，没有什么特别爱好，在办公室里很少看到他喝茶，往往每天早晨迈进办公室后，倒一大搪瓷缸白开水，就开始了一天的工作。一年四季，他都穿着普通不能再普通的旧衣服，许多衣服表面已经发白，看起来像是穿了十几年、几十年。哪天要是看到他穿了一件新的，不管是衣服，还是裤子，甚至是一双新鞋，那绝对是一件新闻。20世纪80年代初，物质不是很丰富，许多东西都是凭票计划供应，我记得很清楚，我进部以后的粮食供应是每月定量32斤，其中6斤米票〔可以在食堂买大米制品（大米饭、大米粥等）、小麦制品（面条、馒头等）和玉米制品（棒子面粥、窝窝头等）〕，18斤面票（可以买小麦制品和玉米制品），还有8斤杂粮票（只能买玉米制品）。我发现从小生活在江南的老莫，对于每天中午吃什么不讲究，但他喜欢吃甜的东西，许多时候他懒得上食堂排队，往往在我出门去食堂打饭时，用标准的宁波普通话重复道："小肖，还是给我带两个糖火烧。"接过我从食堂买的糖火烧后，他一边津津有味地啃着，一边眼睛盯着桌子上的文件，继续工作，偶尔喝一口白开水润润嗓子，就像啃着烧鸡在喝白酒一样。作为一个南方人，老莫虽然也喜欢吃大米饭，但他却多次将节省下来的米票送给我们这些南方来的年轻人，处里其他老同志也经常这样。

这种温暖的情义，那是一辈子也不会忘记的。

"还有一个地方可以再改一下"

几年时间以后，组织上考虑到老莫的身体状况，他开始在家里"上班"了，省去了每天来回挤车的烦恼。其工作方式，通常是我和小刘（玉廷）充当"机要"秘书，骑着司里那辆唯一的早已超期服役的"28型自行车"，将文件送到虎坊桥他的家里，或请他审核、把关，或请他阅读、知晓。

老莫工作效率很高，我们估计数十万字的会计制度一个星期左右才能审核完毕，他通常3~4天就看完了，修改的地方用十分工整的"莫体"标出，非常清楚。不用问我们就知道，他又是白天黑夜连轴干，这是一位年近80岁的老人啊，视力也不好，没有戴眼镜的习惯，看东西几乎贴着鼻子。特别令人感动的是老莫做学问的态度，他对工作的投入、对工作的严谨往往令我们年轻人汗颜，本来我们刚从他家取回修改的文稿，大家都认为改得很好，十分满意，可过了没一会儿，他又打电话来说，"你走后我又想了一下，还有一个地方可以再改一下，这样可能更好。"

给我们留下美好回忆的，还有每次我们到他家取送文件受到客人一样的招待。一进入那不大的两居室屋，几分钟不到，老莫或师母保准送上一杯用白砂糖冲的"白糖茶"，老莫还在旁边笑呵呵地催促，快，喝点糖水，喝点糖水！手捧糖水，我们心里十分甜蜜，这哪里是糖水，分明是二位老人的殷切期望。望着老人的慈祥目光，我总是一仰脖子一口气将糖水灌进肚子，换来二位老人的满意之情。

"没有职务的老莫"

和他相处多年，唯一感到不太舒服、不很自在或者说有些尴尬的是不知怎样给外人介绍老莫，像老莫这样一个全国知名的大专家，没有"像样"的行政职务，既不是司长，也不是处长，那时还没有巡视员、调研员等非领导职务系列，外出开会或外面来人我们实在不好介绍老莫。经过多次琢磨，我们想到一个办法，将老莫两个字倒过来介绍：这是我们司的莫老，著名会计专家。听到这样介绍，老莫总是在旁边嘿嘿笑着点头，好像很知足，他从没有因为自己偌大年龄还不是一个"官"而在外人面前抬不起头，外人也没有因为他不是官而不尊敬他。

和老莫在一起时间长了，耳濡目染，我们也渐渐习惯了在没有名利干扰的环境下专心做学问。

随着时间的流失，我们对老莫的认识越来越深刻，他是一个不是官的"大官"，是一个比大官还要被人敬佩的大专家，他的大肚皮里装的全是学问，他那莫式微笑是一辈子才修炼出的结果，发自内心，令人难忘。正因为对名利的淡泊，对事业的追求，对祖国的热爱，年过花甲的他，多次一笔一画用心在写"入党申请书"，多年用朴实无华的行动向党组织靠拢，终于在1983年72岁时光荣加入了中国共产党，实现了多年

的愿望。

"老莫的大名叫？"

说了半天，我忘了介绍老莫的大名：莫启欧同志（1912~1994年），浙江宁波人，原财政部会计事务管理司高级会计师，我国著名会计专家。他1931年毕业于上海复旦大学会计系，历任上海章华毛线纺织公司会计主任、美商泛美航空公司上海分公司会计主任、上海中美火油公司会计主任。还在上海立信会计专科学校、之江大学、上海商学院等院校担任过讲师、教授，讲授过会计、统计、商业数学课程；还执行过会计师业务。1953年进入财政部后，一直从事我国企业会计制度的制订、修订和审定工作。他是中外合资企业会计制度的主要起草人，晚年研究中国会计准则课题，是我国会计界默默的辛勤耕耘者、开拓者，为新中国会计事业做出了重大贡献。曾与李鸿寿合著《会计数学》，1946年立信会计图书用品社出版，与胡宝昌合译《南斯拉夫社会簿记局条例》，1979年中国财政经济出版社出版，与李鸿寿合译[美]莱宁格(Leiningrer,W.E.)著《会计学中的数量方法》，1983年上海人民出版社出版，与龙云高、鞠新华合著《中外合资经营企业会计》，1986年经济科学出版社出版，翻译《国际会计准则》，1992年中国财政经济出版社出版。此外，还著有《对外承包企业会计制度》（中译英）。1964年与陈忠贵合作，5月在《会计》杂志上连续开办《怎样计算工业企业产品成本中的材料费用》基础知识讲座，同年9月起又连续开办《怎样计算工业企业产品成本中的低值易耗品摊销》基础知识讲座等。

最后需要说明的一点是，之所以我们刚入部门的晚辈敢放心大胆地叫老莫，是20世纪80年代同事之间称呼的"国际惯例"，除了几位部领导，我们称呼司里年龄稍大的同志都是在"姓"之前加一个"老"，反之就是"小"了。这样透着随意，显得亲热，宜于沟通。虽然现在莫老已经乘鹤西去，但我常常感到他时时就在我们周围，用微笑的神情在关注着我们，用鼓励的眼光在激励着我们，特别是我们遇到工作困难，面临名利选择时。想到他，我们感到很踏实，心里一股暖流在激荡。我庆幸这辈子遇到莫老，遇到这位好老师、好朋友。

下辈子还想让你做父亲

郑涌

听听你的叮嘱我接过了自信,
凝望你的目光我感到了爱心,
我的老父亲,我最疼爱的人。
这辈子做你的女儿我没有做够,
央求你呀!下辈子还做我的父亲。
——选自歌曲《父亲》

2010年8月6日父亲去世了,今年我有生以来过了第一个没有父亲陪伴的春节。除夕之夜,我和女儿在父亲的遗像前长跪不起,多少往事涌向心头。

郑涌,黑龙江省阿城人。现就职于财政部预算司体制管理处,调研员。

敬业的大夫

父亲从小家境贫寒,初中毕业后考上卫生学校读中专。由于品质好、学习用功,而留校任教。25岁时到佳木斯医院进修学习,此后一直从事医务工作,直到70周岁退休。说起父亲的品格,当年的老校长说,父亲在卫生学校读书时,自己看管苹果园,却从不私自吃一个苹果;提起"郑大夫",老一辈的叔叔、阿姨都说心眼好、热心肠,60多岁时,他还骑着自行车去给自己的老师打针,老门卫生病他给看都不要钱。他曾跟我说过:"当年帮助过我的人,我都尽力报答了,没有他们的帮助,就没有我的现在。"

记得小时候,家里是典型的"男主外、女主内"。下班后,父亲一直都很忙碌,当医生的他将家里的几头猪养得又肥又壮,我们家的猪很少发生瘟疫,因为父亲总是及时给它们"打针吃药"。有了精明能干的父亲,我们家的生活总是比邻居家要好一些,我们姐妹几个都

很自豪。晚上的空闲时间，父亲总是拿起他厚厚的医学书，翻来翻去，仅疑难杂症的药方就积累了好几大本，如"谁家的孩子被鱼刺扎了嗓子"、"谁的咳嗽久治不愈"，他出个小药方，手到病除。

父亲是改革开放的受益者，20世纪80年代末，有胆识的父亲就自己开了肛肠科的诊所，填补了家乡在肛肠科领域的空白，其中两项药品发明获得了国家专利。20年的时间，他风雨无阻，早七晚五，每周工作七天。他治愈了无数的患者，也无私帮助了很多家庭困难的患者，锦旗挂满了诊室。当父亲的灵柩刚停放在殡仪馆时，看守灵堂的老人拖着残瘸的腿，跪下给父亲磕了三个头，说："我的手术就是郑大夫给做的，少收不少钱，这么好的老头咋就走了哪？"父亲出殡当天的早上，很多认识的、不认识的、邻居刚买菜回来的，听说是我父亲的追悼会，自发地坐上车，送老人一程。知道父亲喜欢鲜花，我们买了300枝白玫瑰，送行的每人一枝，但最后还不够。

仁慈的长者

父亲在家族里德高望重，颇具权威。可就是脾气大，遇到亲戚朋友做错事，总要骂几句，可谓不吐不快；遇到大逆或紧急之事，甚至动手打两下，好多亲戚都怕他。但如果你家里有困难，他定会尽其所能给予帮助。我们小时候，每家都不富裕，我那早年丧父的姨、舅常年住在我家里，亲戚家的堂兄、表哥也是一到放假，就住在我家不愿走。其乐融融的大家庭里，既有母亲的宽厚，也有父亲的仁慈。

当经济条件好转时，他给双目失明、在农村居住的大哥盖房，养老送终；给住在棚户区的妻妹买了一套商品房，帮他们的儿子娶上媳妇；帮助家里贫困的大学生读完学业。父亲弥留之际，我回家陪伴，不知父亲什么时候冒出个"干儿子"，日夜在病床前喂水、接尿，在灵前守孝，怎么劝都不肯离去。后来，一问才知道是几年前父亲的一个患者，家住农村，生活困难，父亲不仅不收他的手术费，还借他2万元给孩子结婚。因此，他干脆直称父亲为"干爹"，前来报恩。当地的书记说："这老爷子心肠好啊，做了许多该政府做的事情。"

如山的父爱

小时候，父亲对我们很严厉，家教很严格。比如，女孩的坐姿要端正，不能打扮得花哨，告诉母亲不要给我们多做新衣服，能够洗换就行。每次犯错误，他都狠狠教训我们姐妹，但很少动手打我们。即使打我们，也是高高抬手，轻轻落下，母亲总背后笑他不舍得"真打"。

我上大学时，父亲有时给我写信，抬头就是隽永的几个大字："涌儿见字如面"，我都保留至今。那个时候，父亲最关心的、问我最多就是一句话"钱够不够花啊"，生怕女儿在外受了委屈，暗地里嘱咐母亲多给我点钱。

最有意思的是，我到部里上班后，为了和我有共同语言，有一阵子，父亲特别

留意报纸、电视上的财经新闻。记得10年前有一次,我的同事来到家里,父亲和人家大谈"积极的财政政策",弄得我的同事非常吃惊,"噢,这老爷子很有水平啊!"其实,水平倒谈不上,但是父亲一直很好学,而且,也希望孩子们都不断学习,常问我"你不想再读个学位了?"当听说我考上了博士,他的脸上露出了欣慰的笑容。

关心时事的父亲,正义感极强,每当听说社会不公的现象和官僚腐败问题都义愤填膺。他经常教导我,"咱'不差钱',你要是缺钱,爸爸这里有(他和母亲积攒了几十万的养老钱),可千万不能干违法的事情。"言犹在耳,人已远去。

与病魔的抗争

从医50年的父亲,深知自己得的肺癌难以治愈,但从不服输的他,一直勇敢地面对病魔。忍受了多少次放疗和化疗的折磨,他从不叫一声苦,总是说和老伴和孩子们还没处够,亲戚朋友们家里有困难依旧找他帮忙。看着四处为他求医问药的我,异常忙碌,他总是给予安慰,表达感激。由于乐观助人的性格,邻床的病友和医生都成为了他的朋友,很多人看他总是穿戴整齐,笑口常开,都说他看起来不像病人。

无论我如何发疯似地想救父亲,我都无法挽救父亲的生命。临终前,父亲那句本能的"我不想死",至今让我痛不欲生。春节前,远在海外的姐姐告诉我和母亲,说父亲托梦给她,告诉一直沉浸在痛苦中的我们,不要想他了,他再也帮不了我们了。尽管都是臆想,但我知道这就是父亲的品格。他来到人世,就是要帮助我们、爱护我们,他的使命已经结束,不希望我们为他难过。父亲,我们懂了。

最疼爱我的老父亲走了,常常看看您的照片,翻翻您给我写的信,好像您就在身边。做您的女儿我没有做够,真希望下辈子,您还做我的父亲。

写于2011年春节

对一个人的铭心记忆

清河

爷爷，我在你生前一直是这样称呼你的。在三十多个春秋里我有过无数次眼含泪水的呼唤，因为在我最初来到这个世界的时候你给予我的爱太多太多，我的童年因你的存在而像梦幻一般美丽多姿，尽管那是个饿殍遍地、动乱不已的年代，整个民族在蒙受着极"左"路线所导致的苦难，但因你的庇护我几乎浑然不觉。如果现在有人问我人生经历中最为留恋的时光是哪一段，我会毫不犹豫地说是伴随在你身边的那些日子。那段时光已成为我的精神家园，你就是那家园的主人！

一

我是在你家出生的，所以从出生那一天起便得到了你的呵护，从那一天起你就把全部的爱心倾注在我的身上。听奶奶和妈妈说，我出生你万分高兴。我的第一块尿布是你主动去洗的，我的蒙式摇篮是你找木匠去做的，铺在我身下的第一把沙土是你从沙漠中背回来的。我不知是从什么时候开始认出你的，你那慈祥的目光、黝黑的皮肤、脸上的皱纹和说话语调似乎是与我与生伴随的，每当我扑入你怀里的时候感觉是那样的温馨和安全，稚嫩的脸上总是印满了你的吻痕。记忆中我从来都是在你被窝中让你搂着睡的，在你温暖的怀抱里你给我讲述着蒙古人遥远的苍狼白鹿的传说，我就在故事中进入梦乡，像苍狼那样腾飞、像白鹿那样奔跑……

你天天盼着我长大，对我寄予无限的希望。你总是笑眯眯地问我：长大愿意当玛拉沁（牧民）还是愿意当卡德尔（干部）？我不知道卡德尔为何物，有时回答愿当卡德尔有时回答愿当玛拉沁。当我表示有当卡德尔的意愿时，你向我投来赞许的目光，神色是欣慰的，你会鼓励我一句"长大好好念书"；当我回答就当玛拉沁时，你显得很不高兴，

清河，蒙古族，1960年生。1983年毕业于东北财经大学。1983年至1995年在内蒙古自治区财政厅工作。1995年至今在财政部驻内蒙古自治区财政监察专员办事处工作，任副监察专员。

冲我说一句"不好"便低头沉思了。我想，大概是你坎坷的命运和艰苦的生活际遇使你不愿意让我重复你走过的路吧！你多次表示过希望我长大当苏木(乡)干部的愿望，这大概是你长期处于社会底层、在旧社会备受欺凌因而不希望我重蹈你的覆辙的缘故吧！现在回过头来看我已经按你的意愿当了干部，尽管不是苏木干部，你在下有知可以瞑目了。

像那个年代的所有牧民一样，你家的物质条件很差，生活极为艰苦。牧民基本生活所需的牛奶、炒米和肉类都成了稀罕物，每家只分得一头自留奶牛。我喝剩下的鲜奶才能做奶豆腐，我不想吃的奶"觉克"才能提炼奶油，无知的我当仁不让地享用了贫困条件下最为奢侈的生活资料。你和奶奶却咀嚼那坚硬无比、难于消化的用玉米渣制作的"三棱子"炒米，现在想起你用牙齿嚼碎炒米的有节奏的声音就像咀嚼在我心头那样难过。

二

你对我非常溺爱，溺爱到了对别人的孩子蛮横的地步：你不容别人的孩子欺负我，不容到了对别人的孩子拳脚相加的程度。由此邻居和乡亲们对你颇有微词，认为大人参与孩子们的争斗未免太过，你却置若罔闻我行我素。即便是在你身患绝症后依然故我，强打精神拖着病身奔向打我的孩子。我过去一直存在的有人替我做主伸冤的"自豪"变成了有人替我受罪的"自责"，觉得那鞭子应该抽打在我的身上，几十年过去了，想起你那一刻的背影我依旧是愧疚和自责的。

三

你与草原上的很多牧民一样嗜酒。每月每人5元钱的口粮款发下来你与奶奶两人共计10元。你按如下方案以重要程度依次分配：两口人的口粮费用约6元；给我买糖块儿和点心花销2元；你给自己买酒1斤花1.3元；剩下的不到1元钱才能买盐和茶。

你是个真正的饮者，对酒的认识颇有见地。你喝酒的时候神态显得十分愉快，脸上泛着红光，慈祥地注视着我，右手频频举杯，左手不时拍一下用剃头刀刮得很干净的秃头，给我讲述你亲身经历的陈年老故事的时刻便来临了，虎年大雪如何弥漫、鼠年鼠疫如何肆虐、马年去额吉淖尔拉盐如何艰难……我趴在炕上双手托起下颌随你的思绪进入了那不可思议的年代。

我不知道虎年是哪一轮的虎年，也不清楚鼠年距现在有多久，蒙古族的传统纪年方法有其独特性，我见《蒙古秘史》和《黄金史纲》也是这样纪年的，但无论如何故事是真实的，你是故事的主人公。我知道蒙古人不习惯于把历史写在纸上而善于口口相传于后世，无数个像你这样的老人把曾经发生的事情讲给他们的子孙。

四

"文革"期间，奶奶因在旧社会致富

而在新社会获"剥削罪",她无法照顾我,无奈之下你只好带着我去参加劳动。

那一年夏天,你在西拉木伦河的南岸放牛。你和另外两个牧民负责放牧六十头公牛,在一棵老榆树下你们搭起了帆布制作的蒙式麦翰(帐篷)。你们每人挖了个灶台,独自分别做饭,尽管吃的品种差不多都是从家带来的玉米渣或玉米炒面,只是充饥而已。与你们相比我的生活算是最为"奢侈"的了,因为离家时奶奶给我带了一块奶豆腐和几块牛肉干!

每天晚饭后,你便带我去河边散步。西拉木伦就是蒙语"黄江"的语音汉译,因其浑浊而得名。你对我说这条河养育了我们,她是巴林部、阿鲁科尔沁部和我们翁牛特部的母亲河。

每天散步回来后,在麦翰内幽暗的煤油灯下你便开始教我下一种叫做"吉日革"的蒙古民间象棋,棋盘的格局与中国象棋类似,方方正正的格子,棋子很有特色,是用羊踝关节骨做的,踝骨凸出的为红方,踝骨凹下的为黑方,以构建和破坏直线排列或对角线排列来博弈,变化莫测,趣味无穷,你教得十分认真,我学得似乎也很投入,有一天我和贡桑尼玛对弈居然胜了,你笑得合不拢嘴。

五

天有不测风云,人有旦夕祸福。你得了食道癌,米水难进、呕吐不止。在你患病的后期,你已经预感到以后不能为我做什么事情了,在病痛中你在为我琢磨"长久之计",你突然关心起政治来,并以政治手段关心我。

有一天你称有话要说,让奶奶把公社的民政助理矮个子道布丹请到家里来了。你躺在炕上气若游丝:"我孙子这些年一直跟着我,他奶奶富牧出身成分不好,是阶级敌人,我死后我孙子的成分不能随她的,而永远应随我的成分,他是贫牧的后代,你们不应以富牧的后代来对待他!"你说完后因力竭而昏睡过去了。道布丹极为凝重、认真地记下了你的话,临走拍了拍我的头。

也是在那几天,生产队的头儿们见你可怜,派人给你送来十元钱的救济款,你让奶奶去买了二斤大枣、一斤糖果和一个小皮球。你伸出瘦得像树枝一样的手抚摸着我的手说:"爷爷这几天感觉不好,这可能是最后一次给你买好吃和好玩的东西了,这是最后的一点心意!不要哭,人总归是要死的,今后要好好念书……"我心如刀割,感觉天要塌下来了。

那一天终于来临了。那一夜没有月亮、也见不到星星,黑暗笼罩一切。你扔下我走了,他们是把你从窗户抬出去的,这是蒙古族的丧葬习俗,你躺在名为"棺材"的木头房子里被抬上了勒勒车,把你拉向一个叫"渡尔奔玛尼"的草原坟场,也拉走了我充满阳光的日子。两道深深的勒勒车辙痕,像是在我心上碾过的,第一次尝到了人世间自然法则的冷酷。

梦中的花衣裳（外二篇）

操驰

12岁那年，母亲给我买了一件新衣裳，翠绿的底色上开着形态各异的小白花，清新亮丽，是我最喜欢的花色，真漂亮。那时家里条件比较困难，很多时候是母亲的旧工作服改一改给我穿，我穿太小了再改一改给妹妹穿，母亲从没给我买过这么漂亮的衣服，真让我惊喜万分。

母亲笑眯眯地说："快，试试看合不合身。"我脱下外衣，穿在了身上，站在镜前看看前面看看后面，美滋滋地看个没完。这时妹妹回来了，一进门，就望见我穿着新衣裳，兴奋地跑了过来，"姐姐，这花衣裳真好看。"

妹妹小我两岁，个头也比我稍矮，从小就只能穿我穿旧或穿小的衣服，母亲一直没有给妹妹买过新衣裳。妹妹看到我有了这么漂亮的花衣裳，用手摸啊摸，满脸的羡慕和渴望。

就在妹妹转身走开的刹那，我看到了妹妹的眼神，是那样的失落与无奈，我心里泛起一阵酸痛。

母亲只顾着忙，给我拉了拉领子，对着镜子里的我说："正合身，明天你不是要在校运会上当小广播员吗？正好穿上，我女儿穿上这件衣裳，女同学们都会羡慕死呢。"

看着妹妹离去的背影，我咬咬牙终于下了决心："妈，我看这件衣服不太适合我，太花了。我不喜欢这样的花衣裳，这件衣服我不要了！""什么？你说什么？"母亲吃惊地望着我，"妈妈在商店里看到件这么漂亮的衣裳，第一个就想到了你，连给你妹妹买鞋的钱都用上了，你却说不喜欢？你太伤妈妈的心了，太不懂事了。"说着，母亲已泪流满面。我也跟着哭了起来，还边哭边说："我就是不喜欢花衣裳嘛，也不先问问人家喜不喜欢就买，我就是喜欢现在穿的蓝色和白色的嘛。"

母亲气得把花衣裳拿回商店退了，给妹妹买了鞋子。看着母亲抹

操驰，现任广州市财政局政法处处长。毕业于上海空军政治学院、中央党校经济学研究生，空军中校，历任空军某部站长、指导员、干事、教导员、办公室主任等职。1999年转业到广州市财政局工作。自幼喜爱文学、摄影和绘画，一直利用业余时间从事创作，曾在部队和地方的报刊、杂志上发表散文、财政论文和摄影、绘画作品等40余篇，曾有6篇获奖。其绘画作品立意新颖，具有创新理念。受到美术界人士广泛好评。

眼泪伤心的样子，我心里默默地说，"妈妈对不起，我知道你想让我穿得漂漂亮亮的，以后我一定穿上最漂亮的花衣裳给你看。"

第二天，我还是穿上了已经洗得发白的蓝布衫，参加了学校的运动会比赛、广播，一如平常。

母亲见我固执地坚持要穿那件发白的藏蓝色布衫和母亲的旧工作服，就再也没有给我买过花衣裳或新衣裳。她觉得我很怪，一个女孩子居然不喜欢穿花衣裳。以后母亲看中漂亮的花衣裳就只给妹妹买。

蓝布衫穿短了，我就让母亲在下面接个宽边，袖子也要接一节。我穿着上学，同学们笑我穿的衣服袖子是带"过滤嘴"的。我笑着回应，很独特啊，挺好的。其实那件翠绿底小白花的衣裳常出现在我的梦里。

四年后我参军了，换上了绿军装。母亲很是高兴地说："这孩子就是块当兵的料，打小就不爱红装爱武装，从小到大就不喜欢花衣裳。"我心里想，等我退伍了，一定去买很多最漂亮的花衣裳穿，给妈妈看，却没想到这绿军装我一穿就是二十年。

如今，我脱下了绿军装，才发现自己已经不是能穿那种花衣裳的年龄了，我的衣柜里依然只是蓝、黑、白。不喜欢穿花衣裳这句话，仿佛已经在我心里扎下根了似的。母亲年事已高，去年我接她来广州小住。她望着我一身干练朴素的黑色套装自言自语："唉！我女儿，一辈子也没穿过花衣裳，太奇怪了，她怎么就不喜欢花衣裳呢？"

母亲怎么会知道，多少次我在梦里穿着我最喜欢的那件翠绿底小白花的花衣裳啊！

草屋痕迹

那年，父母带着我和妹妹来到了北方一个叫做马当镇的偏僻山沟里，住进了一间不足五十平方米的草屋，开始了艰辛的生活，也就是从那时起我好像才有了记忆。草屋的岁月是我童年的岁月，亦是我成长的摇篮。

草屋坐落在一条小河的对岸，屋前有宽宽的庭院，草屋的后面是一座长满了松树、杨树和各种野蘑菇、野花、野草的小山，当太阳贴着山边慢慢地爬上山岗时，恰与草屋袅袅升起的炊烟相吻，仿佛天女撒下了一层金黄色的晨雾，给孤独的草屋染上了静谧、温柔的色彩。

记得，刚搬进草屋不久的一天夜里，爸妈和姥姥突然被几个戴袖标的人带走了，我和妹妹欲喊不能、欲哭不能，瞪着惊恐的眼睛蜷缩在屋子的角落里，在噼里啪啦的关门声中，我隐隐约约地听见妈妈说："你一定带好你妹妹，千万不要离开家啊。"不知道发生了什么事，也不明白这是为什么，恐惧几乎将我吞噬了。我紧紧地抱着妹妹，那一夜过得好漫长。然而，也就是从那一夜开始，我好像慢慢地明白了什么是人世间的苦难，理解了爸爸妈妈平日的叹息和脸上的忧伤，也开始懂得了照顾家里、照顾妹妹。经历了那一夜的我好像一下子长大了许多。

几天后，家里已经没有什么东西可吃的了，只剩下厨房墙角里那一堆土豆。于是，我就和妹妹用削铅笔的小刀把土豆切成片，放在炉子盖上烤，熟一片吃一片，你一片我一片，渴了就喝口凉水，当妹妹喊着要妈妈的时候，我就哄着妹妹站着板

凳，趴在草屋的窗户上向外望着，盼着。

邻居郭阿姨偷偷送来了煎饼卷大葱，我们勉强填饱了肚子，但依然是惊恐。无论白天还是夜晚我和妹妹都紧紧地闩着门，用凳子把门顶上，草屋成了我们心灵安全的港湾。

妹妹每天哭够了，就挂着满脸的泪珠入睡，我则在半梦半醒的孤独中度过了五天五夜。

爸妈和姥姥回来后，把我们姐俩紧紧地拥在怀里，泪水打湿了我们的衣衫，哭声和笑声响成一片，草屋一下子充满了生气，我感到草屋一下子暖和了起来。

虽然爸爸妈妈的劳动强度加大了，爸爸要到很远的地方工作，妈妈被换到了翻砂车间，干着和男人一样的重活，但他们依然高兴，妈妈说："只要一家人能在一起，在这草屋里团聚，再苦再累也不怕。"

我和妹妹吃着姥姥做的香喷喷的玉米饼和土豆炖豆角、酸菜炖粉条，很快又恢复了从前的快乐。夜晚，我们趴在小书桌前写作业，妈妈在炕上做衣裳，微弱的灯光下，草屋是那样的安宁与温馨。

春天，爸爸带着我们在庭院边种了六十多株向日葵，长大后的向日葵高高地昂着头，金灿灿的。爸爸说，向日葵是向着太阳生长的，是希望的象征，我听后，每天上学前，都要跑进庭院看看可爱的向日葵是不是向着太阳生长的。当我看到向日葵带着露珠仰着笑脸迎接着清晨的第一缕霞光时，我站在它的旁边，仿佛自己也是一株小小的向日葵呢。

草屋前的小河，是我和小伙伴们洗脚丫的地方，也是大家洗衣服的地方，到了星期天我就和妈妈一起到河边洗衣服，刷鞋子。在河边我经常能找到一种神奇的感觉，好像自己坐在一只船上，快速地向上游前进，而岸边的景物则是不动的，非常迷人。

雨过天晴的时候，我经常和小伙伴们爬到草屋后的小山上采蘑菇，有松树蘑、珍蘑、粘蘑，有时还顺手摘几把野花来装点草屋，每当我把满篮子的鲜蘑菇和鲜花拿给妈妈看时，她总是夸奖我几句，并叮嘱千万别采到毒蘑菇啊。我为能为家里做点事儿感到自豪。

上初中后，我们搬到了新的地方，那是一个砖瓦结构的新家，虽然面积大了，多了几间房，屋子也明亮了许多，可我依然迷恋过去的草屋，总觉得新家没有草屋暖和，没有草屋温馨。

多年过去了，小河依旧静静地流淌着，小鱼、小虾还在河里自由自在地游着；草屋后的小山已开满了野花，而我童年的草屋却不见了，变成了一排排的砖瓦房，熟悉的庭院变成了马路。我像一个找不到家的孩子，站在原来的家门口，不禁潸然泪下……直到现在我依然对草屋有着深深的眷恋，那美丽的、童话般的草屋永远地留在了我的心里。

也许正是因为大自然所赐予的这种安宁与柔美，生活所赐予的磨难与艰辛，才使草屋里的人对生活充满了希望，充满了爱，才得以摆脱孤独、苦闷，度过那动乱的岁月。

真心永恒

在这个世上最难得的是真心，我理解的真心是用心血凝练的，是这个世界上的

无价之宝！

　　真心是真诚、信任、理解和包容，没有谎言、没有欺骗、没有名利的色彩，真心是需要用生命来爱护的！她不是说在嘴上的虚词，是与行动统一的真诚，也就是朴实的诚实相待。在这个世界上，由于人的欲望和自私，很难找到真心和真情，猜疑、不信任冲击着每一个人。所以真心是如此的珍贵，两个真心在一起的人，是两颗心的融合，是温暖的，是可靠的，也是铜墙铁壁！

　　在这个物欲横流、人情冷漠的乱糟糟的人世间，没有利益的驱动而拥有真心真情的人在一起，能战胜一切困难，不管贫穷与富贵，不管高低与贵贱，是什么力量都打不垮的，是什么人也破坏不了的。我虽然知道用真情重义气很累，但我觉得有意义，静下心来想一想，在今天这样一个飞速发展的社会，在变化频繁的日常生活里，在如此短暂的人生中，许多东西都如过眼云烟，无法抓住，有什么能让我们在忙碌之余真心牵挂？有什么能让我们在疲惫中真心依靠？有什么能让我们在物欲横流面前有所坚守？唯有心中的那份真情和真心！拥有一份真正纯粹的感情和真心，是我们活在这世间前行的理由和动力。无论受到多少委屈和打击，总有真心真情在身旁尽显理解、温柔与安慰，增添力量和勇气。在真心真情面前，我们永远是另外意义上的柔弱，不必逞强，不必计较，不必装强者。欺骗、虚假和谎言是真心的污点。真心的相聚需要相互守护，需要用我们的荣誉、用我们奋斗的精神、做人的品质来守护，才能永久！在纷繁无常的红尘世俗中，我们在一定意义上都是为情而生的，世间万物，对于我们来说，生带不来，死带不去，唯有真心真情令人留念，令人轻言死生。情感是我们整个生命中的精神支柱，就像没有血液的生命是苍白死寂的，没有真心真情的人生是枯乏幽暗无味的。

　　我的一个朋友跟我讲了他母亲的故事，他母亲大约50多岁时他父亲去世，因为他们很相爱，他的母亲在无望的爱中，由健康到虚弱，仅仅3年就莫名地离去了。他说，因为当时他不懂事而没有及时将母亲的爱转移到现实生活中，没有让母亲继续拥有情感而活着，后悔万分。他说，真心相爱的人，怎么能够忍受他的长期离去呢？那种无望的牵挂和永远无法实现的情感足以使一个人早早地终结自己！

　　人活着是多么需要真心和真情啊！有对战友、同学、朋友的真心，对亲人的亲情，对所爱的人的爱情，对无助之人的关心之情，从小爱到大爱，整个社会都需要这样的真情。人人都说真心难得，真情难求。我想，一个没有付出过真心的人，永远无法理解失去真情心痛的滋味，无法理解梦中的牵挂和失去的痛苦！这也就是对真心难得、真情难求的解释吧！

　　无论现实中真心真情是多么的难求，但在我的生活中，我发现还是好人多，在无助的时候我总能遇到好人，有领导、有战友、有同学、有朋友、有同事、有老乡，正因为有他们的真心帮助，有他们真情的关爱，才使我拥有了今天的坚强和勇敢！我要用真心谢谢他们！要为爱我的和我爱的人付出更多真心和真情！这样活着才有意义！

秋园写意

冯立松

你以前去过南昌吗？南昌的一些街名挺有意思的，我住的宾馆对着拴马桩街，再不远处是孺子街，离八一广场都只有百步之遥。没人给我介绍这些地名的来历，拴马桩估计没太多悬念，孺子街应该就是指《滕王阁序》里说的"人杰地灵，徐孺下陈蕃之榻"的徐孺子，两千年前南昌一位重德操的清贫文士。

我是第三次来南昌，总算有机会独自在天蒙蒙亮时溜达了半个多小时，看见并且记住这两条街名，还有汤粉与甜米糕的香味。

拴马桩街不宽，是比较百姓的老式街道。那天下午随同伴们返回宾馆，距离晚餐还有一个多小时，问问司机，得知来不及赶到青云谱看八大山人了，又不舍得在房间里混，就独自在宾馆门口高高的台阶上向下闲看，对面一个小门脸上的横匾写的是黄什么纪念馆，第一念头会不会是黄庭坚？江西诗派嘛，进前几步看清楚了，是黄秋园纪念馆。

你知道黄秋园吗？你可能不知道，不过你知道李可染吧？中学美术课本上都印着他画的《层林尽染》，他画牛也是一绝。李可染是一位极有传统文化修养的真正的大师，你或许觉得《层林尽染》和《红岩》用的是创新的笔墨语言，其实他"用最大的精力打进去，用最大的勇气打出来"对待传统，非常有文化和心胸。除山水外他画的人物也是极精绝的，可惜不太多。他说画画"可贵者胆，所要者魂"，多好啊，我想用来作为开展青年工作的准则。

我这样介绍李可染，是想说明这位大师德高望重。1985年左右，他在第一次看过黄秋园的画后，感叹地说："国有颜回而不知，深以为耻！"这话以前是没有典故的，现在成名言了，应该是李可染自创的。什么叫国有颜回而不知呢？孔子没有表达过这概念啊。我琢磨，以黄秋园比作颜回大约有两层意思，一是以颜回德才比黄秋园的艺术修养，二是两人同为早逝。当然黄秋园活了65岁，比颜回长多了，可作为

冯立松，37岁，出生成长于美丽清旷的汉中，求索起步于雄浑古风的长安，寄意跋涉于风云际会的北京，擅长诗词文墨。现为财政部机关团委书记，文学会副秘书长，书画协会副秘书长，摄影协会副会长，中央国家机关书画协会理事，中国书法家协会会员，北京书法家协会会员，陕西省青年书法家协会第二届常务理事，多次获得全国性书法、美术比赛重要奖项。

一位艺术家，还是显得太早。黄秋园的艺术生前不为人知，李可染先生所以发出深以为耻的感叹。

艺术本来是给具有同等层次内行欣赏的，黄秋园生前没有遇到李可染这样层次的人物，周围的人自然轻看他。女儿要出嫁了，黄秋园送一张画。猜想一下，他把画递给女儿时，会不会说"为父家贫，这个送你做嫁妆吧，以后定会值钱"呢？当年赵之谦送女儿的画后来不是就很值钱了嘛，说完或许还会自嘲地哈哈一笑。那么女儿就不好说什么，淡淡地说谢谢老爸。现在不知道她女儿还留着这画没有，这几年他的画总能拍出几百万的价格。

现在，我就站在黄秋园的家里，很激动。在我看来，黄秋园的画确实当代少有，他属于几百年才能凌空而生的耀眼星辰，更有许多人评论为在黄宾虹和石涛之上，千年不遇啊！激动的另一个原因在于没有心理预期，居然就在这里，突然我就站在黄秋园的家里了。如同那年我大雨中登岳麓山，瓢泼苍莽中抬头突然面对黄兴、蔡锷的纪念碑，刹那间风云历史让我千百感念齐注心头。

从照片看，黄秋园堂堂正正的四方脸，忠厚中透着文化气息，他1979年去世，留下的照片和事迹都不多。一个连科长都没当上的银行职员，整天在整理档案和抄写文书中度过，内心一定很苦闷。所以他就提前五年退休了，每天在茶馆里与人聊半天，其余时间就回家画画，他与人都聊些什么呢？都与哪些人聊呢？

南昌到现在都不太堵车，拴马桩街又是一条弯的小街，多么富有生活气息啊！黄秋园小小的木阁楼内外的生活，真是非常闲适的"隐于市"。阁楼后面还有个天井一样的小小后院，几盆葱茏的花草潮湿滴翠，多好啊！多好啊！

阁楼的楼梯和房间挂了许多画，我一一看过去，喜欢得差点背过气去，真是不知道该怎么表达才好。一位60多岁的工作人员微笑着静静陪着我这唯一的访者，随着我脚步打开不同房间的灯，昏暗的木板房空气很潮湿，很温和，很"历史"。黄秋园生前一家数口居于一间十余平方米的卧室，窗下置一书桌兼作画室。我抚摸着黄秋园坐了多年的藤椅，抚摸暗窗下布满刻痕的小桌，时空重叠交织，亦真，亦幻，今昔，何昔……

黄秋园年轻时跟一位名叫左莲青的画家学画，现在没有人知道左莲青的情况，只知道傅抱石自传里面说自己年轻时的老师叫左莲青，这简直好像江湖传说一样，也不知道这两位弟子，一位年轻时就名震四海、一位到终了仍平凡若草芥，他们互相认识否。傅抱石人民大会堂《江山如此多娇》用的如椽巨笔我无缘见到，而黄秋园用来状物和写心的几十枝大小毛笔，就静静地倚在画室桌上的笔筒里。

拈起一枝应该是吉贤产的小狼毫，凝视上面的墨渍和锋毫的磨蚀，我问老人能不能送或者卖给我，回家好供奉起来，老人陪笑抱歉。

谁在冰雪中劲舞

常克

进入冬天，我一直想着能够赏雪。

在我们这座被称为火炉的城市，雪是最稀有的馈赠。虎年岁尾，白雪倒是来了，但不在主城，而是在郊外的山岭上，或者在海拔较高的地区；我也如愿看到了雪，但不是在重庆，而是在西施的故乡诸暨，浣沙江畔。

下雪那天，我正去当地拜访一位画工笔虎的画家。刚走到浣沙大桥下，大雪纷飞愈下愈大，很快就大到密如雨点一般随风倾泻，大到让你全身颤栗睁不开眼睛，大到仿佛要把你拽回到天地玄黄的一片苍茫中。

能够目睹这一场罕见的雪，应当说跟几天前的一次会议有关。虎年的12月中旬，我在天津参加财政部举办的"薪火相传、开拓创新"征文评审会议。征文活动首次将全国财政系统几十年来的典型事例、经验和感悟做出深刻的梳理，是一次关于传承的思考，对于创新的激励。会议结束后，我根据事前安排，辗转到一些地方做考察走访。诸暨是第二站，刚到就碰上了大雪。

在漫天大雪中走得跌跌撞撞，才生平第一次感受到什么叫风雪弥漫，什么叫大雪扑面，什么叫雪的本来面目。"乱云低薄暮，急雪舞回风。""燕山雪花大如席，片片吹落轩辕台。"雪太急，太盛，多少有些明白了王维的苦心孤诣，悟到了李白为什么夸张。彼一时，飞雪劈头盖脸地砸过来，条件反射就是想逃，想躲，想避。跟其他路人一样，我选择了一路狂奔，跑到街边的檐下避雪，浑身控制不住地打颤。

那个时候，我下意识想起了北方的雪原。

我曾经好几次踏雪东北的冰天雪地，我一向认为，也只有在银装素裹的东北，才能够目睹大雪的傲慢与狂放，大雪的纵横捭阖的壮观。而南方的雪，它是飘飘洒洒的温润，当若吴侬软语，若乌镇水畔的款

常克，重庆知名作家，《财政文学》特邀作家，出生于1960年4月。当过兵，复员后在政府部门工作，后调入媒体。从1982年起开始发表文学和新闻作品，代表作有中篇小说《罗布泊的枪声》，文学评论《喷礴激情》，新体长篇小说《三张脸》等。常克对公务应用写作亦有独到见解，相关文字融新闻、文学和公文特征于一体，被称为实力派作家。

款烟浪。但眼前的雪景令我实在惊讶，实在瞠目结舌，实在猝不及防；毫不夸张地说，用凶猛如虎，用铺天盖地，用气势汹汹来形容这一场风雪，绝不为过。

我没有忘记这是在虎年的尾声。

于是很自然地联想到雄风无敌的东北虎。雪与虎，这两个本不相干的物象，竟意外地获得了某种内在的通灵。

在这个格外寒冷的冬天，虎年渐行渐远的季节，大雪抖擞出罕见的虎性，显出难得一见的飞扬跋扈，显出卓尔不群的乖张。往日绵软的雪花仿佛临摹了东北虎的奔扑手段，不再如童话一样剔透轻灵，而变得轰轰烈烈、霸气十足，从南到北，从城市到乡村，从中国到世界，几十年难遇的冰雪把大半个地球冻得瑟瑟发抖。我想，在壮怀激烈的虎年，其实最狂放无羁的节奏并非猛虎的啸叫，而是这横扫千军如卷席的风雪交加。

虎年的雪下得极其壮观，极其动人心魄，只不过，这是一场无法欣赏的雪。走在白雪飘飘的大街，你浑身发抖，站立不稳，摇摇欲坠，孤立无助；你会虔诚地祈求早点冰消雪融，怀念初冬时分的清风以及那时候窗外子夜的宁静。

我至今清楚地记得，下雪那天，仅杭州机场就滞留旅客8000余人；从那以后的一个多月，严寒、饥饿、冻伤、航班延误，列车晚点，高速路封道，大雪封山，居民出行受阻，雪灾事故频发，这成了几乎每天都能听到的关于雪的讯息。换而言之，风花雪月固然美极，但雪越下越大并且流连忘返、得意忘形的时候，不好玩。

当然也有例外。

比如东北虎，苍苍茫茫的冰天雪地恰恰就是它们的盛筵。

因为画工笔虎的缘故，有时候我会在冬天到东北去一趟，走进东北虎园林，近距离观察东北虎的生活习性和各种姿态。记得有一次是到沈阳棋盘山冰川动物园，11月初，正好下雪了，我问随行朋友，这么冷的天，老虎会不会懒在窝子里，不出来活动？朋友是当地人，笑答：越是下雪，东北虎就越撒欢，就等着瞧吧。

果然，我们在飘扬的雪花中乘坐观光车来到虎区时，就见几十只成年东北虎四散开来，各自在雪地里优游，气势非常壮观。有的四脚朝天，兴奋得在雪地里翻来滚去；有的躺在树下，眯眼养神，慵懒而优雅；有的互相追逐嬉戏，溅起林中一片雪雾。看上去，东北虎们无疑是心旷神怡的，享受着寒冷的冬天。

在北方，那一片冰雪覆盖的土地上，东北虎超强的抗寒能力令人深为惊叹。临风傲雪中，那种天下无敌、雍容华贵的王者气概绝无出其右者。

冬天的雪当然不仅仅属于东北虎。北极熊生活在寒冷的极地，同样，再大的雪也奈何不了它；还有，能够抗击零下30摄氏度低温的企鹅，青藏高原逆风而上的牦牛，最爱在雪中打滚的大熊猫。至于凌空飞翔的雪鹗，它的身躯虽然娇小，却已然是隆冬萧瑟的天际线下最耀眼的勇者。

雪越大，它们越欢腾。它们迎着大雪奔跑，始终无惧。它们都是在冰雪中狂舞的精灵。

但我们呢，却无法在越来越深的雪地里潇洒。诸暨那天的大雪其实只是一场序幕，随后的几天，我一直辗转在杭州、绍兴等地，天天与大雪为伴。南国雪如此，更可想象北方雪花狂飞的盛况。其时，大半个中国都陷入铺天盖地的沉沉落雪，陷入大雪倾盆的另一番艰涩。

连天大雪没有消停的意思。冰雪覆盖的日子，我们每天听得最多，也说得最多的，是低温严寒，冷空气，暴风雪，浓雾，冻雨，雨雪，冰凌；是关于千年极寒的诘问，是人类是否重回冰河时期的浮想。

这个冬天，白雪不再是童话。出行严重受阻，生活变得无序，很多人需要送温暖才得以生存；很多人无家可归，很多人郁闷和烦躁，度日如年；各地的头等大事就是抗击雪灾，组织救援。终于发现，雪太大的时候，所见无外寒冷、茫然和孤独。

从最初的赏雪玩雪，到祈求大雪初霁，雪的纤美意境已经越来越黯然。几乎可以说，大雪，正在成为这个冬天最令人胆寒的杀手。

雪终于回归了雪的寒意。

不过——

我却蓦然发现了一种温暖。

那天我在大雪中过马路，温暖就是从那个瞬间迸发的。那是下雪的第二天上午，我从诸暨回到杭州的萧山。过一个十字路口时，我看到远处有一些车缓缓开过来，就站在路旁，等车先过。这也是平时积累的经验了：过马路是这世道最揪心的事之一，很少有车让人的，行人胆敢在十字路口跟汽车比冲刺，没准就是一场车祸。但那天例外，那些车居然在离我七八米处就主动停下来，最靠前一辆车的驾驶员还伸出手来，示意我先过去。我吃了一惊，又一愣，赶紧小跑着过了马路。

随后我多了个心眼儿观察，那些天只要看到行人过马路，汽车们居然都约好了似的，绝不跟你争速度，都等你先走，都耐心，都出奇地有礼貌。后来我反应过来：天上下雪路面结冰，车子弄不好就打滑，撞了人实在不划算，驾驶员宁肯让行人先走。

因为大雪，车终于肯让人了。心里感觉有点怪怪的。

但还是感受到了温暖。

百年一遇的极寒的日子，平日里很珍稀的物象慢慢浮映出来，让人生出暌违感，还有点诚惶诚恐。比如，礼让，互助，善良。又比如，规矩，秩序。再比如，我们一方面埋怨雪下过了头，一方面却酸酸地接受着大雪带来的某种附属反应。至少，下雪天你能够发现更多的同情心，你能够得到更多的保护或者呵护，你的愿望即便奢侈一些也能够获得理解。你开始感悟到大雪的另一种功能。

当然，很多东西本应是生活的原色，是人与人之间极其自然的情愫。但，我们已经习惯了那些东西的渺茫，那些东西因为隐匿而遥远而模糊不清而无影无踪。但无论如何，此时它们变得比白雪更为皎洁，更为清新迷人。眼前急雪如湍，我有点朦胧起来，开始遐想，倘若我们的目光穿越大雪的层层裹挟，我们是能够看到另一番明媚的，那景象温馨如画。

在极度冰雪中，我们发现了越来越多的画面。

来自当地的另一条新闻再次让我、也让很多人感动。下雪那天，当地一家网站贴出了一张照片，照片中是一位蓬头垢面的流浪青年，身上只穿了两件单衣，在城市的大雪中边走边停，冻得全身瑟缩，不时还向附近的商店张望。有网友昵称其为"雪地哥"，希望大家都来帮助他。还有网友留言说："我们不管他白天是小偷还是什么，但晚上他缺少御寒衣物就有可能冻死。人道是对每一个人的。"

"雪地哥"照片一贴出来，当地红十字志愿者就将他列入了救助名单。据说，"雪地哥"的事后来还上了凤凰网，成为那些天的平民大新闻。

雪越下越大，天气越来越冷，温暖人的事越来越多。

汽车非常温柔地行驶在大街小巷。火车大多晚点，航班严重延误，但乘客都空前的绅士和淑女。玩雪的人少了，除雪的人多了。扶老携幼随处可见。人们学会了怎样排队。每天都有机会发现同情心的各种版本。一方有难八方支援的事层出不穷。除了工作的计划和生活的计划被打乱，心灵的轨迹从未如此确定而有章可循。总之，人们正变得越来越能够互相谅解，越来越愿意脾气更好一些，越来越有条不紊。

大雪可以封山。而大雪亦可以消融平日最晦暗的一隅。

大雪是呈现纯洁最好的里衬。

由于大雪，很多人知道了韦青和陈红，盐城市的两位女环卫工。有天早晨她们在街上扫雪，拾到了一个小黄包，包里装着现金两万余元。俩人没有多想，立刻就报了警，然后守候在风雪中，苦苦等失主3个多小时。俩人家里都上有老下有小，日子挺难的，每月的工资只有千元左右，两万元那绝对是比全年工资都多的巨款了。

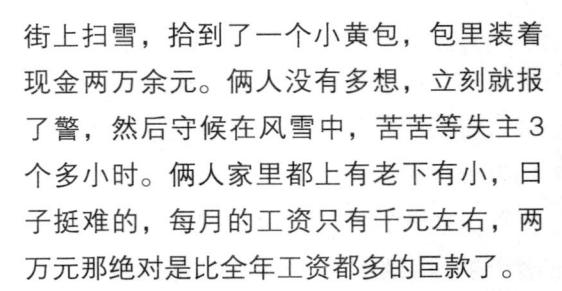

两位女环卫工因而使这个冬天以至更久的岁月洁白如雪。

洁白如雪的还有一个人，郑定祥。

老郑是重庆万州的一位普通挑夫，当地人称为棒棒。新年第一天，老郑帮人挑两大包羽绒服，谈好工钱10元，但走着走着居然在大街上与雇主走丢了。两包羽绒服价值一万多元，但老郑没动丁点儿斜心思，只有守候，守候，守候，坚持在寒风中苦寻雇主。说来也巧，其实，老郑一直就想给长年生病的妻子买件羽绒服，但没那么多钱。5天过去了，10天过去了，雇主一直没有出现。有人劝他不必这么认真，尽力了就行。老郑只朴实地说出一句话来："缺钱不一定就缺德，我只要那10元的力钱。"一直等了半个月，老郑终于等到了雇主陈贵喜，羽绒服一件不少。陈贵喜说："我以为再也找不回羽绒服了，已经放弃了寻找，没想到老郑一直在苦苦等着我。"

老郑的事上了当地媒体。跟着，全国有50多家网站陆续做了报道，连中央电视台第7套节目也专门采访老郑。无数网友感动得热泪盈眶，称赞郑定祥"他是中国的脊梁"。

我想起了大雪中的财政人。

大约是因为几天前参加财政评审会议的缘故，站在风雪中，我下意识还想起了

我的那些财政朋友。我知道，当冰雪成灾的时候，他们将成为全社会抢险救灾运转的中枢。

我知道一件关于财政人的事，也是发生在风雪交加的日子。2005年冬，北京财政投资评审中心受财政部委托，对山西车辆购置税支出预算农村公路建设项目进行专项核查。项目分布在偏远而崎岖的山区，工作有一定的危险性。有一天在项目核查中，正逢暴雨夹雪呼啸而来，他们没有退缩，坚持顶风冒雪每天赶几百公里山路。晚上没有地方住，只好将就在澡堂过夜，还得整理资料写报告到凌晨两三点，丝毫不敢懈怠。第二天早晨，又继续向下一站出发。

其实类似的事例实在太多了。

平日里他们默默无闻；他们的身影看似闲逸，而心内正壮怀激烈；他们为了全局而运筹帷幄、而承受巨大的压力、而呕心沥血披肝沥胆，但表面上却要显出难以想象的沉静。

如果遇上大风大雪，大暑大旱，遇上突如其来的变故，他们就成了所有人关注的焦点。他们要及时安排财政资金，要把党和政府的关怀，用最快的速度送到最急需的地方；他们要站在统揽全局的高度，做好资金和物资的筹集、整合、调度、拨付和监管工作；他们的每一次建议、每一回部署，都有可能成为最终决策而号令社会的每一根神经。他们平淡而神奇，既默默无闻，又四两拨千斤。

我想象着他们在风雪中的影子，想象着他们的不眠之夜。

大雪一直在下，气温越来越低。

这个沉重而凛冽的冬天，在连绵而苍茫的雪地里，因为有无法一一记载的温暖，我们已经感觉到了春天的那种气息。

雪未停。

这的确是一个令人唏嘘的冬季。

雪的美丽一旦越过了极致，便同样显出狰狞的另一种顽劣，非但无福消受，倒惟恐避之不及。那些阴森寒冷的日子，接二连三并且渺无尽头的连天大雪让多少人几乎崩溃。

据说以前也有过大雪，甚至更恐怖的雪。

例如明朝，上海的嘉定县有一年落大雪，积雪居然达到两米深，直到40多天后才放晴，当地人只得"民皆掘雪开道"。再远些看，北宋160余年间，正式记载的重大雪灾就发生过20余次，冻死人较多的就有5次。此外，邓拓先生曾经做过研究，考出中国历史上从西周到1937年共2142年里，有记载的自然灾害为5150次，其中冰雪导致的灾害大约175次。又据史料记载：宋真宗时永州连降大雪六天，连水中的鱼都受冻而死；三国时，吴国钱塘大雪平地高垒三尺；南宋，台州大雪竟深达丈余；明代，江南诸府大雪竟然连降四旬。可见，大雪一旦逞威，谈虎色变就该换成谈雪而色变了。

当然，雪在最初的时分温润而娇羞。

初雪的样儿楚楚动人。

那时，我们会逡巡于郊外农家腊梅的枝影，会沿着陡峭的山路去追觅飘雪的柔美，甚至为了一睹塞北的冰雪而不惜千里

迢迢。哪里下雪了，我们就雀跃着奔向哪里。我们打的不是雪仗，而是打的彷徨，打的愤懑，打的积弊。我们堆积的其实不是雪人，而是心愿，是祈祷，是梦想。我们爱那一片晶莹剔透的白色的原野，因为那里雪花遍地，任你无拘而自由地采撷和奔跑；雪花唤回我们儿时的无尘，雪花可以覆盖艰难、沉重和无助，雪花在我们的手中变成了各种各样的优美的感叹，当我们伸手接住那软软的六角的冰凌的时候，就觉得自己是在迎迓一场美妙的邂逅。

而这一年的雪是大雪，是那种很多年都未曾遇见过的让人惊叫的大雪。

是上苍专门为虎年量身定做的雪。

是喷薄虎性的大雪。

这场雪磅礴，迅疾，沉重，宽远，恢弘；摧枯拉朽，一泻千里，气度雄远，舍我其谁！

每一次说到这场雪，我总是情不自禁地联想到威风凛凛的东北虎。画工笔虎令我如痴如醉，所以我会很敏感地去浮想虎的形象，这的确是一个方面；但问题是，白雪与猛虎，它们的气韵从未像这个冬天一样构成如此精巧的暗合，这是事实，它们是这个年度最为震撼人心的两个关键词。

在这一场持久而难忘的冰天雪地里，每个人都会有自己的遐想，会有各种各样的发现。尽管落雪已经远去，但我们仍然在品味记忆中的一部分感受。雪越下越大的时候，很多人受宠若惊，很多人感激涕零，很多人心潮澎湃，很多人找到了回家的路，很多人从内到外都体会到了巨大的温暖。在一个冰雪连绵的最冷、最难熬、最漫长的季节，我们认识了雪的曼妙。

我们触摸到了更多的真实和满足。还有感动和感慨。还有愿望和希望。还有理解和理想。还有其他的东西。

那些让我们难以忘怀的事，那些人，那些群体；那些魁伟的，琐碎的，平淡的，都在冰雪中狂舞。

上重庆，下万州（外二篇）

文猛

按照人们对直辖市的通常理解，重庆市应该只是一座很大的城市，就像北京、上海、天津一样，然而在中国的四大直辖市中，重庆以她独特的城市格局给了人们理解直辖市的另一个思想空间，重庆城外还有很多很多叫万州、涪陵、黔江、江津等等的城市，星星般璀璨着年轻直辖市这方城市的天空。

万州便是这星星般城市中的一颗。因此，到重庆城说城实在有着滔滔不绝的话题。

我们就说重庆与万州。

无论从哪个角度叙述重庆与万州的空间位置，我们都不能离开那条共同守望的长江。长江因为三斗坪那方高高的大坝，印证了一个伟人"高峡出平湖，神女应无恙，当今世界殊"诗的伟大意境，又让我们的叙述分成了两个阶段的述说。

三斗坪尚未高筑大坝之前，奔涌的长江江水湍急，滩险浪高，万州凭着"上控巴渝、下扼夔巫"的一方宁静，从重庆乘船顺江东下，一近万州，轮船就放下铁锚，息了汽笛，傍着万州入梦，积蓄力量，待到黎明时起锚去闯险峻的夔门。从宜昌乘船逆流而上重庆，船到万州，依然得放下铁锚，枕梦万州，第二天再冲险滩直上重庆。奔流的江，从重庆下到宜昌，从宜昌上重庆，万州成了一方枕梦的驿站。不是万州要作绿林留下这过江钱，而是江流险滩之逼也。

大江截流，高峡平湖，长江少了险峻，船过茫茫平湖，如履平川，一帆风顺，轮船尽管不必要再向万州枕梦，不管是上行还是下行，进入万州这方茫茫库区少有的阔爽之地，总让人心旷神怡，依然汽笛长鸣，欢歌不断，在库首宜昌和库尾重庆，万州这方阔爽的平湖成了三峡库区的中心点，上距重庆327公里，下距宜昌321公里。

文猛，大学文化，41岁，重庆市作家协会会员，重庆市文学院签约作家，已在《人民日报》、《散文》、《青春》、《文学港》等报刊发表小说、散文、报告文学作品百万字。现在重庆万州区财政局任职。

因此要在重庆这方城市群中给人描述万州和重庆的空间位置，万州应该是重庆和宜昌之间曾经的枕梦之地，是三峡库区中心点上一方阔爽之地。

不了解重庆独特直辖市魅力的人，常常以惯有的拜访京津沪三城市的思维走读重庆，自然就因为小看重庆而闹笑话。一个外地学生考上重庆三峡学院，他一下火车就拦住一辆出租车，扬起100元钱说不找了直接到重庆三峡学院。出租车司机说："你还得再找我10倍的钱。"学生说欺负外地人是不。出租车司机说是他欺负咱们重庆太小了——那大学新生哪里知道他所考取的学院贯以重庆之名其实远在万州，万州和重庆是两座城哩！

抛开行政隶属、城市大小、空间时空等等外在的东西，重庆和万州实在十分的相似，就像兄弟城。万州出生的大诗人何其芳曾在1958年发表的诗歌《夜过万县》中这样写道："灯光灿烂的山城，弯弯地横在岸上，很像重庆的夜景，只少一条嘉陵江……"万州和重庆守着那条伟大的河流，依山傍水而建，其实都是山城和江城，在一个平常的夜晚将你空投两座城，不去看街名，不去看广告，你只能同诗人何其芳一般——

是重庆克隆了万州，还是万州缩影了重庆，谁也说不清楚，于是历史用"成渝万"将成都、重庆、万州加以美誉般之并列，现实用重庆第二大城市——万州，将万州加以排序。于是，万州人到重庆就说上重庆，客观上重庆在万州的上游，其实，在万州人话语中的上重庆，那是一种对大城市的向往和朝拜。重庆人到万州爱说下万州，客观上万州在重庆的下游，实际上那是对心仪的某个地方的亲切和早日踏上那片土地的急迫。

在重庆，人们最爱谈论的话题应该是吃，重庆是中国最有味感的城市，而荟萃百味莫过于火锅。重庆火锅应该算是重庆给世界的味觉，可一踏入万州，到处都是火锅店，重庆有的火锅店万州有，重庆没有的火锅店万州也有，你吃不出来区别。倒是万州还有两样东西让重庆人特别地上瘾，不管是官员还是老板到万州必吃这两样东西，吃了之后就感叹，就想引进，结果剽窃了多次都做不出万州的味道——这就是万州的炸酱面和牛肉面，店面十分简朴，味道却出奇地诱人。近来万州又发明一种烤鱼，鱼香惊动中外游人，甚至惊动了中央电视台，再让重庆主城的人闻香下万州，一边吃烤鱼一边叫碗炸酱面，心里直嘀咕，咱们怎么这些年没有味道地创造和升华啊，心底对万州人羡慕和妒忌不已。

叙说上述有关吃的感觉绝对不是来比较万州和重庆谁好谁差，本身将这两个城市来做比较就是一个非常不明智的话题。说实话，重庆太大了，万州尽管也不小，但和重庆不是一个重量级的。尽管说到很多话题两个城市都如数家珍，譬如桥之都、水之都等等，大家的桥和水都丰富而美丽，要是较起劲来，重庆人会说"我们的桥早过两位数"，万州人会说"我们桥比不上你多，可我们的水中有亚洲第一大瀑布青龙瀑布，湖中除了高峡平湖还有天仙湖、天子湖……"说不完的话题。

但说到有一件事万州人很激动,重庆人会感动。古老的万州沉淀着巴楚文化、三峡文化、外来文化、移民文化的精华,在1700多年的城市史中,万州这座城市几度易名,每度易名都有一段刻骨铭心的故事。也许是冥冥中某种暗示,几度易名直到兴建三峡工程古城易址,水涨城高。25万万州人告别故土,再造家园,才有今天美丽的移民之城,才有了重庆直辖市立市之本。望着江波之下的故居,万州人热泪盈眶,重庆人感恩无限。

远远的街灯明了,好像闪烁着无数的明星,天上的明星现了,好像闪烁着无数的街灯……守望着世界上最大的平湖,城映湖中,湖照亮城,城水相依,恍如天上街市。从空中俯瞰美丽的重庆,主城重庆如一轮皓月,与周围远远近近的几十座星星般闪耀的美丽的城市,共同构筑着中国西部这片美丽的城市的星空。

伟大的三峡工程已经建成,伴随着最后一组发电机组全面发电,伴随着最后一批移民告别故土,我们不再怀疑,华夏神州未来的亮点在长江流域,未来长江流域最美丽的地方一定是重庆这片美丽的城市的星空……

万州之味

一座城市有一座城市的滋味。

譬如古城西安的古董味,是那种古城墙、古砖瓦中散发出的年代久远的深宅大院的味。乌鲁木齐的羊膻味,是那种羊肉串在红红炭火中烤出的裹着孜然香的羊膻味。厦门、大连这些海港城市咸湿的海味,是那种大海呼吸所散发出的味……

其实,这只是我所品出的城市味,并不能引起共鸣和赞同。要品出一座城市的滋味,难,也不难。难,在于很多人久居城市,熟读经史,深谙风俗,却永远找不到爱这座城市的感觉。不难,在于有时一个人,一番景致,一段唱词,一缕悠香,突然让你感动,乃至顿悟这座城市的神韵,品出这座城市的滋味,立马就有了那种难舍难分的依恋。

万州是一座拥有1700多年历史的古老江城,重庆成为中国第四大直辖市后,人们用通常对直辖市的理解,就会忽略万州这座城中之城,把古老的万州融入重庆城。事实上,万州以一种江城的形象早在1700多年以前就在远距重庆主城327公里的地方矗立,历史给了这座城曰羊渠,曰南浦,曰鱼泉,曰安乡,曰万州,曰万县直到今天曰万州的城名,这大约应该是万州的历史滋味,会不会是丰富多彩的万州滋味的一个源头呢?

事实上人们并不是从这样的角度去品读一个城市之味,往往是从直感的角度去领阅城市滋味,而且最先感知到的城市之味大多是从踏入城市的某个车站,某方码头,某座机场,某扇城门。战争的硝烟远去后,城门对于万州及所有的城市已变成象征意义上的符号,那并不是城市的封面,最先打动心灵的城市之味往往就在车站、码头和机场。

譬如从车站品读万州之味,我最早的感知是1983年的夏天,那是我初进江城

万州。那时万州没有今天这么多的车站，只有江边的较场坝车站。走下汽车，扑面而来的是柏油路的柏油味——软软的路面，一脚下去一个窝窝，鞋上立刻镶上一圈黑边……同很多人回忆很多城市的滋味，这种城市的柏油味几乎是大家共同的感受，成为一代人对一个特定时代的集体记忆。

二十多年过去，当年较场坝车站早已沉入大江，现在万州车站很多——譬如汽车北站、汽车南站所在的周家坝和五桥，曾经是一片荒草丛生的坝子，三峡移民，水涨城高，如今这两处草坝变成移民新城，回想曾经的阳光、草坝、小溪、野花，注目今天的街道、高楼、市声、广场，沧海桑田的巨变让我们热泪盈眶，难怪很多外地游人总爱从两处车站踏入万州，领阅万州泪光盈盈的移民之味。

譬如从码头品读万州之味。奔流的长江尚未形成高峡平湖之前，江城万州下有夔门、巫峡，上有巴阳峡，万州是长江上一方枕梦之地，不管轮船逆流而上还是顺流而下，总要在万州停靠，第二天再去冲险滩激流。搏浪闯滩的江轮散发出浓烈的柴油味，汇集川东门户的桐油、生漆、药材、煤炭之味，启开了江城万州味的封面，成为人们用味觉记忆江城万州的主题。如今当年的码头，高高陡陡的石梯都沉入江底，宽阔平静的湖波让万州成为平湖中一片阔爽之地，下船即滨江路，滨江路上是新城，城与江更近。宽阔的湖面平静的江波淡去了码头独有的柴油味，闻味变成了感味、看味，曾经高高的西山钟楼就在江畔，钟声响起，到客船的夜半钟声不再悬空响起，仿佛就在指尖、脚畔，平添城市的亲切和空灵——"姑苏城外寒山寺，夜半钟声到客船……"万州就有这般的古诗味。

说得有些玄，而且这种滋味并不能让更多人理解和共鸣，其实很多人对一座城市味道的回忆与留恋往往直接到城市很有地方特色的美食之味，这才是大家认同的，就是蒙上眼睛，把你空投到某个城市，对城市的识别往往就是这种味，比如北京的烤鸭、天津的狗不理、昆明的过桥米线、重庆的火锅等等。

从这种角度叙说万州之味有些困难，四川盆地的封闭，并不出众的小城，没有文人墨客的渲染，万州少了让世界公认的美食名号，但万州的确有独到的美味。

万州火锅虽不及重庆火爆，但全城两三百家火锅店飘出的奶汤红油火锅香，也让人十足的惊叹。

万州的面食本来很有名，历史也很悠久的小桃园小笼汤包，抗战时期，举国后撤万州、重庆，小笼汤包喂养了不少来万州的达官显贵、文人雅士，但对国难的关注让他们忘却了对美食的传扬，大家都不说不叹，这美食之味就散得不远不久。又加上很多老字号的小桃园因为三峡移民搬迁高处，不知是离长江远了，还是没有遥指小桃园的牧童指引，人们对小笼汤包的依恋有些淡去，现在移民新城虽然有几家，但的确没有了早年的辉煌。不过万州人现在发明了一种炸酱面，面是普通的面条，但面条上覆盖溶一方水土一方江城美味之集成的炸酱的确万州独有，那味儿还真是相当诱人。万州人到外地出差回来，一下

车忙拣一家面馆，狠狠地叫上两碗，馋得慌。外地人到万州全然不顾城里几十家星级酒店，也总是要到面摊来上一碗，感觉才到了万州。

更为火爆或许说更有地方美食特色的当属万州烤鱼。因为高峡平湖，万州成了库区有名的湖城，吃鱼实在简单，而且是独有的长江鱼，但六千多公里的长江，吃长江鱼也并不代表万州，但万州对鱼的吃法来了创新——烤着吃，长方形的铁烤炉盛满红通通的木炭火，火上是长方形的铁盘，铁盘上是用或豆豉、或咸菜、或辣椒、或韭菜之类偎依的烤鱼，那味的确清香独特。因为设备简单，几年前特别是在万州烤鱼诞生地的移民新城周家坝，街道两边只要有一方空地，便有万州烤鱼，让全城飘溢着鱼香。后来为了创国家文明卫生城市，总觉得如此有损市容，便取缔路边店，集中在当年中央电视台心连心演出的广场或兴茂美食城两处，形成两大烤鱼城，万州烤鱼的美名惊动了很多媒体，连中央电视台都专门做了好几期节目。我估计照目前态势发展，万州烤鱼必将烤香中国，也必将召唤很多游人踏波而来，闻香入城。

情感绵长的移民之味，清香诱人的烤鱼之味，悠远长久的古城之味，锦绣湖城，千年万州，必将让更多的人感动和怀念。

万州之声

关注一座城市，我们常常只是去关注城市的高楼，城市的繁华，却忘了去聆听城市的声音。城市有城市的声音，乡村有乡村的声音。乡村即使有声，也是静的。城市即使无声，也是动的。一弯新月，十里荷花，十里蛙鸣，这是乡村的喧闹，但意境却是静的。这种意境，在车水马龙、市井喧闹的城市是无法体会的，城市交响曲乃是各种声与音的结合、放大。没有热闹，哪来城市。没有城市的声音，城市就只能是一座没有背景的孤零零的庞大的雕塑。对于我所生活的城市重庆万州，一切关于都市的繁荣发达的确激发不起我们太多的自豪，当我们闭上眼睛，卸去心中的浮躁和喧闹，静静地去聆听这座城市的钟声、歌声、水声、风声、鸟声，万州给了我们热爱的理由和自豪。

聆听万州城市的声音，封面之声应该是矗立于长江畔的西山钟楼的钟声。长江未形成高峡平湖之前，西山钟楼矗立在江之高岸，船到万州，钟声近了，万州近了。如今高峡平湖，水涨城高，西山钟楼就在平湖边。那一串悠扬浑厚的钟声将你从旅途的劳顿中唤醒，将万州从黎明温馨的梦中唤醒。万州因为这钟声而变得古老。"姑苏城外寒山寺，夜半钟声到客船"。诗人张继没有到过万州，否则聆听这高峡平湖之畔的钟声，他也会有"平湖岸边西山楼，黎明钟声到客船"的诗句。这钟声，是万州城市凝固艺术的颂歌，是万州城市生活键盘上鲜活的音符。不管是外乡人还是万州人都信赖这钟声，信赖她的音符，信赖她盛世的时光，让心灵与钟声达成最可靠的默契。远离故乡的游子回到万州，总要到钟楼下听一听这钟声，让故乡响彻在心中。因此，这钟声已实实在在成为人们的

一种激励，成为人们生活中一种强劲的号角，成为城市亲切的呼唤。

　　聆听万州城市的声音，活力之声是这座城市的红歌声。从2008年开始，随着最后一户三峡移民搬迁完成，万州就在机关和市民中发出红歌唱遍新万州的号召，全区的机关、企业、学校几乎每个月都要举办全区性的如"祖国颂歌、红歌唱响红五月、唱响万州"等主题的大型红歌会，城市的几处广场每天早上和晚上都有很多的市民自发聚集一起唱响红歌、弹竹琴、打连箫。走在万州的街道和广场，随处都能听到《歌唱祖国》《四渡赤水出奇兵》《团结就是力量》这些经久不衰的红歌，这红歌声融入大重庆唱红歌、读经典、讲故事、传箴言的滚滚热潮中，成为一方亮丽的风景，让万州这美丽的移民新城亮遍神州响彻世界。在歌声的感召下，万州人心中油然而生自己的歌《爱在万州》："峡江号子扬起碧波荡漾，渔火照亮古镇千年华堂，诗仙太白绝句荡气回肠，山城人杰地灵翰墨飘香，啊，爱在万州，美丽的地方……"听着这些动人的歌声，你没有理由不热爱这座城市，你没有理由不为这座城市感动和吸引。

　　聆听万州城市的声音，魅力之声是听城市的水声。万州自古就是长江上有名的江城，长江傍城而过，苎溪河穿城而去，到万州看水声、听水声成为很多人美丽的向往。在江水上涨之前，苎溪河流入长江的入江口，有一处小小的落差，形成万州有名的风景——石琴响雪，看着这名字，不用描述，你就知道它的山水清音该多美。江水上涨之后，石琴响雪沉入江中，奔流的长江平湖天阔，就连苎溪河这条小河也变成天仙湖。站在美丽的滨江路上，江水轻轻拍岸，清风徐徐吹来，望山之声、城之高、桥之横，听水之阔、鸥之鸣、轮之笛，观有"亚洲第一瀑布"之称的青龙瀑布飞流直下、彩虹挂天，心中变得宏大、爽阔。

　　聆听万州城市的声音，和谐之声是这座城市的鸟声。宜人的气候，盎然的森林，万州由当年弥漫的烟雾、沉沉的天空变成绿色的森林之城，过去的城市天空连一只麻雀也难以见到。现在的万州，晨曦中听鸟儿的婉转啼鸣，听风与水的应答、虫与草的吟唱，生灵与自然是那样的和谐。在嘈杂的都市里，她是山涧潺潺流水，是山林徐徐清风。那清纯悦耳的鸣叫，其实是一种恬淡悠然的心境，它像清澈甘冽的泉水，是城市的另类音乐，片刻的宁静，正是人们生活中的一个驿站、一道彩虹……

　　城市的声音很多很多，不同的心境不同的年龄，听到的是不同的城市的声音。钟声、歌声、水声、鸟声是万州的声音，车水马龙、机器轰鸣、风声雨声是万州的声音，共同组成了这座和谐的城市、生机的城市——"爱在万州，美丽的地方，你迈开年轻的步伐，道路越走越宽畅……"听！歌声又在响起，踏着歌声的节奏，瞩望西山钟楼悠远的钟声，万州近了，万州就在心中。

湖边，那悠长的韵味

吴凤

扬州的湖

在现代化浪潮中，城市与城市长得越来越像了，都是高楼林立、车流如织。若奔其风景点，都是前呼后拥、浮光掠影。世间的喧扰、内心的慌张，很难让人对一个城市留下深刻而独特的感受。还好，扬州有千年积淀，只要你少安毋躁，便能感受到她那悠长的韵味。

就说瘦西湖吧。一泓碧水宛如锦带，引着你走出一条漂亮的曲线，树木葱茏，花草芬芳，空气清润，爽！更何况锦上添花，三步一厅，五步一园，七步一桥，赠你无尽的美妙。瘦西湖的标识是五亭桥，五亭一桥，形似莲花，你看上一眼便不会忘记。还有一桥名"二十四桥"。唐杜牧诗云"二十四桥明月夜，玉人何处教吹箫"，宋姜夔词云"二十四桥仍在，波心荡，冷月无声"，其中的"二十四桥"应是复数。过去人触景伤情，心中生诗意，而现代人到了景点就忙于拍照留影，反倒少了点什么。瘦西湖的小李将军画本是按唐画家李昭道"花为画本，月为诗源"之意建的阁；月观是榭，有郑板桥的字"月来满地水，云起一天山"；水竹居是私人别墅，红学家周汝昌先生认为怡红院以此为蓝本。瘦西湖最早为疏浚渠道，隋唐时有人沿岸建园，清代因康熙、乾隆下江南开发尤甚，渐成滨水园林群落，是我国园林中的精品。她充分展现了中国传统文化中人与自然的和谐理念及诗意的生活格调。今天的中国人参悟了多少呢？

扬州园林美，个园、何园等是散在城中现存较完好的私人园林。个园为清嘉庆年间两淮盐业商总黄至筠所建，以独特的叠石艺术闻名遐迩。园中假山一部分用黄山石，一部分用太湖石，模仿南北两派画法分峰造岭。黄至筠酷爱竹，园内置竹林，号称"个园"。个园建制与石涛"搜尽奇峰打稿"、扬州八怪画竹，属于一条文脉。

吴凤，会计专业硕士，北京市财政局财务处工作人员，一个随身包里总是盛着书而不一定装口红的人。

单是瘦西湖、个园就让我们感叹扬州的悠久，再想李白《送孟浩然之广陵》有"烟花三月下扬州"之说，更证明扬州在唐代已然名达天下。实际上，扬州的历史已有2500年。扬州位于长江北岸，江淮平原南端，现设邗江区、广陵区等区，辖江都、仪征等地，地名里藏了好多故事。"邗"是春秋时一小国，被吴王夫差所灭，夫差建邗城，并在长江、淮河之间修邗沟，这是最早的运河段。越卧薪尝胆灭吴，楚灭越，在邗城旧址建广陵。项羽在此建都，称江都。隋文帝于589年将此地定名扬州。隋朝竭民力修大运河，东北达涿郡（今北京），东南达余杭（今杭州）。扬州是重要水利枢纽，经济、文化发展得天独厚。一部古代扬州发展史，几乎是一部扬州运河发展史。

扬州水多，月色迷人。"杨柳岸晓风残月"说的是这个地方，《春江花月夜》说的也是这个地方。《春江花月夜》被誉为"孤篇盖全唐"，作者张若虚是扬州人。"春江潮水连海平，海上明月共潮生。滟滟随波千万里，何处春江无月明……"遥想当年张若虚踯躅于扬州郊外的长江边，沐浴着月光，感觉那一江一月、一花一树、一楼一台，能够上接天宇、广达海洋、远至千古、深通性理。他把这种感觉写下来，引起了多少人的共鸣，给了多少人美的享受。

还有大明寺、瓜州渡、文峰塔、苏唱街，还有鉴真纪念堂、古籍雕版印刷博物馆、扬州八怪纪念馆、民间艺术馆，还有评话、扬剧，还有淮扬菜肴、广陵细点、四美酱菜……

扬州，我去过数次，没能尽兴。说起来，我与扬州算是有缘，奶奶是仪征人。如今奶奶已作古，但她把家训"平安是福"传给后人，我父亲弟兄三个名"增安"、"均安"、"庆安"。我计划着将来到扬州住上一段，好好地吹江风享月华访古迹穿小巷吃淮扬菜。

玉渊潭，我的乐土

我就坐在玉渊潭的边上，沐浴在灿烂的阳光里。上苍啊，给我的笔注入神力吧，即使我不能够倾诉衷肠，也让我用上今生，还有前世的修炼，把这对玉渊潭的爱，表达一二。

玉渊潭，你水汪汪韵悠长的名字就让我着迷。从地面上眺望，你清澈沁人；从天空中俯视，你宛如碧玉。京城的水很是珍贵，如今呈三环格局：一环为紫禁城护城河；二环包括昆玉河、南护城河及通惠河等；三环为北部温榆河水系。"问君哪得清如许，为有源头活水来"，你的水从京密引水渠、昆玉河一路而来，水质上乘。据说，"玉渊潭"这名字自明朝叫起，辽金时这里是运粮河的一站，西周时姜太公在此修过钓鱼台。玉渊潭，你经历过兴旺与荒芜，但成为百姓的、美丽的公园，即地道的"public garden"，还是在新中国成立后。你和你南面的中华世纪坛、军事博物馆，西边的中央电视塔都是国家日益昌盛、人民日益富裕的见证。

玉渊潭，出生在人家尽枕河的江南小城的我，求学、工作、成家，定格在你的周围，乃是有缘千里来相会。你给了我一个和美

的大家园，你的山水人文镶嵌在我的日子里，是我生命的一部分。

我在你的南门流连，不仅仅是因为这里有得天独厚的位置，其北昆玉河潺潺流淌，其南世纪坛巍然屹立，更是因为这里总能赏到水笔写就的"地书"，总能亲切地感觉到跳动在普通日子里、普通人身上的历史的、文化的脉搏。观看一位老爷子写燕京八景"太液秋风，琼岛春阴，金台夕照，蓟门烟树，西山晴雪，玉泉趵突，卢沟晓月，居庸叠翠"，我的耳畔就会回荡起那首京腔京韵的歌："……静静地想一想，我还是最爱我的北京……"写水笔字的人当中，没准哪位是著名的书法家或作家呢。我曾碰到一位中年人，练颜体练了二十多年，说起话来让人长学问："写字主要是用气而不是用蛮力。颜体不仅要丰润，尤其要灵动。忽视它的灵动劲儿，字就显得不活。在纸上练是肯定的，在地上练的好处是放得开，能培养一种大气。"女儿是个小学生，也常来这里报到。见人家写"道可道非常道"，她知道这是老子、篆书；见人家写"北国风光千里冰封"，她知道这是毛泽东的词、草书。她自己爱写唐诗，旁边的长辈不时给予指点，从一个点的写法到一个字的结构，热心细致。你的南门伴她成长。

我在你的长堤徜徉，陶醉于你的田园风光和你的平民情怀。比起雍容华贵的颐和园、璀璨隽秀的北海、风光旖旎的西湖、玲珑精致的拙政园，你可谓平凡，可谓简约。但花开万朵各有千秋，田园风光、平民情怀是你特有的品格、宝贵的品格。长堤的路由两排高大整齐的白杨妆点着，中间是石拱桥，线条清晰，朴实美丽。长堤西北有花开时节动京城的樱花园。长堤两岸碧波荡漾，高高的中央电视塔在湖中对影成双，三三两两的野鸭在水中嬉戏。最妙的是湖水在绿树的环抱里，绿树掩映着高楼，而湖水、绿树、高楼又是那么的和谐。你为这繁华的现代城区增添了生机勃勃，你为这奔波在红尘中的人们增添了生活色彩。长堤来来往往的人流中，常能碰上拎着菜袋子的大妈们，她们早早起来，到这里锻炼身体，还顺便去附近的早市采购些瓜果蔬菜，这恐怕是别的风景胜地看不到的景。也有机会遇到穿着白色婚纱的新娘子，她们让这里的山水见证新婚的喜悦、青春的倩影、美好的憧憬。你的长堤不是她们旅游的一站，而是她们生活中的一段路。

我爱你风和日丽的沸腾周末。那时的你是周围百姓业余文化、休闲娱乐的大观园。练太极拳的、练太极剑的、练太极球的，跳民族舞的、跳交谊舞的、跳集体舞的，唱京剧的、唱中文歌的、唱英文歌的，踢毽儿的、遛鸟的、放风筝的，摄影的、画画的、写字的，冬泳的、跑步的、做操的、打羽毛球的，人们在你的山水间享受美好、创造美好。我会得意地给自己安排这样的日程：早早起来去湖畔练太极拳，然后到山亭唱歌。我的太极拳老师棒极了，一招一式都透着功夫，教学时耐心细致让旁边观看的人都忍不住出手。拳友有土生土长的老北京，也有外地来的新北京。老张以

木代剑时，小王会夸他像金庸笔下的丐帮帮主，老韩会说他拿的哪像丐帮帮主的打狗棍，简直是杨家将杨排风的烧火棍。谈笑间可以听到地道的京白，也会听到南腔北调的普通话，比如山西味的、上海味的、浙江味的、湖北味的、新疆味的。练拳的地方依山傍水，山上有亭翼然。山亭里的乐队由手风琴、提琴、二胡、笛子等组成，随意而别致。拉手风琴的先生见人涌得多了，便说：来个大家都会唱的，《化蝶》怎么样？《洪湖水浪打浪》怎么样？大家，包括我，就唱。唱上几曲，很是过瘾。

　　我喜你细雨霏霏的清凉黄昏。下了班，撑一把小伞，走过你的园子，回家，是多么浪漫的事！倘若是春日，能看到路旁迫不及待开放的迎春，黄灿灿的、湿漉漉的，仿佛对我播报：桃花快开了，樱花快开了，海棠花快开了，丁香花快开了，梧桐花快开了，不知名的山花快开了。倘若是夏日，绿山、绿水、绿叶、绿草，远近高低、深浅浓淡那满目的绿啊，真真让人荣辱皆忘，神清气爽。雨中的园子宁静清润，喜鹊、柳莺的啼鸣越发嘹亮。倘若是秋日，可以寻到"留得枯荷听雨声"、"山色空蒙雨亦奇"、"野渡无人舟自横"等意境，也可以把这缥缈的湖水当作洞庭水，吟诵一下《岳阳楼记》，长长精神儿。有时兴致勃勃到了收不住，我就哇啦哇啦地对着夫君和女儿谈天说地，两人感想如下：倾盆大雨，想发言插不进去。

　　玉渊潭，你让我读懂了这句箴言：世上不是缺少美，而是缺少一双发现美的眼睛。你自然平易而情趣盎然，你是京城的宝，你是百姓的玉，你是我的乐土。玉渊潭啊，你可知道——我对你的爱恋，对你的珍惜，对你的感激……

做 菜

董思达

对于吃喝之物，我总是在乎个口味儿，做得不好吃就吃不多。上大学时，晚饭时间宽松，吃一样菜不行，至少两样才痛快，我为此能长途跋涉两个以上餐厅——这家的炒饼打包，然后去那家等饺子，一起吃——其实两种菜饭在一家餐厅都有，只是我会分别选择做得比较好的那家。

但以前我从未想到过自己有一天会很喜欢做菜，这大概也跟生活有关系，结婚过日子，妻比我忙，我不做谁做？2006年，我刚刚工作半年多，住进青年公寓，隔壁的同事说下班到我屋吃，带了2斤肥肠来，说爱吃。那时我不懂做菜啊，心想这么荤的东西，得找个清淡的搭配，大白菜吧，我给炒了，跟熬的一样，淡白溜水的，不好吃。现在明白了，切段，油炸，葱蒜炝锅，溜，外焦里嫩，简单，好吃。

不过，这个喜欢，还真不是过日子逼出来的，强扭的瓜不甜，爱好应该是与生俱来的。有件闲散的事，你某一天做了一次或连续几次，发现很开心，很顺手，这就容易成为爱好，你在这里能展现发自内心的最真实的性情，历史上的诗人皇帝、画家皇帝、木匠皇帝应该也是如此。

人们都说，喜欢做菜的人都喜欢吃，我是这样的。

北京这个城市有个最大的好处就是美食云集，各派菜系，想吃什么都能找到。但店家多了，就难免鱼龙混杂，挑嘴的吃主儿，你就得找清楚做什么菜哪家最好，真是"上当一次，好吃再来"。打比方说，家常菜宫保鸡丁，那就得数峨眉酒家做得最好，用的带皮鸡腿肉，关键在汁儿调得好，酸甜适口，另外主辅料搭配适当，型儿做得也好，这两点别的家很少有企及的。烤鸭呢，都说两家老字号的好，自有个中道理，但也有个问题——它容易凉。有次我在一家港式风味餐馆吃，他们上的叉烧肉拼盘不简单，盘下有支架，点个小蜡烛，完美地把持

董思达，1981年生，籍贯河北，中共党员。河北经贸大学经济学毕业，本科学历，2005年参加工作，现就职于财政部机关服务中心人事劳资处。工作无大事之忧，遂得精力以"修身齐家"，属于活在当下型。兴趣广泛，又能执着。打羽毛球、收集黑胶唱片、摄影……最爱厨房一角，以为妻为朋友做菜为乐；最爱书架一墙，以得好书读好书为喜。曾出版《淘宝购物心经》小书一册。

续加热问题解决了，但至今这个办法没在老字号里见过。

到处挑地儿吃，只要用心，还能提高做菜的水平。点完菜，申请留下菜单，我翻看一会儿，学习学习，看人家怎么改刀、怎么装盘，琢磨琢磨，看人家用啥搭配，菜来了，品尝品尝，揣摩味儿里都有什么。虽说都是细枝末节，但用到自己的生活里，却都是不小的乐趣。

什么事情想干好了，不学习都不行。要想把菜做好了，也是如此，但要我去上个厨师班又未免有些不实际，多看书倒是个好办法。在我集藏的书里，有一大部分是饮食菜谱类的，几乎都为20世纪80年代或更早期的，闲时经常翻看。时下很多流行的菜谱书里，皆是花花绿绿的照片、简易快捷的步骤、巧思翻新的样式，直接告诉读者怎么吃怎么做，越简单越好。与之相比，老菜谱书更多的是介绍典故、继承传统、传播技法，俨然一派忠实严谨的作风。但也不失有趣，比如，烹鱼改刀的方法就有十来种，什么一字刀、菱形刀、柳叶刀等，而它又给你画出一个个简笔的小鱼，鱼身画上相应的花刀，简单明了，现在的照片也不一定拍得这么显而易见。

书怎么看都是"死"的，做菜忌闭门造车，好在电视里常有大师教做菜的节目，那看着才叫过瘾。平日总是自己蒙着做不行，看了节目，如临其境，心领关键，遂有长进。

话说时令菜品糯米藕，将糯米浸泡半日，于市场挑选白胖莲藕一节，回来削皮，以刀斩去两端节处，留用，流水冲净孔洞，灌以糯米，不能塞紧，宽松为宜，藕节堵住两端，以牙签插住，放入砂锅，注清水至没过莲藕，大火烧开，中小火煮一小时左右。切片装盘，白嫩爽滑，我喜欢做完再浇桂花糖汁，但总是有些稀。看了一期节目，不是这个菜，但最后需做桂花糖汁，只见大师熬糖、勾芡、淋油、放枸杞，一气呵成——我则茅塞顿开，简单的勾芡竟然没想到！

如果说做菜对我是种快乐，那么除了恍然大悟的快感，还有挑战成功后的快慰。挑战什么——自己呗。比如炖甲鱼这菜，没做过，只有小时候见叔叔杀鱼以及现在偶尔看的资料的印象。过年回家，碰巧家里有这么一只，赶鸭子上架，我说试试吧。

家里现成的老柴鸡，取一翅一腿，斩断备用。将甲鱼翻身置于案板，待其头出，快刀斩断脖颈，控干血水。以开水淋鱼身，趁热去黑皮，剁去尾巴和指尖。摸索出甲盖和裙边的缝隙，快刀划开，揭掉甲盖，去内脏。洗净斩块，连同鸡块焯水，盛出控水。起油锅，将肉块炒至变色，盛出备用。留底油，煸炒葱姜蒜，放入肉料，加适量料酒、酱油，翻炒片刻，加温水，白糖适量，烧开转小火，盖焖至肉酥烂，加盐、胡椒粉调味，即成，味道很好。此菜做法其实不难，只是杀甲鱼既需勇气又费体力，做者自知。

倒也不是说随便扔给我一个没做过的都能会做，只是恰好这个菜涉及的烹调手段都比较熟悉，注意借个鸡肉的鲜味就好了。煎炒烹炸、爆溜氽炖，做菜并不是学一个做一个，而很可能是学一个会多个，

生活中很多事情何尝不是如此。

有一部叫做《饮食男女》的电影很好看，做菜这件事在里面维系了各种人情世故，我也有相仿的一点体会。

平日下班我早到家一步，做好饭菜，妻回来就能吃上，女人在外面累了一天，或许回来就想找个人诉苦撒气，但以我的经验，她看见一桌好菜的时候，气已消了一半。端午节的时候，我们一起包粽子，卷两片粽叶，抓一把江米，捏几颗小枣，回忆几段小时候的往事，几个故事过后，早已包好数十个水灵灵的粽子，煮好后香气满屋，蘸白糖吃，甜到心里，仿佛回到小时候——这是两个人的快乐。

我们一年很少回老家几次，但每次回去我就好好给父母做几个菜，听到他们说自己很有口福，我觉得很幸福。羊肉丸子汤，一道家常菜，记得我很小时，爷爷常做，大概在我还没有味道的记忆的时候，他便去世了，所以现在我只留下一个印象，就是他以左手抓馅儿，于拳眼处挤出小团，右手拿小勺顺势一挖，下锅汆熟。现在家人都爱这个菜，我便试着做：肥瘦的鲜嫩羊腿肉剁馅儿，装盆放入姜末、料酒、生抽、盐、生粉、几滴香油，搅拌均匀，打入一个蛋清继续搅拌，少量多次加清水搅拌，每次都按一个方向，直至成团不散不沾盆，静置片刻；起油锅，葱姜炒香，炒白萝卜片或冬瓜片，少许生抽，加水烧开，转中火，下丸子，加盐调汤味，转大火，打浮沫，滴几滴香油，装盆，撒香菜末，即可。打馅儿、调味、火候，开始的时候我也掌握不好，现在越做越熟了，不用过脑，而那个挤馅儿的手法，永远能勾起我的回忆，将来，说给我的孩子，则是个故事了。

咱在饭店吃饭，不管跟谁，一般都得拘着点儿，讲礼仪，好比说吃大骨头还得戴手套拿吸管，眼见着骨头缝里还有好多肉，就是不好意思啃，因为那得豁出去歪着脑袋龇着牙咧着嘴，这还得悠着点儿，小心滑溜到裤子上，反正是吃不痛快。我很喜欢邀朋友来家喝茶吃饭，提前小半天就开始准备，朋友在屋里喝茶，我单独在小厨房折腾，都弄好了，朋友们吃得毫不客气，我得先喝杯酒歇口气，这时我是最开心的。大家都开心的是，在家可以撒着欢儿地吃，吃累了，歇会儿，满是酱汁的手举杯喝一口，岂不快哉！不过，"麻烦"的是，现在朋友们常常会主动请求来吃我的菜——这是朋友间的快乐。

自夸了半天，该说说丑事了。有一次我把妻"赶出去"，请了七八个大老爷们儿来家吃饭，说好让人家别客气11点左右就到，结果1点半才吃上，刚开席，来得最早那位说，"你让早来，现在没办法，要开会过10分钟必须走！"我立刻罚酒一杯表示歉意，这还没完，他接着问，主食是什么？我一拍脑袋，完了，忙了半天我还没焖饭呢……

要说不麻烦、不累，那是假的，但乐在其中是真的，现在我一天不做菜手都痒痒，妻出差了，我回家自己也要做两个菜吃，哪位朋友没事的话，欢迎你来坐坐，绝对让你吃得满意。

窗冰花（外一篇）

余良虎

余良虎，生于20世纪60年代，陕西省镇安县大坪镇人。从事财政工作，当过多年乡镇财政所所长，现任镇安县预算外资金管理局副局长。陕西省作家协会会员。学生时代就喜欢文学，2007年后，对文学创作更加热衷。先后在全国各地50多家报刊发表散文、杂文、诗歌等文学作品20余万字。多次获全国征文大奖，作品被海外及内地多家知名报刊转载。著有散文集《心灵在纸上行走》（作家出版社）。

窗冰花，梦一样美丽的花，在寒冷的早晨绽放在你醒来的那一刻。

美丽的窗冰花是冬夜水汽在风的舞蹈里最具创意的杰作。窗外冷空气和室内湿气在玻璃上对撞、一幅幅冷落寂寞的冰霜世界图案悄无声息地形成。晶莹剔透，千姿百态的冰凌花，其形状、轮廓、线条、图案各不相同，而且它们争奇斗艳，带给你梦幻般的独特感受。

窗冰花，孕育在寒夜，盛开于凌晨。虽然只是水汽在玻璃上的短暂逗留，纯属游戏之作，但毫无人工雕凿之痕，说不上鬼斧神工，也算是自然天成。或如彩虹横挂天际，或如柳枝摇曳枝头，或如艺术体操队员飘飞的绸带，或如海底摆舞不停的藻荇；像珊瑚簇拥，像沙棘藜绵延不绝，像雪山上晶莹剔透的雪莲，像烟花在空中绽放。有的均匀密布，仿佛为你展现一堵盛夏里繁茂的爬山虎断墙；有的亭亭玉立，令人想起海南那一排排婆娑的椰树林；有的则是长短搭配，使人在跨过草原之后，眼前突见一片胡杨林。也有密不可分者，让你似乎走入亚马逊雨林；也有疏密有致者，让你似乎在欣赏一幅名家的山水之作。神游其中，你感受到的，是四季的脚步，是生命的脉搏，是大自然的多姿多彩。

太阳升起来了，朝阳洒在窗上，窗冰花显出它最辉煌的一面。洁白的冰花似镏金镀银，立刻被染上五光十色的光彩，折射出童话般的神秘和诗情，美轮美奂，惟妙惟肖，似乎给人一种虚幻，但它却是真真切切地横在你的眼前。

窗冰花在阳光的温度里消散了它的容颜。一点一点地在阳光里融化，看它慢慢地随着温度、随着阳光流失，先是姿态模糊，渐渐呈现原形，变成雾水，继而成水珠滑落，汇聚成溪，一直淌下窗框。看着越来越清晰的玻璃，看着窗外越来越清晰的房屋树木，我心中怅然若失，为这转瞬即逝的窗冰花扼腕叹息。

美好的事物虽不能永久存在，但往往都能如这窗冰花一样，在瞬

间之际，给人留下永恒的回忆。于是，我幻想着严冬过后的春天。也许这精美绝伦的冰凌花，正是春天的使者。它带来的正是给予严冬里的人们心头暖暖的慰藉。

心灵家园

我时常在心里问自己："家在哪里？"

父母在的时候，兄弟们在一起，我们是一群小鸟，家像林子里的窝巢，我们在外面身心疲惫的时候，飞回来，在父母的身边，是那样的温暖和甜蜜。

父母先后离我们而去，兄弟们各奔前程，都远走高飞了，这个家不再有人进进出出，成了一个空巢。落寞得几乎快要被人淡忘。我们哥儿几个多少年也不回去一次。时过境迁，物是人非。再回来时，"儿童相见不相识，笑问客从何处来？"我成了客家人，这个家还有存在的意义么？

前些年，东奔西跑，蜗牛一样走到哪里，携一家大小把家安到哪里。好容易在城里有了可以遮风挡雨的栖居地，我怎么也寻找不到那种家的感觉。内心深处，总觉得自己无家可归，是这个城市的一个匆匆过客。仍然行走在漫无尽头的路上。四野茫茫，八面空空，眼前和心中只剩下一条通往前方的路。

家，其实是我们在路上歇脚的地方。我们的祖先就是在逃荒的路上，迁徙的途中，走不动了，就地搭起草棚，插草为界，开始生息繁衍，落地生根。于是我们便有了故乡，有了乡思，有了牵绊。

在中国古代诗歌里，有好多是写给思乡之情的。崔颢的"日暮乡关何处是，烟波江上使人愁"。卢纶的"家在梦中何日到，春生江上几人还"。李益的"不知谁在吹芦管，一夜征人尽望乡"。韦庄的"未老莫还乡，还乡须断肠"。宋之问的"近乡情更怯，不敢问来人"。还有"还顾望旧乡，长路漫浩浩"……

在游子的心中，家永远是一种念想。我想起了苏东坡，他就善于为自己营造一个温馨的心灵家园。

他多遭坎坷，历经流放，到过浙江杭州、山东密州、江苏徐州、浙江湖州、湖北黄州、广东惠州，最后客死他乡，永远圆不了回家的梦。可是，在贬谪黄州，处境非常窘迫时，却依然放浪形骸，冷眼看世界，"左牵黄，右擎苍，锦帽貂裘，千骑卷平岗"，带着跟班，狩猎行乐，日子过得潇潇洒洒。遭遇贬谪本身就是人生一大不幸，加上环境恶劣，水土不服，这样的磨难没能让他精神垮掉。他亲自耕种，于屋后开一方土地，一手执卷，一手荷锄，有田园风光之美，去书室陈腐之气，远谪之地生活依然是其乐融融。他不想家吗？当然想，想得"夜来幽梦忽还乡。小轩窗，正梳妆。相顾无言，惟有泪千行"。想得"日高人渴漫思茶，敲门试问野人家"。这是一种四海为家、乐在天涯的超然情怀。没有高尚的品格，豁达的心境，没有"一蓑烟雨任平生"的洒脱，就无法营造这一温馨的精神家园。在他的心中，想念的那个家，只是由家的温馨与安宁构筑起来的一种抽象的感觉罢了。那个可以遮挡风雨的家，并不能从心灵深处抹去他无家可归的感觉。

离家是一种痛，打起背包时，又有多少人走得义无反顾？"云横秦岭家何在，雪拥蓝关马不前"，就连"穷则独善其身，达则兼济天下"的韩愈，在贬谪潮州的路上，回望歌舞升平的京城长安，想起妻儿老小，也不免发出这样的喟叹。他本可以"欲为圣明除弊事"，不料惹怒了天子，不得不抛妻弃子，远涉他乡，在凄凉的夜里，破梦而来，轻轻地舔着受伤的心灵。

家，唯独在心里，才会恒久。走累了的人们，不妨给你营造一个心灵家园吧！

高贵心灵的幽默

岳颂

岳颂，山东聊城人。经济学硕士，管理学硕士；注册税务师、会计师、审计师。曾在基层财政部门工作多年，现任财政部中国注册会计师行业党委办公室副主任。业余兼事文学创作，发表散文、杂文、诗歌、文论多篇，屡获各级文学奖励。现为财政文学会副秘书长，中国散文学会会员，山东青年作家协会理事。

　　中国传统文人的幽默大致有两种：其一，是在闲适生活中调理出的人生情趣，表露文人的高雅和率性，如林语堂；其二，是在厄运磨难中幽默人生的遭际，体现文人心灵和人格的魅力，如杨绛。

　　读杨绛的《干校六记》，我们可深切体悟到那蕴含博深学识和闪烁人格光辉的中国传统知识分子的高贵心灵，可领略到那一代杰出的文化人在邪恶和黑暗面前所特有的达观与幽默。

　　十年动乱，文明浩劫，作者与很多她的同时代人一样，被污为"现行反革命"、"反动学术权威"而遭揪斗、游街、关押，受尽作为一个文人、一名女性难以承受的人间羞辱，可以想见，肉体的折磨或许倒还在其次，精神的重压必然是更为巨大的。但是，在种种不堪面前，她似乎超然度外了，竟能以游戏人生似的、平静无比的幽默直视难以忍受的动乱和劫难。游街、批斗就要戴"高帽"，本是耻辱，但作者找到了戴高帽子的"诀窍"："我把帽子往额上一按，眉眼都在帽子里……学马那样站着睡觉，谁也不知我这个跑龙套的正在学马睡觉。"我们可以想象这是怎样一幅有趣的画面，你想羞辱我、压垮我，我便用"学马睡觉"回敬，你又能奈我何？这样奇妙绝伦的"讽刺漫画"，若没有久历人生风雨沧桑之后，但仍意志坚定的大手笔、大胸怀、大气魄，是绝对勾勒不出来的。为躲避揪斗而藏入厕所，可以想象那是何等令人不堪的境地，不料作者竟调侃道："真没想到女厕也神圣不可侵犯，和某些大教堂、大寺院一样，可充罪犯的避难所。"而且在此种境地下的间隙，她还会衍生出关于厕所文化的丰富联想。夫妇二人一同下放"五七"干校，钱钟书先生被派为收发员，每天必经作者"劳改"的菜地，于是被作者戏谑为"菜园相会"，还说"远胜于旧小说、戏剧里后花园私会的情人"，患难夫妻濡沫之情经此幽默，令人欲为之哭又欲为之笑。如此幽默自嘲、嬉笑讥讽，在全文中俯拾皆是，譬如把给偏爱的萝卜多施肥称为"培养尖子"，把自己以菜地为中心的日常活动比作蜘蛛踞坐在菜园里吐丝结网等等，读来都令人不胜感慨又忍俊不禁。

掩卷回味，着实令人惊叹不已。在那种空前的文化恶境、人生苦境里，作为一名柔弱的女性、作为一般被认为意志不怎么坚定的文化人，杨绛何来这样无比豁达的幽默心情？文化大革命，在中华民族史和文明史上造成的灾难超过了历史上任何一次战乱或者人为破坏，人格被无情地摧残，人性被畸形地扭曲，延续了几千年的中华文化传统道德、人性伦理在顷刻之间几乎丧失殆尽。面对罹难和乱世，中国文人历来就有"宁为玉碎，不为瓦全"的气节，"文革"中"玉碎"者不乏其人，比如老舍的沉湖和傅雷的投环，在动乱之初就迅疾弃世，以死抗争，以舍弃生命来捍卫自己人格的尊严和心灵的高贵，所谓"士可杀不可辱"；当然，也有文人放下了自己人格的尊严，丢掉了心灵的高贵，委曲求全，依靠出卖灵魂和虚假的谎言生存。而作者，面对随时可能的"玉碎"，面对自己高尚人格的惨遭践踏，非但没有一刻消沉，更未有丝毫泯灭，却还能幽它一默，坚强地、昂扬地甚至是"轻松地"笑对灾难和屈辱。这应有一种来自心灵深处的信念力量在支撑着她。如果说丁玲从20世纪50年代起就蒙受不白之冤，历经二十多年仍顽强地活了下来，确实是靠一种革命乐观主义精神或者说坚定的共产主义信念的支撑，而作为与丁玲无论是人生阅历还是文学生涯都截然不同的杨绛，我想这力量应该来自与老舍、傅雷同样高贵的心灵，那作为一个有尊严的、真正的人，作为一名优秀和正直的文化人所具有的高贵的心灵。只是老舍和傅雷以勇敢地舍弃生命捍卫了这种高贵，杨绛则是把心灵的高贵化为了"幽默"这样一种无比强大的力量，捍卫了自己生命的尊严和存在。

唯有人格高尚、心灵高贵，才可从容做到对卑鄙暴行的无比蔑视，对邪恶淫威的莫大嘲讽，当巨大的凌辱和罹难临头之时才能以超凡的幽默为武器，把凌辱和罹难拒之于心灵的千里之外。正如作者在文中写道："你们能逼我游街，却不能叫我屈服。我忍不住要模仿桑丘·潘沙的口吻说：我虽游街出丑，我仍然是个有体面的人。"她在心灵深处执着于自己做人的尊严，她在尊严的圣界里做着精神贵族，用贵族式的"傲慢"目空乱世，始终保持着自己的尊严、清醒和独立，于是超然死生之外的"幽默"油然而生。这无疑是另一种方式的反抗，是与"玉碎"同样撼人心魄的奋力抗争。两千多年来中国传统知识分子贫贱不移、威武不屈的理想追求，在这种"幽默"之中升华到了至高的境界。

林语堂式幽默，体现了中国文人的哲理情趣，而杨绛式幽默则映衬出中国文人心灵的高贵凛然；能做到前者，可谓儒雅名士，而能做到后者，则不愧为果敢勇士。

我们今天所生活的这个时代，财富在急剧增长，物质已极大丰富，高贵的生活，娱乐、休闲、幽默，成为人们的追求和时尚。在这样的时代，什么才是真正的高贵？是地位、金钱？怎样才是动人的幽默？是搞怪、哗众？或许，20世纪上半叶的那些先辈们能给我们一些启示。

今年，是杨绛先生百岁华诞。去岁中秋，在南沙沟一位长辈家中有幸偶遇杨先生，历经一个世纪风雨沧桑的老人，矍铄依然，平和依然，幽默依然。

散文

盛开在家乡的野杏花（外一篇）

王世宏

王世宏，1972年10月出生于内蒙古，中共党员。中央财经大学在职研究生学历。1987年10月入伍，从军20载。2006年转业，现任职于财政部离退休干部局。爱好文学、诗歌、散文、书法。数次在部内组织的征文活动中获奖。

离开家乡已有二十几个年头，可每逢初春，我常想起家乡城中小山上那一丛丛竞相开放的野山杏花。

说是小山，其实也就百八十米高度，但因着是老城的缘故，原也没甚高大建筑，于是无论身处城中的任何角落，你都可望到那山上一丛丛、一簇簇的或粉红、或粉白、或淡黄的野山杏花。其实，在这小城，你本也无须闭眼，你也无须费力，只用鼻那么轻轻一嗅，那微风早将裹挟着的淡淡清香浸入你的鼻腔，随着呼吸游遍你全身每一处肌肤。这时，你就是有一世的烦恼，怕也早随这一嗅而逝了，而你周身荡漾，也是满城荡漾着的，只有这如诗的清香了……

因是野山杏，山又是石头山，所以，生长在这山上石缝中的树都并不十分高大，大人小孩皆可够得（也因此而佩服这些树顽强的生命力）。于是，这一时，你无论踏进谁家，那窗台上摆放的，必是插在玻璃瓶中的一段杏枝，上面或有几朵或淡黄或粉红或粉白的杏花，或有几朵含苞待放的花蕾。那已经开放的杏花，正合着阳光，迎着你的脸，奉献着灿烂的笑。那花蕊也在一吐一吐，散放着悠悠的香。而那一个个小小的蓓蕾，却似并不着急，悠然中与主人期待着明天更美丽的绽放……好在那时的家乡人并不贪厌，即便小孩子淘气，想要多采几枝，也总会被家长制止。而所有的邻里，也没人因着你家采得比我家采得要美丽些便再去多折几枝回来。而这，就让我们一城的人都拥有了一个可以呼吸着这清清的香度过春天的童年。

至今，每当和友人谈起家乡，谈起那一丛丛漫山遍野的野山杏花，我的脸上便现出神气的甚或是鄙夷人家不可能拥有的那种坏笑，有人便怪怪地指着我说：哇，怎么像透了一个小女人！

然而，现在我家乡的小孩已没了我那般的幸福去享受春天了。

不知何时起，那山上已再没了一丝的生气。代之的，是一排排的

红砖瓦房、体育场、商店、工厂和游乐场。这让我不得不佩服国人生育和繁衍的迅速，所谓漫山遍野在这里真是完美的体现。从此，我便再没有在那山中望到一株开着或不开着花的野山杏树。现如今，家乡的孩童在春天里怕是只能嗅到从火力发电厂飘来的烟尘的味道了吧——我曾在这时问过一个孩童："这满世界的烟尘，你闻着不呛吗？"他答：不呀。这回答听着是那么的漫不经心、轻描淡写，而我的心，却如一阵阵的针刺……

如今，幸运的是，紧邻单位的玉渊潭公园每年春天都要举办樱花节，届时单位都会组织游园——虽是泊自东瀛之绿，但也给人以清新爽目。而我，不待园中的花儿竞放，便已从风中嗅出那独有的杏花的清香，这香一到，便已全部浸入肺腑直达心扉……

家的感觉

"想要有个家，一个不需要多大的地方，在我受惊吓的时候，我会想到它……"

伴着潘美辰凄婉低回的曲调，不禁勾起我对家的遐思和想念，也勾起了我身为一个财政人对"家"这个概念的重新审视。

家，居也。——《说文》

室为夫妇所居，家谓一门之内。——《诗·周南·桃夭》

女有家，男有室，无相渎也。——《左传·桓公十八年》

屋内有猪是为"家"，而猪，在远古时则表示为财产。屋里有了财产便成了家。

在古时，女子是没有家的，"男以女为室，女以男为家"的古语即是此意。女子结婚就是归家，《诗经》所谓"之子于归"，即指此。所以家、嫁音近义同。

现代意义的上"家"与古时的"家"已有了很大不同。现代人已赋予了家太多的内容与含义……

有的青年人，把家看成累赘，看成羁绊，看成了束缚自由的枷锁，整天只想着离开家去外面闯荡。岂知没了家的支撑，再有雄心的大鹏也不会飞得更高。

有的人，把家看成自己的温床，小心经营，一丝不敢马虎，从而把集体，把国家这个大"家"视而不见。岂知没了大"家"，又何来自己的小"家"？

有的人，把家看作身份地位的象征，为粉饰装扮自己的小家，不惜挖空心思横贪硬索，更有甚者，把家变成了聚集储存财富的仓库……

而事实上，中国人于家的依恋、于家的情结却是了不断的一份缠绵与乡思。

早在16世纪初，勇敢勤劳的蒙古部落土尔扈特部为追寻肥美的草原，也为躲避部族间的争战而越过哈萨克草原，渡过乌拉尔河，来到了当时尚未被沙皇俄国占领的伏尔加河下游、里海之滨。在那片人烟稀少的草原上，他们开拓家园，劳动生息，建立起游牧民族的封建政权土尔扈特汗国并在那里繁衍生息了100多年。但家的概念和对故土的思念却从未在他们心头泯灭，对故国东方的牵挂也终于演化成为一条艰辛的东归之路——虽然这路上留下了他们无数部落族人的鲜血和生命，但勇敢的土

尔扈特人终于用赤诚拥抱和亲吻了他们心中向往的家园，回归到了阔别百年的祖国。他们用鲜血与生命给了"家"以最好的诠释！

现代人于家也许真的没有了太多感觉，但正如"得到和拥有的不懂得去珍惜，失去了才知道它的宝贵"。其实家也一样，也许它并不绚丽，也许它并不宽敞，但它是你疲惫后栖息的场所，是你漂泊后躲避风雨的港湾，是你受惊吓时给你安全感让你平静心安的温室，是你征战一生最可依赖的战略后方！

何必计较太多呢？

其实家与宾馆，与旅途中歇脚的木屋，与你大学时的寝室的根本不同就在于，家给你宁静与安详，给你温情与安逸，让你有安全感。在家里，你不必再去理会工作中遇到的难题带给你的烦心事，不必小心翼翼地说话，更不用自命清高，亦不用见人说人话见鬼说鬼话。在家里，你不用再担心如在宾馆时你的装着并不多钞票的背包的安全，也不用担心同屋旅伴的鼾声是否如雷，更不用担心半夜会否有人错进你的房门。在家里，你尽可放心睡去直到自然醒，尽可放心裸着你也许并不健美的身体走来晃去（当然，抛开道德的范畴，愿不愿拉上窗帘亦是你的自由），尽可自由发挥你的想象涂鸦你的墙壁成红成黄或成蓝色，尽可把你的家具挪来挪去直到精疲力竭，总之，你可以大声宣布：这是我家！我爱怎么地就怎么地！

但也有人把家的概念混淆。

凡一些世俗之流，于家，不是讲求安逸、祥和，而是追求奢华、阔绰，一味地与人攀比，甚至不顾个人能力。于是，有的人在力所不能及时，便不惜打起了贪污、索贿一类邪门歪道的主意。最后，终于落得个身陷囹圄，悔不当初。而这，正是我们财政人应当警醒自觉的一个界限！

家是港湾，它让我们依靠，为我们遮蔽风雨，给我们信心，积蓄我们的力量，陪我们勇往直前，伴我们走向成功，让我们每一个财政人，携起手来，珍惜今天的家，创造明天更美好的家。

红薯气息

张驼

我永远沉浸在红薯的气息中。红薯散发出的气息随着季节的变化而变化。深秋至漫长的冬天，红薯散发出来的气息是甘甜而又是浓郁的，还带着新新的泥土味。

立春之后，这甘甜而又浓郁的气息中，不觉泛出一种淡淡的苦味，苦中带甜，甜中带苦，钻进人的鼻息像小虫在蛹动，痒痒的。这是因为存放在地窖里的红薯因地温的升高有的开始变质了。红薯上易生一种黑斑。这种黑斑霉烂极快。收红薯时农人细心将带有黑斑的红薯，拣出擦成薯片晒干贮存。有些红薯上的黑斑极小，针尖大小不易发现就混在上好的红薯中存放在地窖里，天转暖之后，黑斑就开始霉烂。农人舍不得将这整个红薯弃掉，就剜了黑斑将大半个蒸了吃掉，于是空气里就有这种甜中带苦的气息。

到了夏初之季，红薯的气息就变成了一种酸中带馊的那种。因为，这时窖存的红薯吃完了，一日三餐就变成了用红薯面蒸的红薯馍了。这红薯面含淀粉与糖多，又结实如石没有弹性，通风性能不好极易变质，没有几天就散发出一种酸中带馊的气息。

我多是在一种情景中度过，嗅着红薯的气息奔走在村巷里，往往是在冬天。早晨放学回家，院子里弥漫的红薯气息告诉我，娘和奶奶又在蒸馍了。其实，就在我跑出校门的那一刻，我就漂浮在全村的这种热气腾腾的气息中。进窑，就见奶奶坐在灶前握着风箱的拐子"吧嗒，吧嗒"地烧火；塔样高的笼圈上呲呲冒着热气，于是我就被冒出的红薯气息勾得饥肠辘辘起来。奶奶赶紧从灶膛里掏出烤熟了的热红薯给我，看我狼吞虎咽地吃着。每在这时，奶奶总是望着我笑说，"真是个红薯娃。"

锅里蒸的全是与红薯相关的东西。锅底下的箅子上，放的是红光光的红薯；中间几层放的是用红薯面揉成的红薯馍；最上层放的是用

张驼，生于1964年，河南省灵宝市财政局职工，中共党员，系河南省作家协会会员，发表散文、小说、报告文学和财经论文百万余字，出版散文集《初露》、《张驼散文》等，其中，《张驼散文》分别获得三门峡市首届文学奖散文类一等奖和三门峡市第六届"五个一工程"优秀作品奖。

红薯面抟成的窝窝头。窝窝头要用一种叫压面机的器物，压成棕黑的面条吃，后来我才知道这种面条还有一个正经的名字，叫饸饹面。当馍锅快要烧好时，娘就对我说，"快找压面机去。"

走出院门，我就呼吸着红薯的气息，东家出西家进，追赶起压面机的行踪来。

队里有两架压面机，一架是海哥的，笨笨重重很不好使，四条脚撑着半尺厚的枣木台面，台面上挺着一根粗壮的压杆，活像一门老旧的松树炮；一架是队长勃哥的，是上了机床做成的，比起海家的那台，就一个在天上一个在地下了，不能比。勃哥的这架压面机，是一个叫老史的工人做的。

老史在铁路机务段工作，修理火车头，后来成了勃哥的干兄弟。老史家孩子多，一个人养活不起，每在收红薯的日子里就骑着自行车，带着钢锨大老远的到队里拾红薯。先是在犁过的地里翻。老大的一个人就在那里翻着，孤孤独独的，翻了一天拾了点根根梢梢就回去了。望着他那高大的披着一身补丁的背影，就有人说，"工人家的日子，也不好过呀！"

老史来的次数多了就成了熟人，勃哥念他不易，有时就在红薯堆上给他装一袋回去。他感激勃哥对他好，感激队人款待他，一天就给勃哥送来了这架压面机，供全队人用。这架压面机做得极是精致灵巧，抱在怀里就似机关枪一样。有了这架机子后，海哥的那架就闲着不用了。只是在铁机子坏了时，才用海哥的那架。

每天都有很多家蒸馍，一蒸馍就要用压面机。因为每家锅里装的东西都一样，下面是红薯，中间是红薯馍，上面是窝窝头。蒸气往上蹿，最上一层的东西先熟，窝窝头实腾腾的难熟也就放在最上面。要想开锅揭馍，必要将这窝窝头给压了，不然，锅一揭，窝窝头一凉，筋住，就再也压不动了。于是，我就逐家追赶压面机。进了这家，说压了，谁家已将机子抱走了。我就赶紧往那家跑，果然就见压面机正在压面，不过早有人家在那里等着。等着的大人一边帮人家压面，一边说着笑话。说那窝窝头像什么，说那挤出的黑条子像什么，说的一屋子人笑得直不起腰。正趁热吃面条的人操了满满的一碗，吃着笑着，谁也不恼。

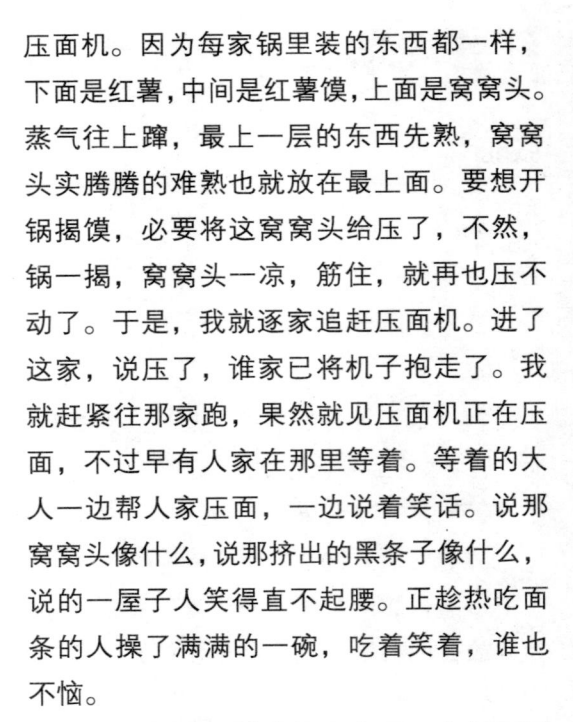

压面机终于被我抱回家了。支好压面机，娘和奶奶就赶紧开始揭锅了。搬去压在锅盖上的石头就见热气腾空而起，窑洞便如起了大雾一般，我看不见奶奶也看不见娘，谁都看不见谁。一会儿大雾就散了，奶奶和娘就又出现在我的跟前。开始压面条了，奶奶装窝窝头，我和娘抱着压杆往下压。刚开锅的窝窝头烫手，又光滑如鱼，奶奶在跟前放个凉水盆，手在水里一蘸，就赶紧抓那窝窝头。抓一个扔在漏筒里，直抓了三四个后，我和娘就"哼哧哼哧"地压起来，就见一股黑黑的细细的面条漏了出来。每压一次面条，我就想起大人们说的笑话，忍不住想笑。这时，娘说不能笑，用劲时一笑，人就挣成半伤了。

面条压完了，机子也被人抱走了，干活的人们也就回来了，早饭也就开始了。全家人多先吃的是红薯面条，每人操了满

满的一碗，再拌上辣辣的蒜水就大口大口地吃了起来。于是红薯的气息就变成一种热热的东西在胃里鼓荡着。到了中午，有的继续吃那红薯面条，有的吃红薯馍，有的吃红薯，不过，都是凉的。凉的红薯面条、凉的红薯馍比之热的就不好吃得多。那馍一凉很硬，用牙一撸就有馍滓哗哗落下，得赶紧用手在下接住；那红薯面条就成一堆冷冰冰的蚯蚓，给人一种难以下咽的感觉。相比之下，这凉了的熟红薯就好吃得多了，吃得满嘴甘甜。有时甜得很腻，就有一种噎住的感觉，只好用咸菜如咸韭菜、咸萝卜条、咸芥菜丝来送它下肚，此时的红薯气息就变成了一种酸酸的东西泛动着，不经意打一个嗝儿，那酸水冲进鼻内，呛得人满眼泪水。不觉一锅东西就被吃完了，娘和奶奶又开始蒸了，蒸了，又吃完了，吃完了，又开始蒸了，一家的日子就这样一天一天地过去，一年一年也就这样过去。

红薯的气息永远飘荡、凝住在村子的上空。

同桌，是女的，家在邻村，中午不回家。早上来校带一块馍便是午饭。那馍自然是红薯馍。馍用手巾包着放在抽屉里，红薯气息便透过手巾从底下漫上来钻进我的鼻里。暑天，是新馍时，那散出的是苦、甜，带酒的味道。第二天就变成一种带酸的味道，还有一点点的馊味。此后，就变成一种浓浓的馊，有时竟馊出浅绿的毛来。上课时，那种馊味常使我分心，常使我捏住鼻子拒绝这种气息。但是我无法拒绝，因为在我的身前身后都是这种气息，凡是有空气的地方都有这种气息。红薯气息无所不在，我无法挣脱逃离。

红薯气息，我无法拒绝的气息，因此也就成了我生命的气息。这种气息奔腾在我的血管里，凝结在我的肌体里，只要我呼吸、只要我冒汗，散发出来的就是红薯的气息。

拿什么献给我的母亲

黄彬波

母亲的心像春天的柳枝，时刻都那么软软地低垂在儿女的身上。

——题记

黄彬波，1967年生，现任河北省晋州市财政局人教科科长。1987年起先后从事煤矿建筑、乡镇文秘、县团委宣传部、收费管理等工作。1998年调至晋州市财政局负责单位资料工作至今。业余爱好诗歌、散文、书法。人生座右铭：书林遨游神情醉，墨海漫步雅意生。

　　我一向不知道有个母亲节的。

　　那晚，窗外是微雨的夜，细雨携着一丝淡淡的凉，透过窗纱和灯光暗暗对视，这正是在键盘上行走的好时光。我坐在电脑前，一个老同学的短信不期而至："今天是母亲节，请向您的母亲问候节日快乐！"母亲节！我的心似乎被什么东西重重地撞了一下，是啊，我那质朴勤劳的母亲，我何曾想到过向她表达长存心底却从不外泄的爱？正思忖着要不要给母亲打个电话问候节日的时候，她老人家的电话却来了，真的是母子连心么？电话先是儿子接的，奶奶长奶奶短地撒着娇，一听起来就是受宠的感觉。当我接过电话的时候，还没开口，母亲那絮絮的叮嘱和询问便弥漫开了。我在她绵绵的叮咛中终于提到要过母亲节，母亲很不在意，淡淡地说不喜欢那些洋玩意，告诉我要把身体照顾好，把孩子管好，这，她就放心了！

　　是啊，母亲就是这样，她是一个极其豪爽的人，她不稀罕那些面儿上的东西，这倒让我心里不安起来，母亲的心多实啊。记得我小时候，大姐结婚，姐夫来家拜年，要给她磕头，母亲老大的不高兴，说都是自家人，亲不亲不在那点礼儿上。后来大哥、二姐和我都因母亲这个观念而免于膝盖之苦。想想母亲生活的年代，她那时是要给公婆经常磕头的吧，现在却能体恤我们，真是难得的很。逢年过节回家，我们姐弟都要给母亲带些点心之类的，远远地看到我们谁来了，她一副很高兴的样子，但一瞥见我们手里提的东西，脸一下子就拉了下来，心里老大不高兴。她说"什么都不缺，你们来了就好，谁也不要为我破费"。母亲不是不喜欢礼物，她是惟恐给我们增加哪怕是一丁点儿的经济负担。

　　母亲是个极威严的人，我们姐弟四个都很怕她，不管什么时候，只要她一发怒，我们立马会诚惶诚恐，不知道谁又做错了什么事。儿时的我特别贪玩，戏水、挖地洞、偷杏子，什么花样都玩过，就是

不爱学习，一至四年级成绩很不好，因为贪玩和调皮，三天两头地被老师登门"上访"，为此常遭母亲的打骂。母亲手还真狠，用过皮鞭、鞋底、棍棒之类的打具，当然用得最多的是巴掌，一边打还一边嚷，一副恨铁不成钢的样子。有时候我在外面做了错事，担心被人告到家里，躲在胡同口不敢进家门，直到听见母亲呼我吃饭时才明白平安无事。

母亲虽然不识字，但却是个明事理的人。她不懂得鞭辟入理的说教，也不懂循循善诱的引导，可母亲明白没有文化是一件很糟糕的事。她无数次地把学和不学的人拿工人和农民比，拿钢笔和锄头比，拿自行车和小推车比，就是这质朴却实用的道理把我这棵小树渐渐地从歪扭到了正。那时父亲身体不好，哥哥又在外当兵，全家的重担就落在母亲柔弱的肩膀上了。母亲常教导我们，要争口气，以后好出人头地。

母亲是个人缘极好的人。她心眼好，待人热情，在村里给街坊四邻撮合亲事、为女人接生是经常的事，只要一有人招呼，她就会扔下家里的营生风风火火地去了。母亲也很能干，真的是里里外外一把手。小时候我家很困难，人口多，劳力却少，全家只她一个劳力，为了多挣工分多分红，她每天天不亮就到地里劳作，一干就是一整天。有时带着我，把我放在地头上，她锄草铲地一会儿就看不到影儿了，我怕了就喊她，她远远地在地里应着就是看不到人。到了晚上，母亲还干打夜的活儿，把我安顿好以后，她就去打场剥棉壳，一干就是大半夜，常常是晚上闭眼的时候看不见母亲，早晨睁眼又看不到母亲。她就像一架高速运转的机器，为了一家人的吃喝不停地转着，在我那时的记忆里，她是从未睡过一个囫囵觉的，或者说是不睡觉的。母亲虽说是个妇道人家，但推车送粪、打场起圈，这些一般看似男人干的活儿，母亲一样也没落下过。

在艰难的岁月里，母亲从没有怨怼，也没有诅咒，更没有歇斯底里地嘶喊。母亲用她的沉静、用她的内敛、用她的和谐，把生活中的艰难困苦一一化解。母亲柔心弱骨，是因为她早已把女性的刚烈内化在生命的本色之中，她对世界、对社会、对家庭、对子女的理解，只有一个字：爱。那个时候我也从母亲身上学到了坚强和自立，我更多地学会了怎样帮母亲，从小练就了一双割草打柴的快手，也适应了半夜里从热被窝里爬出来随她一起到地里扫落叶。

母亲是个心灵手巧的人，飞针走线就能做出五颜六色的衣服。儿时的家境很艰辛，和许多孩子一样，衣服都是母亲在晚上哄我们睡了后才做的，正晌时间是没有这个工夫的。母亲有一台总是擦得锃亮的缝纫机，那也是我家唯一一件值钱的家什。很小的时候，我喜欢趴在机器的边沿上，看母亲下边踩着脚踏板，布料在母亲纤细的手中不停地蹿动，细细的针角，画着美丽的弧线，当一件颜色艳丽、样式新颖的衣服包住我小小的身体时，我似乎能感受到母亲手指的温度，觉得针针线线都是母爱。

母亲的心像春天的柳枝，时刻都那么

软软地低垂在儿女的身上。忘不了，母亲对大姐的歉疚，她不止一次地说对不起大姐。大姐小时候非常聪明，尽管要帮助家里干活，可是功课永远是最好的，但那个时候家里的负担实在太重，又相继添了我们姐弟几个，她只读到初小毕业就主动辍学了，说什么也要帮助家里顶一个壮劳力。后来听教过她的老师们说，当时真误了大姐这块读书的好材料。要是家里有条件，大姐的生活要比现在好很多。每每说起这事，妈妈的眼圈都红红的，眼里满是心疼和无奈。

母亲的牵挂像一条长长的丝线，伴随我度过了每一段上学的时光。我上初中的时候在外地，母亲隔三差五就来看我一次，每次来都步行三里多路，她一来我就能吃上好东西了。记得一个冬天的上午，我正在教室上课，窗棂上有一张脸在向教室张望，我知道又是母亲来了。在门外，母亲要我当着她的面脱下鞋袜，亲自为我穿上新买的棉皮鞋，还一直问暖不暖、合不合脚，望着母亲挂满白霜的脸，我不忍心，就说："你别总来了，这么远！"这个时候母亲总习惯地用眼瞪我，那份无声的爱让我心里很酸。每次望着母亲离身而去的背影，我的眼里都一片模糊，心里像升起了一团火。后来读了高中，离家更远了，经常要三四周回家一次，每次拖着疲倦的身子跨进家门，母亲都要迎上来，接过我的行李，关切地问这问那，然后又跨进厨房为我煮粥做饭，看着我，喝下热乎乎的粥……每一次又要背起行李，去读书，母亲总是给我拿上很多吃的，那都是母亲舍不得吃的，

不停地嘱咐这嘱咐那，这时候母亲的眼光是那样的温暖、那样的慈祥！那眼光照进我的心里，驱散了疲劳，解除了疑惑，让我心里盛满了浓浓的母爱。

外出求学时拜别母亲是我永生难忘的一幕。在车站我停下来，接过母亲手中的行囊，望着她，所有的千言万语在这一刻竟"无语凝噎"。一阵秋风吹过，让人感到凉飕飕的。我猛然发觉，母亲头上竟有好几根白发在寒冷的秋风中瑟瑟发抖，仿佛很依恋地向我诉说着什么，额角的沟壑印证着岁月的艰辛。忽地，一种莫名的热浪涌上心头，啊，我的母亲，你怎么忽然间有了白发？当您给了儿女们丰满的羽毛后，就鼓励他们飞向蓝天，而您却……我哽咽了，背起行装就向前跑，我怕我汹涌的泪水会增添母亲别离的伤感。走了好远，我才敢回头看：啊！我的母亲，依旧保持着开始的位置伫立在站台一动不动，夕阳的余晖洒满她的全身，似一尊金光闪闪的雕像。坐在缓缓行驶的车窗前，视线模糊了，我看见渐行渐远的母亲，缓缓地举起双手，轻轻挥动着，挥动着……那身姿，成为我以后记忆中一道永远的风景，成为我人生旅途中永恒的坐标。

我在外省上学的那几年，母亲时间一长见不到我，就托人写信和发电报，除了叮咛，再就是大大小小的包裹。这些，每天都温暖着我，感动着我。我那时担任校办诗刊报的编辑，因为深有感触就写下了《母亲，你的疼是我的暖》，相继发表在《太行诗报》、《柳絮》上，山西一家诗报还作了转载。

我在母亲眼里永远是孩子。参加工作后，搬到城里来回家自然少了，在一起住的时候就更少了。有一次我突然记起已经十来年没和她老人家一起住过了，说什么也想回家住一晚。母亲听说我不走了没吱声，可脸上一下子绽出了几年都不曾有过的笑容，好像我是"天外的来客"，让她有种"受宠若惊"的感觉。那晚我从没有吃过那么多好吃的东西，也从没有听过母亲那么多唠叨话，我知道母亲很满足很幸福。

母亲的心很粗但又很细，她一生无我却永远记得我们的口味和习惯，记得我们身体上每一个烙印。说真的母亲的生日我总记不住，可母亲总把我们的生日记得牢牢的，她从不让我们为她过生日却在我们每次生日的时候，从乡下捎来我们最爱吃的东西……

母亲越来越老，缕缕白发已渐渐代替了她那长长的青丝，条条皱纹已布满她那写满慈祥的脸额。那双原本柔滑的、闪耀着光泽的手，已经青筋突兀……是的，母亲真的老了，走过了那么多的风风雨雨，受过了那么多的忧愁悲戚，她的脚步开始蹒跚，她的眼睛开始失去青春的神采。

沉淀在岁月里血浓于水的亲情总在我的笔下走样，不要以为我是那种天性凉薄的人，可当一份爱已经深植在生命里和你形影不离时，你就很难把这一种感觉描绘出来，因为这种感觉从来就没离开过，因为我本来就是母亲的一部分。

在母亲节的日子里，我拿什么奉献给我敬爱的母亲呢！

我们的家园需要多少钱

王冬玲

王冬玲，1973年出生，经济科学出版社编辑。中文相关专业，对文学的痴迷始于少女时代，中学时代作文获得过北京市二等奖，做过企业报记者和办公室文字工作。在感受现实工作、生活压力的同时，闲暇之余也随手写些散文、随笔，只是由着自己的性情抒发情怀，从未投稿，有写小说的想法，但还未做尝试，笔名沐春。

  春节回家探亲，母亲对着满满一桌丰盛的饭菜不经意地说了一句"现在生活条件这么好，吃的、穿的、用的都没得说，可咋就觉得没啥意思呢！"

  七天长假过后的一天，下班后与同在一个系统工作的爱人聊起某位领导干部因受贿被双规的事，一旁的婆婆突然插了一句："要那么多钱干啥？"

  母亲和婆婆的话，让我思索起了钱、家庭、人生的意义来。"我们的家园需要多少钱才够？"我问自己，我问爱人，我和爱人不约而同地认为，我们的工资虽然不高，但生活还是很充实、很幸福的。

  很多人总是为钱而忙碌着，忙钱，成了人生的全部意义。几天前，青海卫视重播了我和爱人都很喜爱的电视连续剧《士兵突击》，"要做有意义的事，要活得有意义"是这部剧中的经典台词。做什么事是有意义的事，人怎么活才能活得有意义？在我看来，那应当是爱社会、爱别人，付出多要求回报少的人。

  正巧，整理书架，不经意翻出了《沈浩日记》。这本《沈浩日记》封面上竖排印着那几行诗句，已使我又一次热泪盈眶：

  钱不能不挣，主要是挣钱的渠道要正。古人云："君子爱财，取之有道。"合理合法，尤其是挣钱不能违法。有钱是生活幸福的基本保证，但绝不可做金钱的奴隶。贪财、守财、恋财，切不可取。要学会愉快地花钱，聪明地节约。不要为钱所困，所苦。

  ……

  这本书是爱人去年带回家的，偶然翻看，有些话语让我心动，再次翻开这本书，那些话语仍敲打着我的心灵：

  放弃是轻松，放弃是解脱，放弃是大度，放弃是一种美。事实上放弃是为了更好地得到，放弃是为了更好地前进。有些东西你虽然暂

时得到了它，但它可能是你的拖累，影响你前进，影响你得到更多、更美、更好的东西，那么你就必须忍痛割爱，暂时放弃它。

……

当今社会，人们都在追求物质生活的极大丰富，而很多人在追求物质丰富的同时却遗失了自己的精神家园。

"要那么多钱干啥？"婆婆的话耐人寻味，想想那位被双规的领导干部也曾经意气风发，踌躇满志，为自己的理想和信念而奋斗，而今双规甚或是更严峻的结局固然可悲，但最可悲的是，他没有抵御住物欲的诱惑，做了金钱的奴隶，迷失了方向，遗失了更美、更好的东西，真是可惜。

鲁迅说："悲剧就是把美好的东西撕碎给人看。"那位被双规的领导干部，还有许多因金钱而堕落的人，都是把美好的生活撕碎了给人看的。这是人生最大的悲哀。"不为钱所困，所苦"，是沈浩的话，他把美好的人生留给了世界。

人们应当多放弃一些。放弃是一种美，放弃是为了更好地得到，放弃是为了轻松地行走，走得更远。

有钱是生活幸福的基本保障，像很多普通人一样，我和爱人也有很多梦想，梦想有一天能够拥有更大一点儿的房子，梦想能够拥有一部更高档一些的家庭轿车，梦想到托尔斯泰、巴尔扎克、狄更斯这些文学巨匠生活过的地方去走走看看……而作为普通的工薪阶层，现实生活使我们常常觉得梦想是那么的遥不可及！

应该如何看待这一问题呢？我和爱人都认为，人应该有美好的梦想，这样生活才有奔头，有希望，但对于金钱，对于物质生活，不要过于看重，钱挣多少才算够？过于看重金钱和物质，挣再多的钱也不觉得够，更重要的是不能因为挣更多的钱而放弃自己生命中那些更美好的东西——做人的良知、自己的理想和信念。我们也很清楚，要改善自己的生活，要靠也只有靠我们自己的双手、靠我们自己的努力和付出，合理合法地去挣钱，这样的钱挣得再多也不嫌多，更不用担惊受怕，这样的钱花起来才安心，这样的日子过起来才踏实、淡定。

对于钱，对于物质，对于生活所赐予的，我们应该懂得感恩，学会知足，这些方面尽量不要与别人比，即使要比，应该尽量"向下看"：我们的工资虽然只有4000元，但还有很多人的工资只有3000元、2000元；我们的房子虽然只有不足70平方米，但还有很多人的房子只有50平方米、40平方米；我们的车子虽然小了点儿、寒酸了点儿，但还有很多人没有车子每天挤公交……

对于做人，对于对理想的追求，我们应该对自己高标准、严要求，在这些方面不但要与别人比，还应该向沈浩同志这样的榜样学习，尽量"向上看"。

品读沈浩话语，不是附庸什么，是想用他的高贵精神，润泽我的内心世界，使我把钱看得清楚一点。

在作家路遥的小说《人生》中有这样一段话："人生的道路虽然漫长，但紧要处往往只有几步，尤其是当人年轻的时候。"在人生的道路上，如何不为物欲所动，不为钱所困、所苦，走好人生的关键几步，使我们的人生更有意义，是值得我们深思的问题。

烟雨宁都（外一篇）

罗道胜

"一夕轻雷落万丝，霁光浮瓦碧参差。有情芍药含春泪，无力蔷薇卧晓枝。"诗人的感觉总是独特而细腻，一场老时间、老地方如约而至的春雨被雕琢得很唯美。老地方当然不会是中国的北方，而是赣南宁都。

今年北方多个城市出现旱情，要是宁都这场无休无止的春雨能像各路抗旱队伍一样扑向那些城市，我想，旱区的人们该会怎样的欣喜若狂啊。此时，如果有人在雨中高吟："一夕骄阳转作霖，梦回凉冷润衣襟。不愁屋漏床床湿，且喜溪流岸岸深。千里稻花应秀色，五更桐叶最佳音。无田似我犹欣舞，何况田间望岁心。"肯定没有人讪笑他矫情。

事实上，宁都的春天在二月就已经悄然而至了。"二月春风似剪刀""草色遥看近却无""春风又绿江南岸"，这些就是佐证。此时的赣南似乎要和诗人一比高下，或者是不忍辜负诗人的赞誉，烟柳雨桃，湖光山影，莺歌燕舞……在赣南大地渐次铺展、渲染开来，洋洋洒洒，一派春意盎然的景象。

有人说"春江水暖鸭先知"，我是不同意的。那些在溪流里洗衣服的农家妇女说"咦，水不刺骨了"的时候，鸭子们还在农舍里饱食终日哩，更别说立在旷野里的梅。梅是最早感知春天的，春寒料峭，人们还来不及脱下厚重的棉袄，梅花已经绽放枝头，仿佛别在赣南大地的一朵胸花，醒目、耀眼。坦率地说，雨在这个时候来得有些阴险，挡住了许多寻梅的脚步，好在梅孤独、冷清惯了，倒也不觉得寂寞。相反，寒风冷雨里迎来了闻香寻梅的君子，结交了一些人间知己，如陆凯、王安石、李商隐等。不说因祸得福吧，也算是意外之喜了。

宁都的春天，雨是主角，那雨下起来，日日夜夜没个头，待久了，你就明白了南方人咋就那么有性子，这可是雨熬出来的呀！

开始，春雨细细绵绵，天地间朦朦胧胧，仿佛罩了一层薄纱，轻轻巧巧，若有若无，几个时辰下来，乡间小道才抹了一层油似的，乡亲们说地皮都没打湿。有时跟炊烟缠绵在一块，在房前屋后的竹林里幽会，引得一群小鸡"叽叽喳喳"从农舍里跑出来看热闹。好一幅江南水墨画，养眼！

久居宁都的人知道，这幅养眼的"画"挂不久，因为"清明时节雨纷纷"才是赣南春

天的真实写照。这雨只要一来，似乎就到了家，唠唠叨叨，没完没了像一个当家的婆婆。雨水首先从一条条瓦垄落下，从断断续续到连成一条线，滴答滴答的声响萦绕在屋子里的每一个角落。接着，淅淅沥沥漫山遍野地挥洒，以致整个宁都的山林沟壑、稻田池塘、溪河湖库都用来装雨水，还是盛不下，于是衣服、被褥、土墙也一股脑儿奉献出来，潮潮地吸足了水分，时间久了，就长出斑斑点点的霉。面对无休无止的雨，即便是没有脾气的人，也常常因雨而憋闷得满脸愁容，心里阴阴地骂一句两句粗话，烦呐！真盼望雨霁天晴的日子啊，满屋湿湿的东西，湿湿的心情都得好好晾一晾。

"一年之计在于春"，乡亲们咋会不懂呢，哪用得着提醒哟。面对春耕农事，乡亲们憋闷归憋闷，烦归烦，却丝毫不敢怠慢。尽管时密时疏、时细时粗的春雨还在飘洒，但他们毅然脱下鞋袜，头戴斗笠，身着雨披，牵上耕牛，荷一根锄头，两边挂上犁、耙等农具走进风里雨里。随着一声声吆喝，乡亲们心情舒畅多了，高高扬起的竹鞭轻轻地落在耕牛的背上。于是，春耕播种的日子再一次在赣南的田间地头呈现。我理解，这就是老屋高高门楣上所谓的"耕读传家"里"耕"的内容吧，它传的是一份民以食为天、亲近土地、自给自足的勤勉劲。这是1990年以前的赣南乡村的写实，现如今，随着年轻人的外出务工，"耕读传家"已从我们的视线里渐行渐远，那些依然坚守在田野里的佝偻身影，显然坚持不了多久。大诗人陆游说：只要耕犁及时节，裹茶买饼去租牛。扶了犁的老人回头叹息：填饱肚子罢了，现在的年轻人，哪里看得上土里刨出的这点食哟。想象一下，当我们的下一代看到"掀波荡绿萍，蓑笠叱牛耕"的诗句，大脑里的搜索引擎竟然搜索不到这样一幅"江南春耕图"，我不知道这算不算遗憾？

雨依然不管不顾地下，弄得迎春、桃花、梨花、海棠等没了脾气，没等太阳迎接就含着泪水次第开放，委屈呢。乡亲们自然没有花的矜持，该吃吃，该睡睡，一句话，该干嘛干嘛。雨声嘛，就当是夫妻间的鼾声，听惯了，就习以为常了。不是有个笑话么，说夜夜鼾声如雷的丈夫，有一夜突然不打鼾了，妻子倒睡不着了。我想，这时节赣南如果真像北方那样滴雨不下，乡亲们的心里该是怎样的没着没落啊。春雨，已经在他们的心中深深地扎下了根！

绿柳吐翠绣春光

"侵陵雪色还萱草，漏泄春光是柳条。"春来柳先知，柳是报春的信使。

初春，天气乍暖还寒，而那千丝万缕的柳丝，正从冬天的沉睡中醒来，在春雨的润泽下攒足了劲，飞舞着长长的辫子恣意地飞扬着，恰如"春江一曲柳千条，长堤曲沼万丝垂"，鲜嫩的叶、粉茸的花，浅浅的新绿，如同脸上挂有羞羞笑意的少女款摆在春风细雨中，如烟如雾，如梦如幻，笼罩在春意盎然的青色绿烟中，让人心驰神往，遐思翩翩。

柳就是这样应春姑娘的相邀最先泛出

绿意的，"碧玉妆成一树高，万条垂下绿丝绦。不知细叶谁裁出，二月春风似剪刀。"唐朝诗人贺知章的《咏柳》以自然清新的笔触，把柳树比作裙带飘摇、亭亭袅袅的美人，勾勒出一幅初春美景图。

春天因柳树而美丽动人，柳树因春天而婀娜多姿，不知牵动了多少诗人的情怀，歌咏不绝。白居易的"一树春风万万枝，嫩于金色软于丝"，诗人通过春风柳枝，描绘了初春时节万物复苏、勃勃生机的景象。"近寒食雨草萋萋，着麦苗风柳映堤"，清明节前后，春雨绵绵，小草返青，麦苗偃风，垂柳映堤，好一派灿烂春光。高鼎的"草长莺飞二月天，拂堤杨柳醉春烟"、杜甫的"江山如有待，花柳更无私"则写出了山如黛，柳如烟，花绽开，草萌生，风情万种，期待着人们去浏览的雅趣。柳，就是用它逼人的青春气息牵动着无数文人骚客的灵魂，为世间绣描出一道最独特的春日胜景。

《群芳谱》上云："柳，易生之木也。"柳普普通通，大江南北随处可见，既没有高贵的门第，也没有娇气的秉性，只要给它一尺泥土、一米阳光、一点水分，它就能高兴地生根发芽，茁壮成长。它平淡无奇，却为人们捎来春天的消息；它朴实无华，却为人们带来无穷的力量。我一直对柳很钟情，为的是静默时的那一份优雅；飞扬时的那一份率性；随遇而安时的那一份淡泊；抗击春寒时的那一份不屈。

"四面荷花三面柳"，我一直梦想着住在植有几株柳树的河畔，趁月朗星稀之夜，带一把摇椅，泡一壶香茗，寓目青绿，耳闻天籁，让低垂的柳条轻盈拂面，让思绪与柳絮一道飘扬，飘成一种幽雅，飘成一种安详，心却醉在无边的春风绿柳里……

（作者：江西宁都县财政局）

放牧心灵（外一篇）

韩传栋

读书是读书人升华心灵的必经之路，不是有"腹有诗书气自华"之说吗？古人云："少年读书如隙中窥月；中年读书，如庭中望月；老年读书，如台上玩月。""窥"、"望"、"玩"三个字极传神地道出了不同年龄段读书的境界。好书是空气和阳光，是思想之舟，是知识的总结，是智慧的钥匙，而读书则可以说是心灵的探险，思想的放牧，读书可引领我们奔向美好的未来。读书有不同的层次和不同的读法，心灵的感应也是风光各异万千气象。

少年青涩乱读书，喜欢优美词章，每每抄满案头。落日楼头的清丽，独上高楼的向往，随着心智的完善而飞扬。夜阑人静，万籁无声，或春风入帷，或秋月盈窗。此时一卷在手，犹如在人生寂寞的旅途上，与挚友相逢，与知音小酌，不仅是求知，还是心境澄澈的享受。不论是闲适地读野史笔记，还是进行专业研究，待苦心搜寻，获得一点点有用的信息有所启悟时，那份快意，犹如酷暑之饮冰淇淋般舒爽透彻，畅然，怡然。但因年轻气盛，阅历浅，毕竟只是领略了一些皮毛。

风走了二十余载，读书的重点转移到了对社会的关注，对当下的关切。因为中学时代是在拨乱反正时期度过的，因此特别喜欢鲁迅先生的文章，认为他的骨头特别硬，特男人，连头发都竖着有骨气。尤其是他的杂文，是一枚枚投向封建遗老遗少们的匕首。《狂人日记》中"救救孩子"的呐喊至今仍震撼着我的心灵。读出激越，是我那时心灵的寻觅。大江东去，浪花飞溅，正气盈耳，豪气干云，与李白对影成三人，与苏轼把酒问青天，听屈原一声天问，才知祖国最重，家次之。这是我读书的第二个阶段。而且这一时期，我也写出了许多激越的文字，表达了我一个青年知识分子对社会的关切。尽管我的声音是微弱的，但我愿意用这微弱的声音替那些卑微的人说话，告诉人们看到这个社会不合理的现象，引起人们的思考，我以为，这是作为知

韩传栋，河南范县财政局职工，大学文化。中华当代文学会会员；安阳市散文协会副秘书长；其作品见于《人民日报》、《读者》、《西南军事文学》、《西安日报》、《散文世界》、《黄河文学》、《中国铁路文艺》等。作品被作为一些省市高考模拟题，并被选入多种读本，曾荣获《人民文学》奖。著有散文集《阡陌心田》。

识分子的天职。因为任何有良知的知识分子都应该有良心，所以他们的声音汇集到一起就成为了呐喊。

云飘了三十余秋，心灵的星空也从激越到平实，喜欢黄钟大吕，傲然风骨作品之时，也喜欢枫桥夜泊，小桥流水的恬静与优雅。沈从文先生的作品让我读出了平静；巴金老的鸿篇巨著更让我读出了悲悯；一部《瓦尔登湖》读出了返璞归真，知道善待自然就是善待自己，崇尚简朴就是简约之美的流露；诗人海子有一首名为《梭罗这人有脑子》："……/梭罗这人就是/我的云彩，四方邻国/的云彩，安静/在豆田之西/我的草帽上。"也许是太神往瓦尔登湖了，海子这位东方的天才诗人，以至于25岁时选择了卧轨这惊世骇俗的方式作别尘世。走时，身上带的是梭罗的《瓦尔登湖》，那一刻，山海关的风吹皱了瓦尔登湖的水；天下第一关的雪，冰冻了瓦尔登湖的宁静与安然。超凡脱俗的瓦尔登湖成为了梭罗们的精神憩园，也成了大地的眼睛。

仔细想一想，喜欢平实的作品，也不尽是意志的消沉、思想的颓废，而是随着人生阅历的丰富，而使阅读的兴趣发生了转变。能从不动声色的叙述中读出意蕴，从家常与平淡中读出大智慧和大乾坤，可以把玩文字和文字背后的人生，这应该是读书的又一境界了。于是，喜欢庄子的逍遥自在！你看，一个睿智的老头，从花鸟虫鱼中悟出那么多道理，而且恬退隐忍，那是生命真正的境界，是生命无待，自由飞扬。在一个文化屈从权势的传统中，庄子是一棵孤独的树，是一棵孤独地在深夜看守心灵月亮的树。一轮孤月之下一棵孤独的树，成了一种不可企及的妩媚。一部《庄子》，一言以蔽之，就是对人类的怜悯！庄子似因无情而坚强，实则因最多情而最虚弱！庄子是人类最脆弱的心灵，最温柔的心灵，最敏感因而也最易受到伤害的心灵。喜欢杜甫的"两个黄鹂鸣翠柳，一行白鹭上青天。窗含西岭千秋雪，门泊东吴万里船"，深知它的工巧而意蕴高远。重读他的《茅屋为秋风所破歌》，让人心怀温暖与感伤，直到热泪盈眶，竟能在不眠夜踱来踱去，不知如何是好！

雨洒了四十余春，至此才知道：不只是"落霞与孤鹜齐飞，秋水共长天一色"才有意境，不光是"月上柳梢头，人约黄昏后"才有缱绻。奔放中也有和谐，苏轼的大江东去，意境开阔，感情奔放，但最后一句"一樽还酹江月"还是表达了作者内心的感慨，那就是深切期待人与自然的内心和谐。读《老人与海》，初读读出的是百折不挠的硬汉精神和压力下的浩然壮美。但当晚霞洒满江面，老人站在大海边，眺望远方时，他也许是感到了人的渺小，海的博大。人要想征服大海，是不自量力。这时海天一色，人海共处的场面，不正好是一幅孤独求败的绝美和谐吗？！每一次读鲁迅先生的作品，都是一次精神的补钙，是心灵的激扬。因为先生是一座不可逾越的文学珠峰，提到先生的杂文，就想到了投枪、匕首；同时，读者心目中的先生是一副怒目金刚的形象，所谓"横眉冷对千夫指"是也；更有一些研究鲁迅的学者将他称为

"惯于以阴暗心理推测中国的将来的人"。其实,抱有这种认识的人们只见到了先生的一个侧面,而忽略或者说忘却了他"俯首甘为孺子牛"那充满了悲悯情怀的另一面。怒目金刚、横眉冷对是鲁迅的表面,他那深藏不露的,便是大慈大悲的对民族、国家乃至整个世界的关怀与温情。正是这内在而博大的情愫,推动着先生以其56岁的短暂生命,创造了永远昭示后人的不朽篇章。从先生《记念刘和珍君》悲恸的文字里,从同情阿Q、祥林嫂的字里行间,我读出的是先生那悲凉的温暖、凄美的和谐。先生多么希望人心向善,社会清明!对底层的深切悲悯,读得我山呼海啸,目如春山,先生的悲悯是超越时空的,先生的温暖镌刻在骨子里,先生笔下的小人物,至今依然闪烁着人性的光辉!"采菊东篱下,悠然见南山。"悠忽之间,南山出现,也只有气定神闲、淡定从容的陶渊明,才能见到这南山。陶潜的华章,温暖了我阡陌的心田。他那轮斜阳,又温暖了后世多少带霜的菊花?南怀瑾先生说,细说中国几千年的历史,会发现一个秘密,"内用黄老,外示儒术。"它是中国的修心入世之道。是的,读南先生的文字,领南先生的风骚,看南先生那一袭长袍的装束,还有他那如雪鹤发,这本身就是综合了中国佛教、道教、儒家文化的化身,出世与入世,在南先生身上,体现得恰如其分,和谐自然。读过《论语》我写道:其实《论语》给人的是内心的温暖与高贵,读之蒹葭苍苍,人在水湄;读之远山如洗,天人合一。这是一顶仙鹤,穿过两千多年的甬道,栖息在古老、现今与未来的大树上,让人性的光芒走向永恒。这样读来读去,我倏忽惊而转喜。应该说这是我读书阶段的又一升华。于是,我的文风也一改先期的激越,趋于平实与和谐。

一个读书人,不只能把自己读成一个"图书馆"、一个"书橱",而应把自己读成一个有仁爱之心、温暖世道的人,读出一股自我救赎的力量,读出悲天悯人的和谐。读书,其实就是让心灵跟着大师们完成文化飞扬的一次次穿越。生命是什么?其实就是尊严,生命的长度不在我们手里,但生命的宽度在我们手里,而读书则可增加我们生命的厚度。不论何时,不论何地,不论何境,都要给自己留出一块时间,营造一份心情,让油墨的芳香熏染自己,让文字的优美陶醉自己,让思想的光芒照耀自己,这就是读书人的精神。

坐拥书城,若能读出庄子"乘万物以游心"的心境,读出"千江有水千江月,万里无云万里天"的意境,读出温暖的人生,读出笃定的生命信仰,读出心灵的放牧,读出激越中的平实,愤世中的散淡,读出世道人心的温暖,那么一个读书人在灿烂星空下,就获得了灵性的自由和诗意的生存。

柳音

"弱柳千条杏一枝,半含春雨半垂丝。"是我最喜欢的诗句之一,轻描淡写间,春天就被勾勒得栩栩如生。

昔我往矣,杨柳依依。

我出生在黄河故道豫鲁交界处的一村庄，原属鲁，现属豫，离家八里就是"母夜叉"孙二娘开人肉包子店的十字坡。我们那一带有"前不栽桑，后不栽柳，大门口不栽鬼拍手（白杨树）"的乡俗。村西头是一条逶迤的小河，不绝的清流随着季节的变换而涨涨落落，悠闲地绕村而过，河两岸长满了杨柳。春风一刮，柳树上鹅黄色枝条上的嫩芽就膨胀了，细叶也随之渐渐伸展，远远望去，青翠一片。轻轻盈盈的淡黄芽粒绽放出几分迷人的俏丽。柳芽浅浅地笑着，对着刚泛青的春草、南来的归鸟，还有早开的迎春花。柳芽长成了柳叶，柳枝就羞羞答答地有了分量，不几天的工夫，一树的枝条就饱满了起来。潺潺的河水就叮咚着清脆的歌声，润绿了两岸摇摆的柳枝。此时，春天也就踏踏实实走进了人们的心间。

春天的柳树给宁静的村庄带来了绿色的诗意，让小村生活在一种幽雅的情调中，如羞涩纯朴的村姑，生出无限的妩媚和柔情。一份虚幻，静谧、清雅、恬淡，都从那嫩绿的纤纤玉臂里抽出，弥漫着原始而淳朴的美丽。吹柳叶，鸣柳笛，是飞扬在孩子们心中最亲切而动听的音乐。那时，二月春风一吹，河边的杨柳便絮飞花扬。那些还穿着绣扣单夹袄的小伙伴们便三五结伴来到河边，爬上柳树，折下光滑笔直的柳枝，用小刀切成段，然后放在脚下轻轻地磨蹭，有力气的伙伴就用手拧动，等表皮和枝干发出清脆分离的声音，就把皮褪下来，再用小刀把一个端口削薄，在柳段中间凿几个小孔，做成笛子的形状，然后放在嘴边一吹，那含着清香味的柳音就清脆地荡漾开来，顺着那汩汩的河水，向远方送去一声声清亮的呼唤，一个阳光明媚的春天开始了。

折柳枝，吹柳笛是困难时期农村孩子最美的享受，也可以说是村童们接触的最早的原生态音乐了。那时，谁若能吹一曲悠扬清脆的柳笛，他就是孩子们心中的王。每到夏天，密植的柳林便绿色千叠，万绦垂堤，成了孩子们的天然公园。在柳林里捉迷藏，倚在柳杈上做梦，爬在柳树下逗蚂蚁，做各种各样的游戏。而最有趣的事情则是在暮色四合的傍晚和小伙伴们一起摸蝉蛹了。一到夏天，树底下就会生出许多蝉穴，到蝉蛹破土蜕壳的那段时间，甚至一夜之间，地面上就全布满了圆圆的小洞洞，树干上、枝叶上，爬满了许多乳黄色的蝉壳，透明而有光泽，在绿树和阳光的映衬下，熠熠闪亮。摸蝉蛹到兴头上，常常忘了回家。如果不是母亲们一声声焦急的呼唤，我们都不知道要摸到什么时候。我们抱着一夜收获的喜悦回到家里，打来一盆水，里面放上食盐，把蝉蛹放到里面，浸泡一夜，到第二天早上，蝉蛹里面的泥土和一些废物全部排泄完毕。蝉蛹可烧可油煎，而最好的吃法是用文火烤，将蝉蛹烤到七八分焦黄，那时味道最鲜美，不仅吃着爽口，还有防病治病的功效。我们还拾好多嘟了皮（蝉壳），到药店换钱。在那一分钱也很值钱的年代，拾嘟了皮换钱，买自己喜欢的东西，也是孩子们引以自豪的事情。我小学和初中的学费就是卖嘟了皮挣来的。

小河岸畔有几棵绿绦垂地的柳树，风拂柳摇，春意涌动，好一派杨柳岸春风碧波的风光。可一场突袭的暴风雨，把这几棵柳树连根拔起，霎时柳树生命垂危。叹息之余，乡亲们抱着一线希望，又把它们埋回原来的土坑里，期待重生。半个月后，奇迹出现了，那柳树竟然返青了，并且吐出了新嫩的绿色，虽然那绿色看上去有些娇弱，但终究是活回来了。感受着柳树的再生，我们被生命感动着。想想父辈们在那十年自然灾害面前，为了生存吃柳叶剥柳皮充饥，而那一株株被剥皮抽筋了的柳树，忍着疼痛艰难地支撑着身躯，执著地站在荒凉里，站成一树翠绿繁茂的风景。生命不因辉煌而伟大，而因伟大而辉煌。平凡的柳树，一次次地激起我对平凡生命的敬畏。

秋风渐紧，柳叶落飘。那碧绿的叶子一片一片转黄转枯，一片一片飘落腐烂。霜降大地后，枝头残存的几片叶子也落光，但枝枝丫丫依旧坚挺。三九四九冰上走，五九六九抬头看柳。冬天的柳树似乎有龙的筋骨，豹的洒脱，狮的英俊，虎的威风，猴的机灵，猫的温顺。寂寞难言而又倔强。倔强中暗暗催发来岁新的生命和奇迹！真是"无需春风裁细柳，却有寒潮著冷枝"。

唐代有个叫柳宗元的人，是个"柳痴"，他被贬到柳州时，心绪很差，但最终还是找到了乐趣——"柳州柳刺史，种柳柳江边；柳馆依然在，千株柳拂天。"还知道明末清初的柳敬亭，本姓曹，因少时在家乡打抱不平，犯了命案，逃了出来。漂泊途中，常常栖息于柳树之下，感到今后的生涯将像柳絮一样漂泊无定，遂改姓柳。柳其貌不扬，性格豪爽，好戏谑，"随口诙谐，都是机锋"，常利用自己的机敏，为人排患解纷。还有清代的左宗棠戍边新疆时，令军队在河西走廊沿途广植数千里的柳树，世称"左公柳"。有诗赞曰："新栽杨柳三千里，引得春风度玉关。"

进城多年，在城市的街道看到哪怕只有一棵权且做风景的柳树，还是公园的柳林，我都会想起故乡。最喜水边柳，水波荡漾，水中的柳影也纷纷散开，然后聚拢，又是一株柳影，这多像一幅写意画啊，像人与人的缘份，聚了，散了，散了，聚了，你还是你，我还是我。

我生活的城市，古老的洹河边有个人工湖，恰好紧邻殷墟，于是这湖便有了古典的韵味。湖中的水清雅秀美，沿湖的一边是齐刷刷约一公里长的垂柳。有段时间，每逢周末我与文友相约会到湖中划船，顺着水边划时伸手可触到柳，我的手里就多了一枝柳。风大时，水面上会看到花，是从树上飘落的，有的是一整朵，有的是几片花瓣，"时有落花至，远随流水香"，我想应是如此。

柳音如歌，柳丝如涛，柳枝如旗。夜深人静时，看着窗外悬在楼层夹缝里的明月，就会想起故乡那弯挂在柳梢的月亮。那一地的清辉，照亮了故园的每个角落，于是又听见母亲端坐在柳树下穿针走线纳鞋底儿的吱吱声，还有柳树下说书艺人的二胡声，于是踏着夜色逼入梦境的是故乡的柳树，风扇着它的衣袂胡须，发出唰唰飒飒的声音……

故乡的水（外二篇）

蒋露霞

蒋露霞，安徽师范大学汉语言文学专业毕业，现任安徽省马鞍山市财政局税政条法科科长，爱好写作，曾在国内多家报刊发表诗歌、散文、调研报告多篇。

我从小生活的地方，是著名的江南水乡，门前是水，屋后是水，到田里做活也要摇橹过水。到河里淘米洗菜，捣衣服更是离不开水。两块青石板一字儿排开往河心里一拼，再脏的衣服，在水里摆开来，经不住几顿捶打便洁净如新。在水边，女人葱白的手，女人苗条的身段，女人娇媚的眉眼，都尽显故乡的温柔美丽。后来到了城市，面对那方小小的水池，怎么也转不开身来，衣服老也洗不清水，就觉得没有在大河里洗衣服畅快。

五六岁时，父母工作忙，把我寄养在离家十五里的水乡小镇大陇口姑妈家。姑妈家所在的生产队里有一个很大的荷花淀。夏天，姑妈家的朋友庆怡就常常偷偷从荷花淀里采来莲蓬给我饱口福。记得庆怡叔叔常常穿着一件粗白布褂子，黑色的短裤，打着赤脚，脚上还沾着湿湿的泥巴。他隔三差五地到姑妈家来，变戏法似地从袖管里、胳肢窝下倒出一个个莲蓬，让我看了喜欢得不得了。因此，庆怡叔叔和莲蓬的故事，就成了我童年最美好的回忆。

故乡有个著名的活儿叫"捞河泥"。每年冬天，故乡的河都要进行清淤。这是一个既脏且累的活儿。生产队里一条大船，平时是载着全体生产队员到对岸或较远的地里劳动用的，现在派上了新的用场。为了保持船的平衡，一边四个壮劳力，共八个人。他们绑着护腿，赤脚站在船上，颇有威风凛凛的气势。清淤的工具是铁制的大耙子，装有竹制的手柄。手柄有着很好的弹性和韧劲，他们就用这个大耙子插到河底，使劲一捞，再将耙子里的淤泥直立地举上来，顺势往船舱里一倒。站在岸上看长长的手柄在他们的手里一会儿放倒一会儿直起，动作整齐划一，也是一种壮观的景象。淤泥装满了船舱，船就回到了岸边，再将淤泥一耙一耙地舀到河沿的大田里。经过一个冬天，淤泥才能干结。开春，全队男女老少齐动手，挖的挖，挑的挑，抬的抬，

将这些干结的淤泥施到远近的田里作肥料。田里的紫云英开着紫色的小花，非常漂亮。端午节边缘，农民们将开着紫云英花儿的田翻耕过来，用水一泡，蚯蚓全爬出来了。因此我记得每到端午节吃粽子的那天早上，我必定是从田里拣了蚯蚓回来的。

　　故乡就是水的代名词，上学是沿着河走的，走亲戚也是沿着河走的，河边有许多叫不出名字的植物，也有许多叫不出名字的野花，春天里蜂飞蝶舞；夏日里河边就是瓜地，一只只青皮西瓜躺在瓜田里，看了诱人，却没有一个行人采摘；秋天里，草地黄了，河水显得异常宁静；冬日里白雪皑皑伴着一条蜿蜒曲折的青色河流向前延伸——我心目中故乡的水。

　　印象最深的是晚上和一群半大孩子摇着橹到十几里地外的大队看电影。乡村的电影是大队之间轮流放，我们这些孩子总也看不过瘾，看完了再到别的大队看一遍，都是离不开水的。开船过河，几个弯转过来，便到了目的地，蜂拥上岸往大队部跑，占取最好的位置。看完了，再三五成群地往停船的河沿上走，其时夜已深，伸手不见五指，有的一失足，滑进引水渠里，拉上来，整个一个落汤鸡，就这样，看电影的热情仍然不减。故乡的水，也是那些婆姨们吵架发泄的首选，动不动就往河沿上跑，要寻死。可是刚走到河边，就被人一把抱住，拉回去，下次又故伎重演。

　　故乡的新媳妇都是从水上过来的。啊，那是一道多么美丽的风景啊。在冬日平静的河面上，划过来一条小船，小船上端坐着一个穿红着绿的新娘，遮着大红的盖头，前面坐着两个伴娘，后面坐着新娘的哥哥。婆家的河沿上早早地就有人等候，想看一看新娘的娇颜永远是我们少女心中热切的愿望。一待小船拢岸，在热烈的鞭炮声中，船上的人开始依次上岸，先是两位伴娘上岸，在围观的人群中开出一条通道，然后是新娘上岸，新娘是由哥哥抱着上岸的，其实是扛在肩头。刚停的小船还有点颤颤巍巍，哥哥扛着新娘从船舱里小心翼翼地往岸上走。新娘盖着红盖头，在踏上婆家的蒲团之前，新娘的脚是不能落地的，这叫守财。新娘下了地，去掉盖头，这时，我们看到了新娘无限娇羞的样子，因为哭过，眼圈红红的，更显得新娘娇柔可爱、楚楚动人。新娘是婚礼上的顶级明星，是万众瞩目的焦点。我看过许多婚礼，少女时代的我发现，所有的新娘在这一天都是最美丽的，都是让我们目光追逐不舍、心仪向往的青春偶像。按照习俗，新娘要和早早守候在这里的新郎肩并肩对着堂屋的供桌拜上三拜，才进入洞房。这时冷清的洞房就开始闹腾了，一些年轻后生竭尽所能戏弄新娘和伴娘，而新郎早就溜之大吉。在入门的这一天，新娘是不吃也不喝的，一来体现她思家心切，二来她要始终出现在公众的视线里，直到夜阑人静。所以，新娘这一天要经受饥寒交迫的考验。女孩子们最初的梦想是当伴娘，觉得好玩。我最希望能在姑妈的女儿出嫁时当伴娘，谁知又一次失望了，因为我太小了。姑妈的女儿花儿似的，婆家就住在同一个小镇上，百来米就到了。可为了从水上经过，特意租了一条船，沿着小镇周围的河绕了一圈，

才嫁到了婆家。此后，我在姑妈家就很少看到她了，偶尔看到，已是儿女成群。故乡的水是多么温柔啊，她养育了一代又一代人。

可是，故乡的水，如今却成了我心中的隐痛。为了发展水产养殖业，故乡的水，已经全部变成养殖基地了。一条条河流，被分割成段，被养殖大户承包，养殖业成了故乡重要的支柱产业。许多村靠水面发包，收取发包费来维持村级公共开支。然而，普遍疏于对生态环境的保护，更为严重的是掠夺性养殖已经影响到可持续发展，部分水产养殖户为了降低养殖成本，将鸡粪和猪粪倒入自己承包的鱼塘内喂鱼，致使水质严重污染。河内淤泥太多，水位不断下降。围河养殖，更使河水失去流动，变成死水一潭。过去，每年冬天，故乡的壮劳力都要捞河泥用于大田施肥，当然这是一项又脏又累的活，但是那些壮劳力们站在船上捞河泥的英姿，至今还鲜活在我的记忆里。"清凌凌的水来蓝格莹莹的天"，一句歌词足以描绘那时故乡的恬静美丽。这二十多年来的水产养殖，很多人的腰包鼓起来了，楼房盖起来了，但故乡清澈见底的水，却渐行渐远，以至成了遥远的回忆。故乡的水，你何时能恢复清丽的容颜？

令人高兴的是，有人开始关注故乡水的治理了。那是新来的镇委书记，他说只有保护了我们的蓝天绿水的发展才是真正的发展，才是对我们的子孙后代负责。于是，他请来了大城市里的专家，研究科学养殖、绿色养殖的方法，改变过去粗放的养殖方式，进行精细化、科学化养殖方式的探索。

科技人员深入养殖专业户，手把手地教他们科学养殖配方。终于，故乡的水又清澈了，鱼虾的味道又鲜美了，故乡也成了江南重要的养蟹基地和水产交易集散中心，水产品遍销全国各地。镇里还准备建立一个水产品大市场，利用故乡水网密布、四通八达的特点，疏通水道、涵养水源、发展农家乐旅游项目。到那时候，游人们可以划着小船，唱着民歌，漂流几十里，尽享水乡妩媚温柔的美景。啊，这才是我心目中真正的故乡，养在深闺人未识，终有一天露娇颜。

新房子，老房子

拿到新房子钥匙的那天，我一点也没有激动，继续悠游自在地生活在老房子里。有一段时间，我和丈夫过的是牛郎织女的生活，他住新房子，我住老房子。时间一久，有点不像一个家了，于是丈夫不和我商量，就把老房子借给一个朋友住，第二天就搬过来了，弄得我措手不及，又要在丈夫朋友面前装成通情达理的样子，只好匆忙收拾必要的衣服细软之类，颇有仓皇出逃的意味。

住进新房子以后，总是发现不是缺这就是少那，我要丈夫往老房子里跑了好几趟，每趟都是丢三落四。自搬出老房子以后，我再没回去看过，但我对它总有种挥之不去的留恋。老房子系六层楼的二楼，面积只有三十多个平方米，阳台面对一个斜坡，楼下人家在斜坡上栽了好多绿色植物，柿树、芭蕉、葡萄等等，一到春末夏初，就

绿意葱茏，美不胜收。听到雨打芭蕉的声音，就知道下雨了，脑子里就想起了杜甫的诗"好雨知时节，当春乃发生。随风潜入夜，润物细无声"。收垃圾的、卖酒酿的喊叫声不绝于耳，听了亲切、实在。天冷了，走下楼，觉得衣服穿少了，赶紧上楼添衣服。每天早晨，早起爬山，路过菜场带点蔬菜回来，天天吃新鲜蔬菜，生活过得有条不紊。

从老房子出来有一条热闹的商品街，吃喝玩乐样样有，有时，早上起得晚，来不及做饭，就跑到街上买几个扬州包子。中午懒得烧菜，下班回来顺带买点熟牛肉，生活要多方便有多方便。自从搬进新房子后，天天为早餐发愁。附近既没有菜场，又没有超市，只得以泡饭打发。有一天傍晚，下着迷蒙细雨，我从那条商品街上路过，走到通向老房子的巷口时，我的腿竟然迈不动了，心里想：如果我住在老房子，马上就能到家了，现在呢，家变得那么遥远，而且我至今还在怀疑，那到底是不是我的家呀？一种有家不能归的怅惘和无奈袭上心头，我顿时想哭。

新房子是高层建筑，我家住在十一层，可谓高高在上，可我总觉得接不到地气，心里闷得慌。下雨下雪下冰雹都听不到声音，所以常常浑然不觉。三月的一天晚上，收到一个女友的短信"漫天飞雪带着我的爱，它就在你身旁"，我心里暗笑女友的浪漫，这阳春三月，哪来的雪啊。第二天早起透过窗玻璃，果然看到外面的屋顶上、树枝上、草坪上覆盖着一层薄薄的雪。夜晚下雪了，我都不知道。住在高楼就是这样。你好像与外界隔绝了，有一种很孤独的感觉。而且，人住高楼，不知道外面的冷暖变化。屋子里暖和，可一出了楼，寒风冷雨扑面而来，人都有个惰性，看看十一层高楼，也懒得上去加衣服，于是就挨冻。这一冻就容易冻出病来。住进新房子后，我生了一场病。而且上班也只得挤公共汽车了。

丈夫历数新房子的好处：最大的好处是安全。因为整个大楼有电子防盗系统，进出需经过三道门，第一道是门岗，二十四小时值班；第二道是大楼门，必须用钥匙打开才能进去；第三道是楼层走廊门，只有住户才有钥匙。具有讽刺意味的是，光天化日之下，竟然发生了盗窃案，被盗的就是我家。盗贼打碎窗玻璃，翻窗入室，盗走钱物逃之夭夭。那段时间，每每走进新房子，我都感到惶惶然，有种釜底抽薪的感觉。住进新房子已经一年多了，可我至今没有归属感，我没感觉到气派，也没感觉到幸福，还是念念不忘老房子。丈夫说我有种固执的怀旧情绪，都像我这样，社会也不要进步了。也许他说得对。我始终追求简单的生活方式，这些年，虽然现实世界千变万化，可我内心的朴实单纯没多少改变，我都觉得自己与现实世界越来越格格不入了。也许过不了多久，我又会回到老房子，在那里寻求一份内心的踏实、安全和宁静。

懂得放弃

见好就收，这是民间的说法，我把它理解为懂得放弃。

人生说起来短暂，却也漫长。而在这几十年的时光中，有多少诱惑。就像走路，前面是岔路，你怎么去识别、选择一条真正适合自己的道路，这是非常重要的。有的人很贪心，什么都不愿放弃，结果呢，为物质所累，弄到身败名裂的下场。自古以来，贪官就是这样的，一次又一次地贪婪，一发而不可收，最终把自己送到不齿的地步。子曰："贤哉回也！一箪食，一瓢饮，在陋巷。人不堪其忧，回也不改其乐。贤哉回也！"这是孔子赞美他的学生颜回的话，没有过多的物质欲求，住得不好，吃得简单，却能始终保持快乐的心境，这是何等的旷达超然。而唯有这种宁静淡泊的心态，才能获得精神上的提升。

如果一个人整天生活在物质的欲望里，想换大房子，想买高档汽车，想赚更多的钱，想在银行有更多的存款，那么他便是一个物质的奴隶，得不到喘息的机会，他甚至不懂得去欣赏生活。就像一只蚂蚁，背负沉重的食物，本想储藏它的一生，却被活活地压死。这样可笑复可怜的悲剧，生活中何尝没有？古时候，皇帝有一次大清仓，规定大臣们可以随意提取自己喜欢的东西，以此奖励他们的劳苦功高。有一个大臣只拿了一匹布就轻松地走出来了，另一个大臣却趁这个机会大捞油水，肩上背着，腋下夹着，腰上缠着，手里拿着，因为拿得东西太多，竟被绫罗绸缎绊倒，摔了个人仰马翻，招来世人的耻笑。其实，那个英明的皇帝正以此来考察他的官员，谁有清正廉洁之心，谁该废黜，谁该提升，至此一目了然。

用我们今天的语境来诠释，就是懂得放弃。放弃也是一种美德，是一种更高的境界。其实，人的需要很简单，一张床，三餐饭，如此而已。真正的贪得无厌，表面看并非全为了自己，有的为情人，有的为家人，有的为朋友，说到底，还是一个私心作怪，或希望他的慷慨他的能耐，换得尊重，换得爱戴，换得他的优越感，换得永世不败的基业。其实，这怎么可能，人生唯有高洁的情怀才能高蹈于世，一切物质的东西，将萎落于土，只有精神的东西才会永远流传。比如，一朵花再美，再娇艳，最终免不了凋落的命运。而花的美却可以留存在我们的记忆中。

一切的罪恶，均起于贪婪。既然人生短暂，而人的一生所需要的与茫茫宇宙相比，只是沧海一粟。那么，人来到这个世界上走一遭，应该尽可能地让这个世界更美好，让下一代生活得更幸福。如果因为贪心而坏了自己的清明，实在不值得。唐僧西天取经，一路上历经诱惑，都被他一一排除。如果他看中了哪一个美女，动了凡心，他也就取不到真经。什么都是有得有失，我们应该用失来换得，换得一个平静，一个安详。这样，我们才能向着我们的目标，勇敢地前行。

一种别样的美丽（外二篇）

周燕

他们用自己的方式享受着生活的美好，在困难面前笑看人生，我为他们的情怀深深折服着、感动着。因为人们不一定拥有财富，但一定得拥有一个灿烂的心情

处理好了日常工作，急忙抓起包往外赶，走出局机关大门，搭一段路的便车，还得走一段林间小道。走在路上，雨突然下了起来，来得有些突猛，撑开备用的紫色雨伞，拎起裙角，收缩肩膀，就怕大雨淋湿了我的衣裳。

除了滴滴答答的雨点声伴我那有节奏的脚步声外，四周静悄悄的，没有同伴的陪同，略显有些孤单。没办法，这次改革的清产核资组人少任务重，每人得顶五至六户企业资产的清查，自然是不可能有同事做伴的了。

为了不影响企业改革工作组的进度，我不得不抓紧时间大步行走。听着雨声和有节奏的脚步声，仿佛是音乐旋律。

渐渐地路变得开阔起来，××公司的牌子挂在大门旁。

进入大门，走到尽头，一幢老式的二层楼房孤独地坐落着。当我走进二楼财务室，突然什么也看不到，眼前只是感觉一片模糊。

只听一个女人的招呼声："坐、坐"，我扶摸着坐下，怎么这么暗？仿佛是在阳光明媚的花园中散步，突然掉下黑洞的感觉。

对面的女人说："一会儿就适应了，我们也是这样。"我看不清她的脸，但感觉出话语很亲切。

几分钟后，视线逐渐变得清晰起来，窄窄的办公室里摆着三张老式桌椅。柜子上摆满了齐刷刷的会计档案，有些拥挤，有些压抑。

一股恶臭随着一股凉风钻入鼻孔，我不禁打一个冷嚎，下意识摸一下裙角，已湿透。

起身走到窗前，想把窗子开大一些，换一点新鲜空气进来。推开

周燕，笔名（乳名）海萍，云南永德县财政局职工。海，对于生长在滇西南高山峡谷中的边陲女孩可是一个遥远的梦。小时常看着雨打池萍时聚时散的情形发呆。萍，随水漂泊，乘着山涧小溪，欢畅奔赴大海，该是何等壮观。只是池中之萍是被禁锢的，始终逾越不了池埂。并想象着海上之萍该是何等广阔而自由，只是海上真有萍吗？不在乎彼岸是否花香满地，沉醉的则是渡河时看到的那些或美丽或萧瑟的风景，花期里率性绽放，花落时依然珍惜。

窗往外看，一排排长长的猪圈，关满了肥猪，一股股猪粪味直向窗口扑来。

女人好像明白了我的心思，道出了其中的原委：企业不景气，负债一直居高不下，少许的收入还不够偿还银行利息，曾一度工资发不出。于是依靠厂里靠山地宽的优势，种地养猪，财务工作也是抽空来做。

正说着，一个外地口音的中年男人走进了财务室。他和对面的女人说着什么我不大明白，只听懂了一句要女人找经理说情之类的话，被女人拒绝了。女人开好单递给商人，商人把钱放下后，急急忙忙地走出了办公室。

只听对面女人低语：怎么多出200元钱。紧接着只听她放大嗓子喊："师傅——师傅"。

女人抢白那商人道："你不识数啊，干嘛多点200元，想让我犯错误啊？！"女人不温不火地数落着。商人迷惑地望了女人一眼，拿起钱，嗯哈着走了出去。

望着对面的女人，刚才不适应的感觉已烟消云散。对面的女人真的不漂亮，穿着也土气，但我觉得她有一种纯朴真实的美。

一连几天，我就坐在这间拥挤的房间里看账。看着该企业的账，心情感到一种沉重。看上去似乎清秀的账目，经不起细致审核，该结转的科目长期得不到结转，黑压压一片的往来款，已更换了几任会计，却在那里纹丝不动。

看着这样的账目心中不禁产生一丝温火，要在规定的时间内完成该企业的清产核资工作，看来是很有难度的了。但看着会计几天来忙得晕头转向及诚恳的求教态度时，心中又发出一声感慨，在这样一个长期亏损的企业里，基本上形成税务不管，审计不问，财政看表的管理模式，企业会计人员很少有机会外出学习，没有知识，哪来的好账？

企业会计人员的职责不仅是做好账，为了生存还得种好公司里分配给的承包地和喂养20多头承包猪，我还能对她提出什么要求呢？从一笔笔的账目里，我看到了公司在挣扎。

习惯于计划经济模式下的运行管理模式，突然在市场经济的洪流中迷失了方向，一不小心走入了沼泽地，为了寻找出路，不断地转换经营模式，结果越陷越深。

有人离开了这块沼泽，而大多数的人却陷在这里，是找不到援助，还是与企业有着患难之情，不得而知。

又忙完了一天的工作，我从沉重的账务里走出来，一脚踏入花园小路，尽情享受着明媚阳光和鲜花野草散发出的芳香。

一群月余小猪扒叉着，懒洋洋地躺在花园小径上，自由地沐浴着温暖的阳光，听到我的脚步声，它们纵身跃起，敏捷地闪入路边的草丛中。谁说猪是最笨最丑的，其实它们的幼年是最机敏可爱的呢。

走到大门口，一群人堵住大门，正从车上将猪饲料卸到经理亲手扶着的手推车里，看着纤细的女子将一包包沉重的饲料抱向车里，一阵莫名的感动在我心中萌生。

破落中的企业，却在破落中绽放着它特有的美丽，惨败中显示出他们的坚强，凄美中蕴藏着温馨和浪漫。

他们用自己的方式享受着生活的美好，在困难面前笑看人生，我为他们的情怀深深折服着、感动着。

明天他们就将解除国有企业职工的身份，也许他们会在困难中经营，也许他们将各奔东西。

但无论明天将如何，我祝愿他们永远保持这样的心态。

生活是坎坷的，但愿他们的脸上永远充满阳光般灿烂的笑容。

因为人们不一定拥有财富，但一定得拥有一个灿烂的心情。

会计小茉

"小茉，告诉你个好消息，这回你们做单位会计的可轻松了！"电话那边传来夏红激动的声音。

"什么事啊，红姐？听你这么激动。"

"前两个月不是每人都领到了一张公务卡吗，公务消费也要推行刷卡消费了。而且专项资金支出也要纳入国库统一集中支付了。你啊，就不用再为如何与那些人周旋费尽心思了哈！"夏红几乎不换气地说完。

"真的吗，红姐？你消息咋这样灵通？"

"你呀，忘了我是做什么的，大会小会开了多少，文件都已发了几个了，你还是那么闭塞呀。"

"不是呀，红姐，我知道国库集中支付制度改革是搞得很热闹，只是，真的不知道项目资金也要实行国库集中支付。这真的是太好了！"

夏红和小茉是从同一所学校出来的同门师姐妹，几年前小茉分到某局做会计工作。工作上的喜怒哀乐总爱与师姐说说——

"红姐，帮我出出主意，我该怎么办？"

小茉曾有一次难忘的经历。某部门拨下100万元专款到她们单位，用于农村项目建设。一天局长对她说，90万元支付到工头账户，10万元要返回某单位账户。

小茉望着局长，面有难色地说道："局长，不好办啊！这样做是违反会计法规的。"局长犹豫了一下，说，"我也为难啊，但上边的话又不能不听。这样，我让他们把票给找来，这10万元就进入此项工程结算。"

临走出办公室的时候，局长又转回来，郑重地对小茉说，"这些事，我也和你一样，打心里是不愿做的，但有时真的是没有办法。切记，妥善处理账务的同时，还要做好保密工作。"小茉望着局长的背影，心底有一种东西在压抑着，连脸也胀得有些发红。

小茉明白，如果断然拒绝，别说是她自己会被调离岗位，恐怕还会连累到局长。

当小茉接下那沓所谓的工程发票，手里开出10万元支票时，她心中就如葫芦打水七上八下的，安稳不得。当晚，小茉约夏红一起去散步，把心中的憋屈一股脑地倒了出来。

"你这是伙同犯罪啊！"夏红瞅着她说。

"坐牢我也认了，要不然，你让我怎

么办？"说着眼泪已转满了眼眶。

夏红拉过小茉，在她耳边悄声嘟咕了一番，小茉破涕为笑。

是的，做会计首先要学会巧妙保护自己，纵然暂时不能保护资金的运行安全，也不能轻易当帮凶。

很快，小茉买了一个精美的笔记本，换了一个可录音的手机。从此，类似上次的事情仍会偶然发生，但她不再惊慌。跟从前一样，她会向相关人员把会计法律法规告知一番，如果对方仍要执迷不悟，她就不再苦口婆心地劝说了。

一过就是几年时间。

一天，纪委的同志找到小茉。原来，某部门领导出事了，并主动交待了关于小茉单位那笔款的事。小茉没有慌张，从锁着的抽屉里拿出那本精美笔记本和录音作证。

今天，当小茉听说，部门专项资金也要实行国库集中支付时，她一下子如释重负。从今以后，她不需用偷偷摸摸的办法来保护自己和资金的安全了。

欣慰之余，小茉又为某领导惋惜起来，如果这些项目资金早些纳入国库集中支付，那位领导也许就不会落得个锒铛入狱的下场。透明的国库单一账户体系和多部门层层把关监督，使他失去了隐藏的掩体，纵使他有挖墙打洞的本领，也难寻到藏身之地。

小刘的烦恼

那天胡局长把小刘叫到局办公室，递给他一张有关上级有关部门的财务检查通知单，并叮嘱了一句，要招呼好检查组成员。

小刘接过通知单，若有所思地走出了局长办公室。

前不久有关部门也来检查过，小刘抱着希望的心情迎接他们，但最终又以失望的心情把他们送走。他的困惑，他的茫然没能与谁诉说。

一向细心的他，账务却出现了问题。账款不符，经过调整未达账项，单位银行现金上的余额比银行存款对账单的余额多出两万多元。他把账检查了个遍，也找不出原因。

他知道长款绝不是记账过程中的技术错误，曾怀疑是因一些原始支出凭证不真实造成的，并把这样的想法告诉了局长，却惹得局长很不高兴。

从那以后，小刘再也不提长款的事了，也不敢主动向检查组提起，却渴望检查组能查出来。但是每次检查时，检查组人员有的只侧重于款项是否专款专用，有没有不属于专款专用的支出单据出现，然后急急忙忙看看项目了事；有的侧重于支出单据是否有单位领导签字，有无不合规的票据和白条抵库的现象存在。查来查去最后检查意见书里都写着专款专用、票据合法、手续完整、账目清楚等评语。

面对这样的评价，小刘非但高兴不起来，反而心里越发变得沉重。他多么希望检查组的工作不要只停留在凭证表面上，多么希望长款的原因他们有所察觉并找出原因。

第二天，检查小组三人来到财务室，其中那位纤弱的女子拿出执法证，做了自我介绍，说她叫孙玫。说着就让小刘拿出

账本凭证。小刘看看这三位年轻的检查人员，感觉有些纳闷，这些人与平时来的那些检查人员大不一样。他们来检查没有按常规到局长办公室打招呼，也没听工作汇报，没有太多的客套，只顾埋头看账册凭证，并不停地记着笔记。直到下班时，孙玫才对小刘说要借用一下复印机复印凭证。

一连好几天只见孙玫一人来检查，小刘纳闷，怎么没见到其他两人？孙玫说他们对一些原始支出凭证的真实合法性有疑问，需要到有关部门去查实一下。孙玫虽然不爱讲话，看起来有些冷漠，但却很坦诚、直率，也从不回避小刘提出的问题。直觉告诉他，孙玫是一个值得信赖的人。

又过了几天，检查组出去检查的那两位同志先后走进会计室，当着小刘的面把检查情况向孙玫做了如下汇报："其一是有几张支出单据的实际用途与支出单据注释用途不符；其二是有些凭证的付款金额大于收款人实际收到的金额；其三是在资金来往过程中存在以领代报的情况，一些项目资金不是经过银行转汇到项目施工单位的账户上，而是由项目施工单位的领导直接经手现金，等到工程项目结束后，那些经手现金的人把那些支出凭证送到会计室报账，出现了以领代报、银行收入和经费支出同时做账的情况。"

听完同事的汇报，孙玫转过头来，用询问的目光望着小刘："你们的账看上去平衡，实际上应该是不平衡才对吧？"小刘认同地点点头。他有些按捺不住激动，就把长款两万多元的事说了出来。

检查组听了后都说，他还算有职业道德，没有把长出的款项私吞了。如果没对这些支出凭证做深入调查，就做账本身而言确实做得天衣无缝。

之后，孙玫帮助小刘把长款原因做了进一步分析："长款的原因应该是报账的人多列报支出项目凭证而没有实际的相应资金支出，也就是项目支出凭证不真实造成的。"小刘不置可否地重重点头，深表赞同。他说出了上级领导口头授意，要求拨出的项目资金按20%的比例从项目实施单位中返回到拨款单位。也就是说只支付了80元的现金，却要求开出100元的支付单据。

这句话一说出，小刘如释重负一般轻松。这个不成文的规定，让他在做账时非常为难，20%的回扣资金，小刘不知道该把它摆放哪里？因为财务制度规定，已经列支了的资金是不能再收回的，这样做违反财务制度。他向局长阐明了会计制度的规定，局长很生气。

"那么，那些支出凭证大于实际现金支付的那部分资金，除了长款的一小部分外，其余大部分的资金到哪去了？"

在孙玫的追问下，小刘说出了其中的秘密，并要求检查组一定为他保密。虽然此时的小刘感觉有些担心，但却感到从未有过的轻松。

本来打算3天就完成工作的检查组，经过10天10夜的加班加点，才把检查意见书写出来。

在检查组成员回到单位上班的第三天，胡局长手里拿着意见反馈书来到了孙玫的单位，一进孙玫办公室就激动地说，"我

们单位会计人员素质太低了，竟然做出这样的账来，我要撤了他们。"

"局长，您错了！您怎能撤他们的职呢？他们没有把长出的款项私吞掉，已足以证明他们很诚实。再说你们的账做得很好，工整清秀。不好的是那些伪造假支出凭证的人和在这些假支出凭证上签字的领导。一旦领导在凭证上签字，会计人员还敢说不吗？保证原始凭证的真实合法，不是仅凭会计人员的努力就行的。只有大家一起把关，特别是领导把好签字关，才能杜绝那些不真实不合法的原始凭证出现。"

孙玫不急不忙地说着，而她的两位同事却为她捏了一把汗——你知道胡局长在市里的地位吗？果然没过几天，孙玫就被调到单位下设的公司里。

临走时，上司对她说："下属公司需要一个业务精湛的会计，想来想去觉得你比较合适。好好干，工作不分贵贱，依你的性格，在哪里都能把工作做好。"孙玫没说什么，只是微微地向上司点点头。她是有些疑惑，也有些不舍，但她没任何语言推辞。她热爱她现在的工作，还有几个监督检查意见报告没来得及写，就这样匆忙离开，她是有些惋惜。

当小刘知道孙玫已调离原单位时，他感到难过，同时也感到惭愧。堂堂一大男人竟没有一个纤弱女子的气魄，为讨领导欢心，为不让自己受到伤害，竟然迁就退让，不敢大胆维护自己的工作职责。

他暗自问自己，能对得起会计工作这个岗位吗？自己还配做一个会计工作者吗？他对自己说，再也不能这样"明哲保身"地混下去，是该捍卫自己职责和尊严的时候了。

在小刘的努力下，上级有关部门要求抽调精干检查组对小刘所在的单位账务重新进行彻底检查。当检查通知书又一次送到小刘手里时，"检查组长：孙玫"的字眼又一次醒目地跃入小刘的眼里，小刘也因此久久不能平静。

在到处都讲诚信的年代里，会计行业中诚信的实质是什么？小刘不想多发议论，只觉得孙玫就是他鲜活的榜样。

中短篇报告文学

飞向远方的雁阵
——全国会计领军人才培育工程纪实

张连起　陈清清

穿越沧桑、风雨，把一个言简意赅的"人"，写上蓝天。熟读春秋的大雁，是识见高远的人。

——题记

引 子

6年，历史的长河中不过是悠忽一瞬。但在会计领军人才心中，却注定留下浓墨重彩的记忆。

一个看上去世事喧嚣、急功近利的时代，靠什么思想引导、靠什么使命驱动，让财政部用6年时间精心设计、精心打造全国会计领军人才工程？

答案就在辽远的天空——

雁群，掠过晴空，排成"人"字飞行。因为这样的飞行组合和姿态，能够消减空气的阻力。

"人"字形尖端，始终有领头雁领飞。因为领头雁能承受最大的阻力，保证雁群飞行的速度。领头雁还能识别方向，担当指挥，带领群雁飞向目的地。

如果将中国会计人比成群雁，领军人才无疑就是引领的头雁！

答案还在坚实的大地——

2005年9月1日，一个被称为"头雁工程"的中国会计领军人才工程正式启动。一时风生水起，山鸣谷应。

2010年6月6日，中共中央、国务院印发了《国家中长期人才发展规划纲要（2010-2020）》。这是新中国成立以来第一个中长期人才发展规划，是我国昂首迈进世界人才强国行列的行动纲领。《人才规划纲要》明确把会计领军人才列为经济社会发展重点领域的急需紧缺专门人才之一。

这充分表明，造就会计领军人才，是国家人才战略的重要组成部分，是立足国内科学发展需求采取的重大举措，也是着眼国际竞争赢

张连起，中瑞岳华会计师事务所高级合伙人。财政部内部控制委员会咨询专家，中央电视台经济频道特约评论员，《经济日报》、《中国会计报》、《财务与会计》等媒体特约撰稿人，兼任北京大学经济学院、中央财经大学、首都经济贸易大学、北京工商大学等特聘教授。先后担任北大青鸟、国药股份、广东金马、天坛生物、名流置业等上市公司独立董事。对外发表文字500多万言，著述《数豆者说》、《鸣哨笔记》、《左数字右人文》、《非常起发》等作品10部，为人文会计的首倡者。

陈清清，现任《中国会计报》主编。

得主动的战略选择！

会计界上下闻之无不欢欣鼓舞。"头雁工程"恰恰是对《人才规划纲要》"服务发展、人才优先、以用为本、创新机制、高端引领、整体开发"方针的先行先试，是翩然高飞的中国会计希望啊！

我们的目光再次投向蓝天——

当一只领头雁竭尽所能后，其他强壮的大雁就会顶上去，使雁阵以较快的速度做长距离飞行。头雁如此轮换不已，始终保持充沛的体力飞在最前面。

这不正是领军人才工程之于中国会计的生动写照吗？让我们向头雁致敬，向雁阵致敬，向天空致敬！

一、一个会计大国的忧患

会计，从孔夫子"会计，当而已矣"的论断中走来。

一个"当"字，既高度概括会计的"事"要应当、恰当、允当，又精辟指明会计"人"要正当、适当、得当。然而，一张瓜皮帽、一把算盘，演绎了会计人的全部形象，历2500年而不衰。

80年前，负笈海外学成归来的潘序伦博士，站在黄浦江边，痛感"实业救国"的呐喊中缺乏合格的会计人，于是兴资办学。然而，世乱势孤，徒叹奈何。

新中国成立后，会计人才队伍建设堪称成就伟大，成效卓著。然而，"群雁"数量很大，而质量很小——"头雁"着实寥寥。

改革开放30年迅速崛起的中国经济，爆发性催生了经济之子——会计的需求。然而，现实的会计人才供给，时时呈现短板。

中国会计人忘不了那个特定的年份——1993年。这一年，新会计制度正式操练"国际通行的商务语言"，外国人看不懂中国财务报表的历史就此终结。

然而，一边是面向世界的兴奋与憧憬，一边却是人才短板的慌乱与焦虑。那段时间，无论是企业会计人员、政府主管官员还是专业教师无不争相学习新会计制度，共同的饥渴揭示了一个难堪的事实：人们几乎都在一个起点上，没有谁比谁更明白。

彼时，中国持证会计人员超过1000万，但高级会计人才却只有0.4%，并且局限于传统的财务会计知识结构。一个会计人数大国，远不是会计人才资源强国。

现状让人寝食难安——

一家大型国有企业不得不推迟境外上市计划，了解内情的投资银行家说，"因为无法按时提

交符合国际标准的财务报告。"

一家本土会计师事务所好不容易迎来业务量的大幅增长，合伙人却犯起了愁，"我们虽然拥有千名员工，却缺少足够强壮的'腰'，能做大项目的负责人太少了！"

一家中型公司开出"天价"年薪招聘财务总监，却长时间招不到意中人。

一位会计学老教授常常慨叹："冯唐易老、李广难封呀，如今挑学界大梁的差不多都是'老人'，未来10年的中国会计能够做出与大国地位相称的贡献吗？"

甚至有外国学者嘲笑，中国已经是经济的巨人，但会计可能是"巨人的泥腿"。

数据对比令人忧心忡忡——

在某沿海经济大省近52万会计人员中，具有高级会计师资格的只有679人，占会计人员总数的0.13%，而西部地区这一比例更低。即使是具有高级会计师资格的人员，其整体业务素质与发展要求仍存在相当差距。

放眼国际市场，高端会计人才的落差更大。以人口计算，2005年，要使注册会计师占总人口的比例达到英国的水平（相关比较未必科学），这个数字大约是530万，而我国注册会计师协会那时仅有14万名会员。对照1992年中央提出的30万注册会计师的培养目标，财政部深感突破人才发展瓶颈的急迫与分量。

因为缺乏高端会计人才，不少企业陷入"千军易得，一将难求"的窘境，"小打小闹"、搞家族企业还可以，"中打中闹"或许也能勉强对付，但一到脱胎换骨、向大企业方向发展时，就往往面临管理上的捉襟见肘，甚至一筹莫展。

2001年11月10日，卡塔尔多哈传来了中国加入世界贸易组织（WTO）的讯息，这让财政部喜忧参半。喜自不待言，忧的是，市场经济规则必将渗透到经济生活的每一个细胞，而属于市场经济规则重要组成部分的会计审计准则必将实现国际趋同。与此同时，更多的外资企业涌入中国市场，更多的国内企业走向国际。一方面是市场对高端会计人才需求的爆发性增长，另一方面却是高端会计人才供给缺口的拉大，该如何应对？

在风速一样奔跑的中国经济面前，传统会计的记账、算账、报账职能越来越显得应接不暇，一个包括价值管理、战略决策、风险控制在内的现代会计新形态应运而生。这一历史性变迁的背后，哪能离得开高端人才的引领和带动？

中国经济的转型呼唤中国会计的转型，那么，高端人才对于中国会计转型有着怎样的意义呢？

推进会计审计准则持续国际趋同，需要国际化高端会计人才；

贯彻实施企业内部控制规范体系，需要跨领域高端会计人才；

加快制定XBRL分类标准、尽早实现"数出一门、资料共享"的会计信息化梦想，需要复合型高端会计人才；

企业改制改组、调整结构，需要管理型高端会计人才；

金融体系改革和资本市场建设，需要创新型高端会计人才；

注册会计师行业做大做强"走出去"，

需要领军型高端会计人才；促进理论研究大繁荣大发展，需要研究型高端会计人才。

没有高端人才的引领示范和辐射带动，何来中国会计的人才辈出？何来中国会计事业的大发展、大进步？

到了重新审视高端人才缺口制约行业发展的时候了。中国会计必须走出人才低端徘徊的困境，回应经济社会发展的内在需求，回应经济大国的殷切期盼，回应市场化国际化大潮的震天涛声！

等不及了，不能等了。

二、一个行业崛起的雄心

时间指针停在了2005年8月，一个"中国会计千人计划"在位于北京三里河的财政部大楼内酝酿成熟。

财政部党组敏锐感知新世纪新阶段人才建设的极端重要性，审时度势，果断决策：以能力建设为核心，以制度创新为依托，全力打造一批复合型、高层次、通晓国际规则的适应经济全球化的会计领军人才。发挥领军人才维护市场经济秩序、强化组织内部管理、提高资源配置效率、推动会计理论和实务创新等方面的引领和示范作用，促进我国会计人才整体素质和会计服务水平的全面提升，为推动经济社会和会计事业发展提供充足的人才储备和强大的智力支持。

"千人计划"的推出，旨在解决会计人才"不适用、不够用、没用好"的问题，以"群雁高飞头雁领"之势开辟中国会计英才辈出的新局面。

"千人计划"的推出，源于科学发展的时代要求，始于人才掣肘的现实忧患。

给这个中国会计第一战略起个什么响亮名字呢？财政部领导陷入长考——

经济社会发展、会计事业发展，归根到底是为了人的全面发展；生态资源有限、物质资源有限，惟有人力资源才是永不枯竭的战略资源；硬实力、软实力，归根到底还是要靠人才的巧实力。

就叫"领军人才"！

于是，人们记住了这张闪光的"会计名片"。

"实施会计领军人才培养战略，既是贯彻落实人才强国战略的重要举措，也是立足行业自身，促进国家财经事业发展，加强财政科学化、精细化管理的必然要求。"财政部部长谢旭人高度评价这一人才工程。

6年后，人们或许忘记了领军人才工程的某些细节，但不会忘记工程开始时谋划设定的总目标。

用10年时间，打造450名企业类会计领军人才、100名行政事业类会计领军人才、350名注册会计师类会计领军人才、100名学术类会计领军人才。领军人才"千人计划"就这样轰隆隆上路了。

那一刻，怀揣"领军"梦想的会计人，跃跃欲试。

——韦秀长穿过南宁卖早餐的小车，穿过一股绿树和青草带来的清香，手上拿着一个厚厚的文件袋，那是利用假期为报考全国会计领军（后备）人才精心准备的资料。

——郑瑛正在去往办公室的路上。她

是浙江金华市一名普通的会计，正享受着爱情带来的喜悦，有着所有女孩平淡、幸福的梦。

——马学国乘坐开往济南的火车上。这位山东省潍坊市奎文区烟草局会计股股长，心里深藏着一个"大会计"的梦。然而在这个小县城里，马学国的梦看起来是那样遥不可及。

……

企业类"头雁"报到。

行政事业类"头雁"报到。

注册会计师类"头雁"报到。

学术类"头雁"报到。

财政部确定了"四高、五步骤"的选拔思路，即"高起点，高标准，高要求，高素质"、"个人申报—地方审核—笔试—业绩审核—面试"的选拔程序。

说到高起点和高标准，只看一个数据就够了：录取比例不到8%！在首期领军人才企业班遴选中，共有730名符合报考条件的会计人提出申请，经过选拔笔试、申报材料审核和集中面试，最终只有56人如愿以偿。一位参加面试的上市公司财务总监说：这是我所见过的最为严苛的考试，比博士的选拔还严。

说到高要求，不妨了解一下刚性淘汰制度。一位大型企业副总裁，刚刚报到后不假外出，被有关方面当即除名。

眼下，领军人才企业一期即将毕业，由当初的56人减为52人。其中包括缺课超过规定时间、论文未通过考核、每年14篇读书报告未按质按量上交等原因。

说到高素质，不妨回顾一下严格的准入考试和精心组织的系列培训，即可一窥全豹。领军人才的选拔培养，不是注重某些单项素质，而是清晰描绘综合素质的坐标：宽广的知识纵深、良好的语言沟通能力、全面的分析判断能力、恰当的组织协调与应变能力、周密的逻辑思维和人际交往能力，以及正确的自我认知、妥帖的礼仪举止……

领军人才群体中，超过90%具有硕士以上学位，超过30%具有境外学习或工作经历，超过95%具有高级会计师资格或注册会计师资格，全部具有1项以上的职业技术资格。这里面，汇集了全国最年轻的博导、央企财务总监、中央管理金融企业高层管理人员、大型会计师事务所负责人等会计才俊。

6年，领军人才工程既是一场持久战，也是一场攻坚战。

6年，领军人才工程加速行动的一幕幕场景永远鲜活——

2005年9月1日，财政部发布《关于开展高级会计人才培训的通知》，启动领军人才工程。

2005年11月16日上午，企业会计领军人才面试工作在上海国家会计学院拉开帷幕，56名学员入住"领军班"。

2005年一个严冬的早晨，财政部会计司司长刘玉廷急切地想要知道学员们对昨天授课的反应，这一刻，他扮演起领军班"教务长"的角色。

2006年一个月凉如水的夜晚，财政部副部长王军轻轻合上面前的日记本，那里面有他刚刚写下的心语："会计领军6个班，倾注了我和同事们大量的心血，我发誓要将他们培养出来。"

2009年一个阳光明媚的秋日，北京国家会计学院。刚刚结束授课的财政部部长谢旭人和领军人才班的学员们一同走进学校食堂，开始了一场关于领军人才与中国经济的餐叙。

……

时代呼唤人才，人才造就伟业。一个人数最多、包袱最重的行业的决心和雄心，就这样被激发出攻坚克难、舍我其谁的精神力量！回望会计领军人才6年征程，我们分明看到了一以贯之的坚韧和百折不挠的勇气。

"没有哪个国家，能用举国体制推进会计领军人才项目，能如此精心设计，精心实施这一工程。"一位国际组织的官员一边伸出大拇指，一边啧啧称羡。

但是，中国做到了！

看准了图，选对了路，会计领军人才工程开始讲述春蚕吐丝的故事。有人说，春蚕吐丝的时候，没有想到会吐出一条丝绸之路。

"你有把握在领军人才培训班中培养出高端会计人才吗？你的信心从哪儿来？"有人如此询问主管全国会计工作的财政部副部长王军。

"靠机制！"他指的是，一个全面借鉴历史成功案例、深入汲取现代人才学精髓、切实对接学员知识结构及客观需求的科学机制。早在20世纪90年代，时任中国注册会计师协会副秘书长的王军就在深圳一个名叫"大水坑"的地方，办起了至今仍让业内人士津津乐道的"会计黄埔"。

直到现在，王军还不时想起1994年的那个夏天。

那年6月，他带领100名注册会计师一头就扎进了改革开放的桥头堡——深圳。在那个名叫"大水坑"的偏僻之所，实施了为期3个月的封闭集训，开展了较为系统的现代审计启蒙。当年的那些学员，现如今留在会计界的，都已成长为独当一面的领军人物。

对于办学培训，王军并不陌生。当年，他在财政部分管干部教育中心时，就曾主抓过分级别干部岗位培训。那时候他就发现，越是高端人才培训，越要创新人才培养方式，也越受肯定。财政部因在干部教育方面的创新做法，作为中央国家机关唯一代表在中组部全国干部培训会上作经验发言。这件事极大地激励了他。

培养领军人才要趁早！人才成长难度大、周期长，早一天播种就早一天收获，先一步布局就先一步赢得主动。无怪乎财政部有关人士骄傲地表示：领军人才工程，我们整整提前5年就上路了。

会计领军人才工程于国家人才发展系列中率先启动，先行先试，通过单位推荐与考试选拔相结合、脱产培训与在职跟踪相结合、国内培养与国际交流相结合、理论积淀与能力拓展相结合、案例教学与交流碰撞相结合、分类培训与联合培训相结合、学员使用与考核淘汰相结合，探索出了别具一格、别有机杼的"雁阵式"模式。

所谓"雁阵式"模式，就是本着"以用为本"的科学人才观，融合国内外先进

人才培养理念与实践，结合中国会计领域的人才发展现状，创新出以目标机制、发现机制、选拔机制、淘汰机制、成就机制、追踪机制、评价机制系统集成的"人"字形阵式。

"人"字，阳刚的一撇，阴柔的一捺。中国会计的"雁阵式"模式结构简约，魅力四射！

如果说领军人才高飞在蓝天，是阳刚的一撇，那么，领军人才的发现和支持系统则驰骋在大地，是阴柔的一捺。财政部会计司、中国注册会计师协会、中国会计学会、国家会计学院"四轮驱动"，高速运行。这里有政府主管部门，有新社会组织，有行业自律组织，有人才孵化基地。他们不约而同地放飞、充盈着中国会计希望。

他们是领军人才工程背后默默无闻的群体，但他们是那么的踏实和自豪。他们说："我们在世界上会计人最多的国家筑起了人的工程。"

更像一个预设、一个约定，当北京国家会计学院、上海国家会计学院和厦门国家会计学院拔地而起的时候，这3所院校没有想到，在一般短期培训之外，会成为打造会计领军人物的国家基地，并且办的如此有声有色。

高一斌，这位由会计司副司长转任的北京国家会计学院院长说，财政部工作重点之一就是培养会计人，原来是面向全体财会人员，存在重点不突出的问题。而今需要在全面提高的基础上有所侧重，强化培训高端人才。

上海国家会计学院院长夏大慰说，要想创造有贝之"财"，必先造就无贝之"才"；厦门国家会计学院院长邓力平认为，要唯才是举、求贤若渴，把人才放在"战略地位"，而不能"略占地位"。

"天下未尝无才，患所以求才之道不至"。会计领军人才工程的先行先试，加速营造尊重人才、见贤思齐的选才环境，不拘一格、广纳群贤的用才环境，重点扶持、跟踪培养的育人环境,善莫大焉,功莫大焉。

毫无疑问，会计领军人才工程具有鲜明的中国特色、时代精神、世界眼光。从这个工程的背后，我们分明触摸到爱才的情感、识才的慧眼、选才的方略、聚才的气魄！

三、一个培养模式的嬗变

雁阵为什么不停地鸣叫？

这鸣叫声是由强壮的领头雁发出的，不是它们得闲时哼出的小曲，而是整个雁阵勇往直前的号角。它是高昂的，激越的，鼓劲的，底气充足的。它给大雁们以极大的鼓舞，激发出大雁的飞行动力，焕发出大雁的飞行活力，使整个群体保持着旺盛的飞行状态。

雁鸣声声。

经过单位推荐、资格审查、笔试、面试等多轮选拔的"头雁"，走进3个国家会计学院，开始磨砺飞翔的翅膀，随时发出激越的鸣叫！

那是一条纵贯线。每届领军班的培训周期为6年，分为3个考核周期：知识拓展阶段（3年）——能力提升阶段（2年）——

使用提高阶段（1年）。

那是一个同心圆。领军班的课程核心是会计专业，外延是经济学、管理学、历史、文学、哲学，甚至包括军事、宗教。

那是一幅全景图。"分类培养，联合打造"两种模式重点突击，北京、上海、厦门三家国家会计学院整体发动，"交流、碰撞、裂变、提升"四大效应激起智慧涟漪。

这里有思想的盛宴——

打造会计领军人物，三十字箴言成"总纲"：总结自己、学习他人、准备将来，整合专业知识，形成知识网络，碰撞裂变提升。

每次联合集中培训，财政部都聘请顶级名师、学术翘楚、思想大家、政府首脑，问学于经济、政治、文化、社会、生态之间，论道于文学、哲学、历史、艺术、宗教之上。跳出会计看会计，站在月球看地球！

原全国人大常委会副委员长成思危、财政部部长谢旭人、财政部副部长王军、国家外汇管理局副局长邓先宏、中国社科院经济与政治研究所所长何帆、国家发改委对外经济研究所所长张燕生、学术明星易中天……当这些响当当名字的主人站在学员面前时，怎不令人倍加激动，倍加珍惜？

著名会计学家、已届耄耋之年的厦门大学资深教授葛家澍为学员们上了一堂领军砥砺领军的课。老先生不看讲稿，一丝不苟地解析着财务会计概念框架，思想的灵光穿透了年龄的区隔。

学员们听得耳热，葛老讲得缜密。葛老想：会计领军人才培训时间有限，内容不能枯燥无味，要尽可能调动课堂的气氛。面对这些来自全国各地的会计骨干，授课内容就算与大学的硕博课程相同，讲课艺术和目的也要有所区别。

一下课，葛老就被学员们包围起来，"为什么第一课讲概念框架？我们中国今后是不是也需要制定概念框架？我国企业会计准则中的基本准则与概念框架有何共同点和不同点？"学员们边思考，边提出一个个问题。

"我认为将这个题目作为第一课十分合适，财务会计概念框架是很实用的理论，是以目标为导向、以各种基本概念来指导会计的确认、计量和报告。因此，第一课讲概念框架问题，既兼顾了理论方面的意义，又考虑了实践的需要……"

葛老暗自欣慰：敏于学、勤于行的会计领军人才，没选错，今后这批人在会计领域会有相当的建树。

传道者若此，受业者如何领略这思想的盛宴呢？

"会计领军人才重要的不是选拔，而是要经历长达6年的历练期。每一次集中培训，都是知识的交流，观念的碰撞，思想的裂变，能力的提升。难忘财政部领导的系列讲座，从'铁肩担道义，妙手著华章'中，我们感悟到身上的责任和国家的深切期望；从'会计与哲学'中，我们懂得如何用哲学来指导会计工作，规划会计人生；从'研经品典 启智取道'中，我们领悟了以经典创造经典，以价值回报价值……我们都期待下一次集中培训，再去聆听智慧的声音。"北京广播电视集团财务中心主任夏鹏深情地诉说。

马学国，从一个县级烟草局考到领军班，他说，就好像井底之蛙来到了井上。

想当初，马学国日夜苦读、孜孜不倦地攻读会计专业，被很多同事、朋友不解。一个县城工作的会计，何时才能用得上那些纵横古今、横贯中西的知识谱系？

然而，就是在这样毫无功利心的学习中，马学国看到了会计在我国经济社会发展中的分量，他对会计的热爱充盈着一种理想主义的气质。或许，梦想的实现就在脚下，因为梦想总是显示出对于坚持者的垂青。

2005年12月19日，领军班开课第十天，马学国和同学们参加了《会计法》颁布20周年的系列活动，其中有会计人出演的文艺节目。晚会现场，当《诚信之歌》、《会计之歌》唱响时，马学国心中激荡多年的自豪感、责任感、使命感让他几度动容。然而，他发现一些节目对会计的理解还仅限于"发发工资、报报差旅"这些基础工作，马学国暗暗攥紧了拳头，随后的日子他奋笔写下《会计当自强》的感怀。

一堂专业课上，台湾政治大学原校长、著名会计学者郑丁旺教授发问："请大家比较中美会计准则的差异及形成原因！"课堂上鸦雀无声，毕竟很少有人把美国那套生涩的会计准则给"吃透"。马学国高高举起了手。他娓娓道来对美国会计准则的独到理解，这让平时同吃同住的同学感到吃惊，也让郑丁旺教授有些诧异。

一时间，大家开始怀疑马学国是否此前有留美的经历。马学国揭秘道："我就是利用在领军班培训的时间来学习研究美国会计准则的，以前也是一问三不知。"

回到山东潍坊奎文区烟草局的马学国，从此在整个烟草系统有了"马准则"的称号。他成了一个"布道者"，到处宣讲新会计准则，甚至还当起了全国会计知识大赛的教练。而他的职位，也实现了从县级到国家烟草专卖局的"三级跳"。

为学日进，为道日损，以道御术，道不远人。会计领军人才班学员凝聚成这样的共识：多一点思考，少一些麻木；多一点担当，少一些懈怠；多一点与时俱进，少一些固步自封。

这里有意志的锻造——

许多学员都把参加领军班培训的经历称为"魔鬼般的集训"——每天上午8点至12点，上课；下午2点至5点30分，上课；晚上7点至9点，小组讨论，做作业到深夜1点是经常的事。

身体上的炼狱，精神上的洗礼。韦秀长说，那是他拥有的"最好的一次学习经历"。

时光回溯到2008年10月，北京国家会计学院。全国会计领军人才举行第三次联合集中培训。一个寒流突袭的中午，学院食堂的角落里坐着一个小脸冻得通红的孩子。这是谁的孩子？食堂工作人员走过来询问。孩子指着不远处正在取食物的妈妈牙牙学语，妈妈是领军人才企业班学员郑瑛。

此情此景，观者的心隐隐作痛。那以后，只要郑瑛带着孩子过来上课，食堂工作人员就会把饭菜送到她的房间。

"别看他小，不论是飞机、火车、轮船，还是汽车，他都坐了个遍。3个国家会计

学院就像是他的第二个家一样,哪里是教室、哪里是食堂、哪里是宿舍,他都有很好的方向感。"温柔地看着一边玩耍的儿子,郑瑛的眼角有些泛红。

郑瑛说,在她的心里,成为一名合格的领军人才如同成为一名好母亲一样强烈。她希望,儿子受此熏陶,说不定会成为一个"小领军"。

这里是激荡的殿堂——

知识,在整合中碰撞,在碰撞中裂变,在裂变中提升。

领军人才的知识塑造过程,强调思想多维,强调知识多元,强调切磋沟通,强调头脑风暴,强调殊途同归的探索和另辟蹊径的尝试。

"每天,我们都能与来自全国各地的青年才俊热情交流、激情碰撞。大家围绕我国的会计审计专业和经济社会发展献计献策,'交流、碰撞、裂变、融合、提升',火花四溅,妙语连珠。我被学术界领军人才的深邃、独特所折服,为企业界领军人才的认真、活跃而赞叹,为注册会计师界领军人才的年轻、严谨而羡慕,也为行政事业界领军人才的沉稳、谦恭而欣慰。这是多么难得的机会啊!"一位来自行政事业界的领军人才动情地回忆道。

有位哲人说:"教育就是把一群智力卓越、知识背景相近的人集中在一起,让他们自由讨论和思想碰撞。"哈佛大学文理学院前院长罗索夫斯基指出:"在哈佛,我常听人说,学生们从相互间学到的东西比从教师那里学到的东西还要多。"领军班学员们都有这样的体悟,他们经常在一起研讨、辩论,直至夜深。

行政事业班的韩棚格谈起激荡砥砺,感慨良多。

尽管是会计专业科班出身,并且以29岁当副处长、31岁当正处长的速度成为陕西省广电局最年轻的财务部门主管,但韩棚格对会计工作的真正兴趣却始于他进入领军人才班之后。他视这次考试为其职业生涯的转折点。

韩棚格坦言,入选领军班是自己人生的一次"误入藕花深处"。在这里,他领略了不一样的交流研讨的氛围。

韩棚格感到有些意外,在领军班课堂上,学员们的演示和讨论常常是用英语,面对这一状况,他有时会答非所问,甚至不敢发表意见。

"老实说,以前我认为自己在同行中算是出类拔萃的,但到了国家级的培训班,我明显看到了差距。"韩棚格在第一份个人小结中写了这样12个字:认知差距,感受差距,缩小差距。

差距产生需求,需求产生动力。韩棚格暗想,要在这个平台上与同学们进行平等交流和沟通,就必须迅速提升自己,包括培养自己对会计工作的兴趣,"过去对会计工作感情不深,就是没有更高的需求,在平时的会计工作中缺少挑战。"2006年9月的第一次联合培训结束后,韩棚格没有直接回家,而是拉着皮箱去了书店,一口气购买了包括财政、金融、会计英语等12本书,来一次超强度"大补"。

领军人才的培养半径还扩展到了海外。从2007年6月中国注册会计师协会

在英国启动首期境外培训开始，注册会计师领军人才班先后有5批学员远赴海外求学，足迹遍布英国、法国和澳大利亚等地。

"致天下之治者在人才，成天下之才者在教化"。领军班最令人称道的就是颠覆了填鸭式、单向度的传统教学方式，它不仅采用多样化的教学手段和国际化的培养路径，还有经常性的团队活动和互动式的交流碰撞。

在"集中培训与跟踪管理相结合"、"分类培训与联合培训相结合"的培训模式下，学员们每年都有不超过1个月时间的集中脱产培训、一次短期跨类别的联合集中培训和各种高层论坛。其余的时间里，学员们各自回本单位工作，国家会计学院对学员实施跟踪管理，并安排一定的学习任务，如课题研究、返校授课等，引导学员带着问题去边干边学。财政部还组织资深专家跟踪辅导，及时解答问题，使培训真正实现学用结合、学用相长。

即使在集中培训期间，培训也坚持实战为主，将交流碰撞贯穿始终。课堂上，教师总是以生动的案例进行授课，并与学员交流互动；课堂外，学员每天都会对所授课程进行分组交流讨论，并提交讨论报告；交流碰撞的风气甚至延展到了野外，拓展训练使学员受益良多。

德才兼备，以德为先，是《人才规划纲要》的核心要求，也是会计领军人才工程孜孜以求的第一目标。

"才者，德之资也；德者，才之帅也"。会计职业道德的内核就是"诚信"。人无信而不能立身，会计无信而不能立业。

财政部副部长廖晓军这样解读领军，行业领军人才不光业务上要领先，政治上也要过硬，这样才有说服力和号召力，才能带领行业广大从业人员在推动行业发展中建功立业。

诚哉斯言。

会计领军人才工程，就是要告别窄口径、单向度、浅纵深的会计人才成长模式，以"头雁工程"的引领与辐射，推动造就一批修养佳、基础厚、视野广、底蕴深、格调高的人才梯队，服务经济社会发展，打造中国会计人才高地。

一位资深教育专家对会计领军人才工程培育模式做了这样的比喻：伸展着理论前沿和实践新知的根系，汲取着创新思维和创新人格的营养，呈现出蓬勃的生态。

四、一个以用为本的诠释

古人说，操千曲而后晓声，观千剑而后识器。信然。

分布在全国各地的会计领军人才，来自不同的行业，不同的单位，有着不同的教育背景，不同的人生履历。有一点却是相同的，都从"海选"中脱颖而出。

韦秀长，当下是中国联通广东分公司副总经理。

2005年9月，领军人才工程振翅起飞时，他刚刚来到广西联通。想报考，却又担心自己到广西工作不久而达不到报考的资格和要求。

有些担忧，又不甘心放弃，韦秀长终于向时任广西财政厅会计处副处长的林世

权开了口,"没问题,你来报名吧!"林世权一句爽快的回答让他高兴得不知所措。

林世权丝毫没有想到,这位毛遂自荐的年轻人会摘得当年全国会计领军人才企业类考试的"状元"。

有了会计处人员的首肯,韦秀长开始精心准备报考材料,那时正值"十一"长假,身边的每个人都在按照各自计划享受这难得的休闲时光,韦秀长却心无旁骛。

2005年10月8日清晨,韦秀长敲开广西财政厅会计处办公室的门,将一叠有两三百页之多的材料送到了林世权手中。

勤奋的人总是能获得意外的惊喜。19个报名人选,广西财政厅会计处给韦秀长的编号是001,这对他是一种莫大的鼓舞。

笔试成绩对外披露的那天,广西财政厅会计处全体人员沸腾了,他们没有看错,001号韦秀长考了个第一。他们在第一时间打电话给了韦秀长,电话两端都是抑制不住的激动和兴奋。

第二年,受全国会计领军人才工程启发,广西"十百千"拔尖会计人才培养项目适时推出。韦秀长成为广西财政厅会计处的"座上宾",无论是在手段创新,还是在内容设置上,韦秀长都不遗余力地"反哺"广西高级会计人才的培养。

2005年以来,韦秀长在公司管理层和同事们的支持下,积极组织和推进广西联通内控制度建设,形成了涵盖各业务环节的462个流程、涉及2011个风险点、理清2982个控制点的《广西联通内控规范》,篇幅逾70万字。

韦秀长向公司管理层建议,加大考核力度,强化执行力,增强经营风险的防范意识和控制能力。他通过座谈、询问、检查等各种方式,了解各市分公司的内控工作进度和效果,收集改进意见,发现执行中的问题,及时组织整改,使内控规范在不断的执行、修订、日臻完善。同时,完善和改进公司授权管理体系,突出"签批从严、执行制约、付款从简"的管理思路,健全了民主监督机制,在促进效益不断提升的同时也大大增强了公司的管理效能。

据不完全统计,5年的时间,通过财务价值的创建工作,韦秀长共为公司节约机会成本或创造效益超过13亿元。

如今,讲内控、讲融资,韦秀长在广西的会计领军班里挑起了大梁。2010年,他荣膺"全国会计先进工作者"暨五一劳动奖章获得者。到处是鲜花,到处是掌声,韦秀长悄悄擦去了眼角溢出的泪水。

高飞的雁阵中,有一位叫张克慧的财务总监。

张克慧,中国神华能源股份有限公司财务总监。这位给会计生涯"插上另一只翅膀"的女性,干练、克制而聪慧。她用丰富的人生经历,为"以用为本"的科学人才观提供了另类样本。

张克慧笑称自己是"煤炭人",谈到领军人才选拔,她说,"当时我在美国参加路演,提前一天回来参加考试。晚上八点飞机落地,第二天早晨八点走进考场。没有任何时间准备,但这也从另一个侧面证明了领军人才注重应用,可以看得出来财政部是要强化管理型人才的培养。"

当年高考填报志愿,老师建议张克慧

填报财会专业,被她婉言谢绝。"我当时认为会计就是数钱的,完全没有创造性。而我喜欢富有创造性和挑战性的工作。"怀着一个作家梦,她选择了中文专业。"我中学时作文非常好,中学毕业十几年后,老师仍然把它作为学生的范文。"

中文专业的张克慧做梦也没有想到,20年后,"全球最大煤炭公司CFO"的桂冠会落到自己的头上。

"我的职业生涯分为两个阶段,前一阶段发展较慢,后一阶段几乎3年一个台阶。"心直口快的张克慧对自己的会计生涯进行了小结。提起她的"后发制人",离不开一个资本市场再熟悉不过的公司——"中国神华"。

中国神华是世界领先的以煤炭为基础的一体化能源公司,2005年6月在香港成功上市,2007年10月回归A股,取得了一系列骄人战绩。中国神华在香港上市时,张克慧任财务组组长,其后担任内控审计部总经理,直到2007年1月,中国神华在集团范围内招聘财务总监,在14位候选人中,张克慧以笔试和面试第一名的成绩脱颖而出。

"相对于大多数财会专业出身的CFO,我是半路出家的,这是我的劣势,同时也是优势。CFO这个位置,非专业出身的人有时比专业出身的人做得更好。目前,我之所以能够在自己的岗位上游刃有余,很大程度上得益于我复杂的职业生涯,让我拥有了宽广的视野和敏锐的业务诊断能力。我会把财务工作放在公司的整体战略中去考量,这样才会有开阔的思路。我一直认为,会计人的思路不能太狭窄,需要站在更高的思维层次,为事业与人生插上另一只翅膀。"

中国神华的股票发行上市,让张克慧在财务天空不断飞翔。

高飞的雁阵中,姜国华副教授的行迹分外耀目。

这位北京大学光华管理学院经济学学士、香港科技大学会计学硕士、美国加利福尼亚大学伯克利分校哈斯商学院会计学博士,有着令人羡慕的求学经历。

即使身在万里之外,他也念念不忘中国经济转型时期的会计问题。2002年年底,姜国华回到自己的母校——北京大学光华管理学院,成为该院会计系第一批在美国拿到会计学博士学位的讲师。

2006年,他瞄上了会计领军工程,在经过一段他笑称"有些奢侈的奋斗历程"后,成了学术一期班的一名学员。

几年来,姜国华在班上积极活跃,在财政部的不少研讨会上,都能看到他的身影。他认为,"学术界通过与政府层面接触,将自己的学术成果变为社会政策、经济政策,是一种很重要的贡献。"

作为班上唯一的"海归",同学们特别喜欢向姜国华打听国外会计学界的现状、前沿信息,他也会尽自己所能帮助有需要的同学去国外学校进行交流。

"学术班的同学大部分都是高校会计学科的负责人或骨干,从他们身上,我了解到目前中国高校都在关注哪些内容,他们的办学经验、学科建设经验,对我来说都有很大帮助。"姜国华品味着自己独特

当下，姜国华正和领军班上的同学合作研究学术课题，一篇关于投资者保护的论文刚刚发表在金融学国际顶尖期刊——《金融经济学杂志》上。这位当初没有想好如何规划自己职业生涯的"海归"，如今收获了自己应得的知识与荣誉。

不过，他最大的成就感并非来自他的研究。"我就是想教书，想教自己国家的孩子。"姜国华一再强调，他喜欢将自己研究出来的成果，教给自己的学生。

用他的话说，做研究带来的成就感或许是短暂的，但教学生带来的成就感却是一生的。

他自如地扮演着学生和老师的双重角色，从领军班碰撞、提升、收获，再将自己的所思、所想、所得，传授给更年轻的一代。

一位来自注册会计师界的领军人才如是告白："这是一个思想匮乏、人心浮躁的年代，消费主义、实用哲学甚嚣尘上。但注册会计师作'稻粱谋'的同时，不应放逐精神、淡定和理想主义。我爱我的行业，爱脚下的土地，于是仰望星空便成了一种生活方式。"

"一个人是不是人才，不是靠自封，也不是靠别人的看法而定，惟有依据能力、业绩和贡献为标尺，方能量度出其使用价值。"一位来自企业界的领军人才从"被用"的角度理解"用"的意义。

领军人才磨砺出坚实的翅膀，发出嘹亮的声音——有的成为财政部会计准则委员会、内部控制委员会咨询专家，有的成为知名大学会计学院的院长，有的被评为"中国特色社会主义建设者"，有的获得了国家级研究课题的奖项，有的成为国际组织的中国成员，有的在机构做大做强、资本运作中展现了领军的风采。他们的飞翔，提高了中国会计能见度。

截至目前，全国会计领军人才共招收650名。其中53人的职务得到较大提升，41人晋升为教授或博导，30人晋升为会计师事务所合伙人；数十人获得国家级人才计划支持或者获得国家级荣誉称号，发表研究报告和学术论文800余篇，被权威媒体引用次数超过千次，承担各类国家和部级科研课题400多项。

试玉要烧三日满，辨才须待七年期。会计领军人才一路走来，"陶冶"出一些共同特点：理想信念坚定，道德素养优良，业务能力过硬，专业贡献显著，团队建设突出，引领作用明显。这一群体的发现与使用，闪烁着"以用为本、用当适任、用当其时、用当尽才"理念的光芒。

那是"先行先试"的求索与结晶，那是"以用为本"的砥砺与淬炼，那是"国家战略"磨砺出的高飞翅膀啊！

五、一个"大会计系统"的注脚

领军人才的发现和使用，往往能够带动一个单位，振兴一个行业，开创一个局面，其重要性怎么评价都不过分。"从本质上讲，大会计系统缺的不是'人才'，而是缺少领军型人才！"一位有识之士"点穴"道。

王明东的经历有些特殊。在18年时间里，他经历了8次岗位变动。

2005年，是王明东人生的又一个重要分水岭。那一年，他成功入选"会计黄埔"一期。

在王明东的身上，可以发现领军人才身上的一种可贵的品质，那就是发挥"传帮带"作用，以其在领军班汲取的新知识，反哺地方会计人才。王明东有一股冲动，每次培训结束后，他都想即刻回到企业，大声告诉企业会计人员自己又学到了什么。

2006年，他参与了黑龙江省会计准则培训的讲解工作。第二次上课正值哈尔滨下大雪，从大庆到哈尔滨170公里的路程，王明东开车整整用了4个多小时。他忘了自己是怎样度过那段日日夜夜的，只记得一种冲动、一种激情激励着他。

2008年，经中国石油集团公司管理专家评选聘任委员会选拔评审，王明东被聘为集团公司管理专家，成为中油财务责任有限公司财务部副经理。工作地点从大庆转移到北京——一个具有更大施展空间的舞台。

"这次飞跃，很大程度上得益于在领军班的学习，可以说参加领军人才培训是我职业生涯的奠基石。它拓宽了我的知识面和视野。"王明东说。

王明东将个人职场的晋升归功于领军工程，而在中国石油集团公司总会计师温青山看来，事实的确如此。

他评价说，王明东在进入领军班后，综合管理能力获得了突飞猛进，这也是他能够连续获得提拔的原因。2009年，中石油启动大司库项目，这是一个对集团财务管理具有重大意义的项目。项目建成后，中石油将实现财务集中核算。在这个项目的启动阶段，王明东又因为业务面广、综合素质较高，成为该项目建设的主要负责人之一。

在中石油，像王明东一样的领军学员一共有14名。温青山说，这些人都是中石油最优秀的财务人员。在进入领军班前，他们都有各自的业务"短板"，应对复杂局面的能力有所欠缺，但通过培训，他们的综合素质，尤其是会计理论水平和综合管理能力得到了全面提升，真正成为了财务工作的中流砥柱。

现在，领军人才选拔已成为了中石油财务部的一件大事。受益于这项工程给集团理财工作带来的极大便利，中石油对领军培训给予了最大的支持，在培训时间和经费等方面都对入围领军工程的人员给予充分保证。

丁自明，一名书法爱好者。领军人才联合培训中的书法课让他受益匪浅。他不仅做了详细的札记，还将自己1999年以来写就的有关书法研究心得汇集成篇，命名为《丙戌小集》。

在"书法与会计的互动"一节，丁自明写道，"塑造新型会计人，并非要求大家都来学习书法，而是汲取一些人文素养。正像授课老师所传授的，'管理学也是门艺术，而许多诺贝尔经济学奖得主并不是学经济学的'。会计人从中可以得到更多启示。现代会计大量引入公允价值计量以后，职业判断的空间更大，决策有用性更强，而会计人的多元修为也就变得更为重要了。"

了解会计领军人才工程的人不约而同

地发现，领军人才工程赋予了会计人更宽的人文视野、更深的专业素养、更高的精神境界。会计之翼，正在飞向更辽远的天空。

人才兴则会计兴，人才强则会计强！

当代中国会计事业，迎来了前所未有的战略机遇期，一个具有中国特色、中国气派、中国风格的"大会计系统"正在形成——

会计审计准则取得重大突破，国际趋同持续推进，奠定了大会计系统的基础。2006年，财政部先后发布新企业会计准则和新审计准则，获得了包括国际会计准则理事会（IASB）在内的国际会计组织的一致赞誉。当外国人狐疑地询问：为什么中国会计国际趋同的道路如此迅捷、如此顺利的时候，财政部有关人士笑了："我们有一支队伍，他们在制定、试点、测试、运行过程中发挥了至关重要的作用，他们就是会计领军人才！"

注册会计师行业做大做强、做专做精与走向国际协同并进，强化了大会计系统的关键。近年来，中国注册会计师协会塑诚信、强治理、扩领域、控风险……亮点纷呈，每一个亮点的背后，不时闪现出一批领军人才的身影。

会计信息化建设再上层楼，添加了大会计系统的羽翼。

内部控制建设纵深推进，丰富了大会计系统的内涵。

会计理论前沿研究日益繁荣，提供了大会计系统的先导。

会计国际交流与合作进一步深化，增强了中国会计的话语权和影响力。

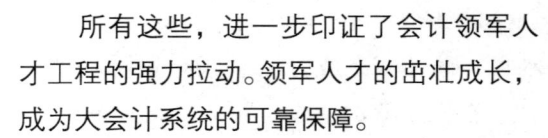

所有这些，进一步印证了会计领军人才工程的强力拉动。领军人才的茁壮成长，成为大会计系统的可靠保障。

当欧盟质疑我国市场经济地位的时候，一开始认为中国会计准则与国际不接轨，我们迅速做到了；接着又质疑会计人的胜任能力，我们随即用领军人才工程做出了响亮的回答。他们惊叹了，他们服气了。

当国际金融危机的海啸漫天怒吼之时，包括会计领军人才在内的中国会计界审慎判断、沉着应对，在公允价值的确认和计量上发出独到的"中国声音"。

大会计系统的构建过程，也是"领军人才工程"这个品牌不断擦亮的过程。

张卓奇，一位注册会计师类领军人才，他把触角伸向了国际。

张卓奇被选入由中国注册会计师协会和澳大利亚会计师公会联合举办的澳洲注册会计师国际培训项目。来自8个国家的28人中，中国会计领军人才就占了12名。而这12个人，全部拿到了澳大利亚注册会计师资格，惊讶得澳方人士张大了口。

在澳大利亚的4个月时间里，张卓奇访问了澳大利亚政府部门、大型企业和会计师事务所。他积极与当地的会计师事务所合伙人沟通，并通过他们结识澳洲投资银行、基金公司、律师等机构，"内引外联"、"结网架桥"，积极铺设帮助中国企业走向澳洲资本市场之路。

2009年，世界会计职业的最高国际组织——国际会计师联合会（IFAC）在全球公开招聘下属委员会的增补委员，张卓奇获得中国注册会计师协会的推荐。最终，

他从20多位候选人中脱颖而出，代表中国会计职业界参与IFAC发展中国家委员会的事务。

2010年4月29日，张卓奇作为来自中国的嘉宾代表，在澳洲证券交易所为新股上市交易敲响了第一响钟声。

中国注册会计师协会秘书长陈毓圭坦言，会计职业影响力风水轮流转，昨天是英美国家占据鳌头，今天的国际会计版图上理应凸显中国注册会计师的鲜明位置。中国注册会计师能够为世界会计职业做出更大的贡献。

究竟是什么原因让会计的字眼反复出现在《人才规划纲要》中？

又是什么原因让《人才规划纲要》为会计领军人才工程注入旺盛的激情与活力？

是财政部对高端人才成长规律的准确判断，是行业自身把握了先行先试的正确选择！

"多士成大业，群贤济弘绩"。中国会计作为保护投资者和公众利益的有效屏障，作为维护社会主义市场经济秩序的重要基础，作为增强宏观调控科学性、针对性和预见性的专业支撑，其服务科学发展的成果直接关系到微观主体会计信息质量和宏观层面经济信息质量，关系到维护国家经济信息安全的终极责任。使命重，任务急，必须在扩大人才总量、提高人才质量、盘活人才存量上下大力气，下大工夫。

此时，会计领军人才仿佛再次听到了财政部领导的叮嘱：（对企业班学员）要铁肩担道义，妙手著华章；（对注册会计师班学员）要德高诚为本，业精悟在先；（对行政事业班学员）要创新思维，从执行者走向管理者；（对学术班学员）让你的文章更多地被别人引用。

拳拳之心，期望殷殷；雁鸣声声，激荡至今。

六、一种雁阵效应的呈现

飞翔，飞翔，再飞翔！

2006年，时任江西省委书记孟建柱作出批示，要求在江西省实施高级会计人才战略。8月26日，江西省委组织部、省国资委、省经贸委共同启动江西省会计领军人才工程，江西省国有企业财务会计管理领军人才培训班也于当日开班。

省委书记批示组织会计领军人才培训，并亲临培训班发表重要讲话，这在全国各地并不多见。

广西"列阵"！

同样在2006年，广西财政厅大胆借鉴和借助财政部搭建的全国会计领军人才培养平台，启动了"十百千"工程。经过长达3年的培训，如今，"十百千"拔尖会计人才培养工程企业一期已经顺利毕业，二期培训也已展开。

新疆"列阵"！

2007年初，新疆启动自治区高级会计人才培养工程，计划用10年左右的时间，打造300名左右高素质、复合型的高级会计人才。现在，培训计划已进行到第2期。

吉林"列阵"！

会计领军人才培养基地适时建立，明确省里以培养高级会计人才向国家输送会

计领军人才为主，地市以培养中级会计人才、输送高级会计人才为主。

截至目前，广西、江西、湖北、上海、新疆、云南、山东、浙江、铁道部、吉林等地方和部门的高级会计人才培训都已展开，并不断向所在地区企事业单位和全国会计领军（后备）人才培养项目输送优秀人才。

中国会计的天空，一队队雁阵掠空而去。

受财政部领军人才工程的启发，2008年中国航空工业集团提出了"中航工业集团人才培养战略的十百千工程"，要为中航工业培养10名获得全国会计领军人才称号的财务人员；100名经过国外培训获得EMBA资格的财会人员；1000名拥有硕士学历的财务人员，整个集团的财务人员队伍规模要达到1万人。

培训项目初见成效。目前，中航工业已有3人入选财政部领军人才班。2010年9月，第一批海外培训的EMBA财务人员学成归来。在这之前的8月13日，第二批12名财务人员已开赴海外接受培训。

"会计领军人才工程的重要性怎样评价都不为过。"中航工业集团副总经理顾惠中算了一笔账，海外培训财务人员将花费2000万元左右，但是，未来他们每个人创造的价值都不止2000万元。

中国航天科工集团公司的理财人中，有8位既是同学又是同事，他们排成骄人的雁阵。

2008年，在财政部《内部控制基本规范》的相关配套指引亟待出台的背景下，中航科工承担了财政部《会计职业判断内部控制操作指引与典型案例研究》的重点课题研究。中航科工的领军人才成为这一课题的骨干研究力量。

企业2期学员宋根生是他们中的一员。

"当时集团总会计师刘跃珍考虑的是带领我们这支领军人才队伍尝试进行一些会计理论的探讨。"宋根生能体会到领导对领军人才成长的用心良苦。

从接手课题到完成，宋根生和他的同事们花了六七个月的时间。

2009年6月，这一课题被评为财政部优秀课题，受到了财政部的表彰，得到了充分肯定和高度评价。

这个看似无心插柳的课题研究，为中航科工随后出台的规范集团会计职业判断的指导意见奠定了基础。随即，中航科工的《会计基础工作达标规范》着手酝酿，8名学员又开始谋划这项工作。

在中航科工，管理层对领军学员都是大开绿灯的。宋根生回忆说，那时候，因为企业1期培训时发生了学员因无故旷课而被开除的事件，因此，他很是担心财务部工作忙不开，自己左右为难。但就在不少同学们被公司催着回去处理业务的时候，宋根生发现，自己从未接到过一个来自集团的电话。

后来，宋根生才得知，刘跃珍早已通知财务部所有人员："不要影响参加领军人才培训的同志，让他们全身心地投入到培训中。"

"磨刀不误砍柴工嘛，当他们学成归来，对集团会有更大贡献。"刘跃珍认为，领军工程专为集团培养骨干，成效斐然，

她百分之百支持这项工程。

"宋根生以前很腼腆、不善言辞。"刘跃珍说，可是，上了领军班后，他逐渐变得能言善辩。他的业务水平本来就强，沟通能力又有明显突破，很快就被提拔为财务部副部长。"他现在是集团的业务尖子，特别是会计理论研究，主要是准则和会计实务，是我们集团不可或缺的人才。"刘跃珍强调。

尝到了领军工程的甜头，刘跃珍又有了新的打算，"希望利用3~8年时间打造一支高端会计人才队伍。现在这8位领军人才就是一个很好的基础，接下来，他们都要投入到培养集团优秀会计人员的培训中，贡献出自己的所得。"

"领军人才是我们的宝贵财富。"刘跃珍说，能在航天科工选拔出领军人才，这本身就是"航天报国我奉献"的生动实例。

伟大的事业呼唤伟大的会计人！

昨天，领军人才工程进行了探索意义的"先行先试"；今天，《人才发展规划纲要》把会计人才建设放到了前所未有的高度。面对工业化、信息化、城镇化、市场化、国际化带来的新挑战，财政部正式发布《会计行业中长期人才发展规划》，大力创新会计人才发展体制机制，倾力实现会计人才战略与国家人才发展战略的无缝对接：

——瞄准"头雁会计"，着力培养造就大型企事业单位具有国际业务能力的高级会计人才；着力培养造就具有国际认可度的注册会计师；着力培养造就具有国际水准的会计学术带头人；着力统筹开发其他各类各级会计人才。

——加快会计领军人才培养；强化总会计师地位和职能；健全会计人员评选表彰机制；深化会计职称制度改革；加强会计从业资格管理；完善会计人员继续教育制度；推动会计行业产学研战略联盟；建立会计人才流动配置机制；发挥会计行业协会、学会职能作用；重视会计人才培养基地建设。

——以"服务发展，以用为本；健全制度，创新机制；高端引领，整体开发"为指针，以全国领军人才工程为重要平台，培养造就一批具有国际视野、知识结构优化、实践经验丰富、创新能力突出、职业道德高尚的高层次会计人才，带动会计人才队伍整体发展。

中国会计将用服务科学发展的新认识，培养领军人才的新经验，践行《人才规划纲要》的新成绩，提交一份专业报国、奋发有为的"会计答卷"！

6年时间里，650名会计领军人才，从3所美丽的国家会计学院出发，奔赴服务科学发展的工作岗位。如同头雁们在春暖花开之时飞回自己的家乡，为的是在下一个冬季到来之前，带领更多的大雁飞向温暖的远方。他们知道，身后群雁的数量越多，自己身上的责任越重，但远方那个温暖的希望和梦想，是召唤他们一次次努力的不变理由。

再来看看中国会计人才建设的光明前景吧。

未来的10年，无疑是中国会计发展的"黄金10年"。中国会计将从国际规则的学习者、参与者，跃升为国际规则的制

定者、领导者；中国会计有理由、有信心、有志气成为中国经济新增长方式的推动者、促进者。

创新会计领军人才培养的长效机制，优化领军人才队伍的知识结构，提升全体会计人的综合素质，开辟中国会计的崭新境界，构成了会计领军人才工程的"中国道路"。透过领军人才工程这个窗口，我们分明看到了"源泉充分涌流、活力竞相迸发"的星光画卷正在铺展！

会计领军人才工程是一项云蒸霞蔚的事业，美丽的朝晖正投射到不辱使命、不负重托的头雁之翼上。蔚蓝的天空，无疑是领军人才飞翔的广阔背景。

那秋日晴空、排云高翔的雁阵，不就是一首写在碧空的美丽诗行，在晴空里吟唱；那整齐有序、矫健凌厉的雁阵，不就是一支时令的仪仗队，送走秋天，去引领春天么！

惟有天空，才是头雁的局限。

尾声

雁阵为什么能驰骋天空？

大雁在飞行途中明确了各自的职责，有的负责觅食，有的负责安全……它们边飞边鸣，相互慰勉，激发活力。那高昂激越的雁鸣，就是整个雁阵勇往直前、奋力远征的号角！

这不正是包括领军人才在内的中国会计人的精神风骨吗？

高飞的雁阵啊，你们总是保持着蓬勃朝气、昂扬锐气和浩然正气，天上的雁阵就是地上的中国会计人，地上的中国会计人就是天上的你们！

一位来自国有大型企业的第一期领军班学员，在经历了6年的充实和感动之后，写下这样一首隽永的小诗：

雁阵，掠过了山河
高天里，声声放歌
扇动晨曦，共舞晚霞
何曾片刻蹉跎
就用一生追逐
"人"字翱翔的承诺

寥寥数语，泼墨长空。这是雁阵对于天空的执着，这是头雁对于雁群的誓言……

大美集美

宋凯

从 2010 年两会的"有尊严的 GDP"到今年两会民生挂帅的"积极财政政策",让人感慨,"集天下之美"的厦门集美,无疑也是中国构建和谐社会其中的一个缩影。

一

从厦门高崎国际机场出发,约 10 分钟后,跨越我国第一个海峡大桥——厦门大桥,大桥的一头便是集美区。这是我很久以来想访问的地方。

山、丘、湖、海、河;工、农、兵、学、商。集多种地貌与文化于一身的集美的确很美。但如果集美是一幅美丽的画卷,集美学村便是那点睛之笔。

一头扑进了学村。这是一年中最安静的时候,学生放假了,游客也不多,只有绿树成荫,只有海风徐徐。绿树成荫将阳光打碎了洒在地上,洒在人脸上,洒在每天都在讲故事的红砖绿瓦上;海风徐徐,吹动树叶哗哗,吹起行人的丝丝长发。集美的美,美在这一片祥和。

这里的建筑有一个明显的特色:欧式大楼,加中国传统的歇山顶燕尾屋顶,亦中亦西或者说非中非西。毋庸多怪,这正是陈嘉庚先生的意愿。20 世纪初,中国惨遭西方列强蹂躏,在国外经商富裕后的陈嘉庚不忘苦难中的祖国,欲以教育兴国的他用一生的积蓄创办了从幼稚园到大学,涵盖师范、水产、航海、商业、农林等多专业在内的"集美学村"。学村建筑按照陈嘉庚先生意思,建成了上述特色,因为燕尾屋顶很像闽南农民戴的斗笠,这种风格被称为"穿西装、戴斗笠"——陈嘉庚先生以此表达他"以中华民族的传统压制欧式建筑,希望中国

宋凯,1982 年生于河北邢台。2007 年毕业于中国传媒大学,同年分配至财政部中国财经报社,先后任记者、编辑。2006 年以来发表新闻作品、评论等数百篇,30 余万字,其中有文章得到中央领导批示,多篇文章获得中央部委组织的行业新闻奖。2009 年,人民离不开的好干部、财政系统优秀代表沈浩同志去世后,第一时间采写的《小岗村有这样一位领头人》获得多方好评。现为中国财经报社新闻部记者,中央国家机关青年联合会副秘书长。

早日富强"的伟大爱国理想。

如今，漫步在百年学村，还能体会到他那份拳拳之心："南风之薰兮，可以解吾民之愠兮"，出自《诗经·南风歌》的"南薰楼"，寄寓着他"教育立国，科学兴国"的理想；"我道南矣"，源自《论语》的"道南楼"，寄寓着他传播知识，服务社会的目的；源自郑成功"延平王"封号的延平楼，寄寓着他报效祖国，服务乡社的期望；诚毅楼，后被书写在集美学村牌楼上的两个字，教诲着集美学生、集美人做人的根本……

二

尽管已是农历腊月二十八，后溪中心小学校长黄大福还在学校留守。自2007年这所总投资1600多万元的小学竣工后，每天巡视一遍校园便成为他生活的一部分。说起学校，黄大福的眼睛顿时放出了光彩："我们学校的硬件设施比厦门岛内的学校都要好。"

"硬件无差别，软件呢？"我们抛出了困扰大多数农村学校的问题。"要说差别，肯定有，但差不了多少，我们的一些学科比城区的水平还要高。"黄大福骄傲地说，"2009年，我们学校科学课老师王妙桑在全省科学教师竞赛中获得了一等奖。"差距不大得益于区里在教育均衡发展上做出的努力。集美区教育局局长黄卫灵介绍说，除了"生均公用经费小学730元，中学1110元"的财政投入城乡一致，自2008年开始区教育局还开展了城乡学校教师交流机制——一所农村学校与多所城区教育质量较高的学校进行一年的教师交流。后溪中心小学对口集美一小、二小、侨英小学，每年他们学校都要接受4位上述小学的教师，并派出4位老师到上述学校任教。如今，在义务教育阶段，所有的孩子都能实现就近入学，集美家长再也不用为孩子择校而苦恼。

而早在2007年，集美区就提出要重视学前教育。现在，集美区正在以每年3所的速度建设公办幼儿园，按照规划，新的一年所有的镇（街）都要有2所以上的公办幼儿园。他们计划从2011年起，开展农村学前教育一年免费试点；2015年开始，试行学前教育三年免费制度；2020年前，力争全区试行包括学前教育三年的十二年义务教育制度。

三

如果说重教是集美的传统，那么"绿洲计划"则是集美的新创举。

林丽英，灌口镇上塘村人。10年前丈夫突患精神病只能整天关到屋里，"一出来就乱摔东西，打人。"林丽英说，"家里的顶梁柱倒了。"林丽英有两个女儿，丈夫患病时大女儿还不到10岁，林丽英既要照顾丈夫还要照顾两个年幼的孩子，四口之家没有了经济来源。旧房子不能住了，就在自家大伯子的房顶上搭建了简易房。

每年的7月到9月是台风季节，也是

林丽英一家最难熬的日子。屋外狂风暴雨，屋里两个孩子挤在母亲怀里哭喊。"当时真觉得日子没法过了。"林丽英从茶几上抽了一张纸巾轻声啜泣起来。

而眼前是一个三室一厅80多平方米的新房，这个总投入8万元的房子于春节前10多天完工，是林丽英的新家。尽管已经搬进来几天了，她和孩子有时候还是不敢相信。住进来的第一天晚上，大女儿半夜推醒了林丽英："妈妈，我们是不是在做梦啊。"天亮后，大女儿自己写了副对联贴在了门口：感谢人民政府对我们的关怀；感谢亲朋好友对我们的帮助。横批：乔迁之喜。

2010年下半年，同林丽英一样喜获乔迁的还有另外9户残疾人家庭和36户农村困难家庭，他们分别按比例得到了政府的住房救助。"厦门是台风地区，所以不能靠应急机制。"集美区民政局局长陈世含把集美民生保障工作概括为"四个平"——平时、平常人、平衡发展、保一方平安。

"四个平"要从2007年说起。那年年底，从厦门市思明区调任集美区区长的倪超到许庄村慰问，在一户四川农民工家里，她逗起了这家的双胞胎，"虎头虎脑，非常可爱，遗憾的是他们是脑残儿童。"倪超说。她一面安排有关人员设法救助，一面想，如果能尽早介入治疗，孩子康复的可能性就更大，那样将改变孩子和这个家庭的一辈子，也减少了政府将来的救助资金。2008年初，《集美区残疾儿童康复救助办法》开始试行。

如今，集美区已经出台了应急与常态、特殊救助与一般帮扶在内的40多项政策，这些政策共同的名字是"绿洲计划"。"让困难群体看到希望的绿洲，让所有群众生活在充满希望的绿洲。"这个名字的原创，集美区分管民生工作副区长江根云如此解释。

四

"老无忧"贷款让61岁的林基丁看到了希望。

老林家住杏林街道曾营社区。"我们家的地1984年就征完了。"作为两个国家级台商投资区所在地，大规模的征地从20世纪80年代就开始了。"当时的政策是占一亩地分配两个劳动力进厂上班。"老林回忆说，当时自己家的指标只有一个，爱人进厂了，自己开始打零工。岁数大了，养老就成了问题。

面临养老问题的不只是老林。"尽管后来征地实行货币补偿，但当时的补偿标准较低，很多人的补偿金所剩无几了。"区人劳社保局局长钟志隆介绍说。如何解决被征地农民的养老问题，保证他们的利益，不仅关系着集美当前的稳定，也关系着集美区未来的发展。

2005年，集美区出台被征地人员参加基本养老保险补助办法：按照当时社平工资的60%为基数一次性补缴15年，女55岁、男60岁以后可以领取退休金。以此计算每人需缴37660元，其中财政补助1万元（约占26.7%），个人出资27660元。"当时要是缴了，现在我每个月可以领780块了。"老林说，但是天上掉下的馅饼老林没有接住，"经济条件不允许。"此后，补缴保费从37660元涨到57332元，老林更觉得没希望了。

老林没想到，2009年区政府做出一个让他觉得"大胆"的决定——区财政按照2005年度26.7%的补助比例，对参保人每人补助15307元之后，其余部分由区财政出资成立的担保公司全额担保失地农民从银行贷款参保，参保人每月拿出退休金的550元用于还贷，其余留作基本生活费，8年还清贷款本息。一分钱不出就能领退休金，农民群众亲切地称之为"老无忧"贷款。截至2010年底，金融机构发放贷款2.06亿元，全区6个镇（街道）符合参保条件的4892名村民全部办理了贷款参保。2005~2010年底，全区被征地人员参加基本养老保险16540人，区财政补助2.03亿元。

五

集美没有"外地人"，来到集美，参与建设集美的便是集美人。教育方面，集美区已经做到对务工人员子女入读公办学校义务教育全部免费；企业用工方面，他们出台了《鼓励辖区内用人单位或个人吸收外来员工奖励办法》，对引进外来劳动力的本区企业和员工给予奖励。他们还鼓励外来务工人员参加重病互助保障，由区财政出资25元、非公企业或者其员工个人出资25元参加医疗保险。除了一系列救助帮扶措施，区工、青、妇等部门还从提供劳动技能培训、法律援助，创造文化娱乐条件等方面介入，提升外来人员的生活、工作环境，增强他们的归属感。

来到后溪卫生院时，输液室有几个病人在输液，说起集美，一位江西老表连连推荐："这里好，我过年都没回老家，以后定居这里了。"对于一个外地打工者来说，这个城市，没有忘记给他们希望。

"集天下之美"，美的背后少不了财政的大力支持。"只要是民生投入，区领导班子没有不同意见。"这也是让集美区区委书记黄锦坤感觉集美美的一方面，"领导班子团结协作，认识一致。从区委、区政府领导班子到各局负责人，大家都能认识到，没有老百姓的安居乐业，经济发展就是畸形发展。"

"对民生投入，区委、区政府二话不说，区财政更是不说二话。"集美区财政局局长王明汉斩钉截铁地说。这几年，集美区全部财政新增财力都用在了民生上，近三年来，快速发展的集美区财政用20多亿元的真金白银换来了老百姓的安居乐业。

结束采访准备离开那天已经是农历腊月二十九，一大早起来再次来到鳌园，这里更加安静。"集天下之美"，美在哪里，这个问题已不用再谈。伫立在陈嘉庚先生的墓碑前，我陷入沉思：近一个世纪前，希望家乡更加美好的陈嘉庚先生以一己之力苦撑致富故土之船，如今，这些美好的愿望正在一个个变为现实，陈嘉庚先生可以安息了。

文学作品中财政人形象何以缺失

蔡劲松

为什么文学作品中的财政人形象缺失？这应该是一个复杂而敏感的话题。套用曾经的一句流行语，可谓"不好说"，也"说不好"，或许最终还是"不说好"。

然而，办事极为执著的《财政文学》主编新路兄一再让我"操刀"，犹豫再三，踌躇多日，终究拗不过他，便"斗胆"当一回"出头鸟"。

一

回答文学作品中财政人形象是否缺失，很简单，缺失是毫无疑问的。不管处于怎样的心态或曰"脸面"如何挂不住，客观存在就是如此，无谓的辩驳只能说明"底气"的不足，以至招徕方家的不屑和嘲笑。这点，相信文学"圈内人"和财政"圈内人"均无异议。

如若不信，可以在互联网上去查询。文学作品中几乎找不到能让人产生印象的财政人形象，更遑论耳熟能详了。即便在国内各种文学书籍和期刊上费尽心力查阅，财政人在作品中不但充当小"配角"，甚至是小"龙套"，而且还要加一个定义词：反面小配角。

到目前为止，文学作品中的人物形象画卷上，财政人的形象只能充当一个符号，而且是个让读者感觉到厌倦、反感，甚至切齿痛恨的"贪"、"腐"符号。

这种符号，是对现实的一种背离和扭曲。

这种符号，也是说明文学"圈内人"对财政了解的苍白。

这种符号，同时又是财政"圈内人"的无奈。

二

为什么会出现这种让人难堪的符号？

解答这个问题，首先要从"财经小说"谈起。

蔡劲松，湖湘子弟，年届不惑；20世纪80年代中期就读中国戏曲学院文学系，毕业后在中国铁路文工团从事专业创作工作；1992年从事新闻工作，现供职中国财经报社。先后在《清明》、《北方文学》等刊物发表中短篇小说、散文、剧本、文学评论等数十篇。从事新闻工作以来，曾获"第三届澳门新闻奖"和世界自然基金会、美国能源基金会等颁发的"能源记者之星三等奖"、首届中国金融与财经媒体论坛"学院奖、优秀财经新闻作品奖"。

作为最具有广泛传播效果的文学品种，小说是人物形象创造最主要的方式和手段。文学界往往以"农村题材"、"城市题材"、"工业题材"、"青年题材"、"爱情题材"等等来表达叙述的内容，并以此来区分小说涉及的范围。然而在这些诸多的题材中，独独鲜见"财经题材"，更寡见以财政为主要内容的"财经小说"。

读者中对"财经小说"的了解，仍旧是多年前香港的梁凤仪所写的一些小说。

若问当代国内哪位小说家是"财经小说"作家？恐怕让人难以回答。这种"财经小说"作家的缺失，自然是财政人形象缺失的主因。因为当财政人形象创造的主体产生缺失的情形下，"皮之不存，毛将焉附"。财政人形象在文学作品中能不缺失吗？

"财经小说"在国内文学界的缺失，与当前的文学创作现状相关。当文学在新时期以来走下"神坛"之后，20世纪80年代左右文学作品洛阳纸贵的胜景难再，而小说家也从当初"明星"级的公众瞩目人物开始褪出光耀和鲜亮的颜色，继而恢复常态，其边缘化的趋势愈发加快，不但文学创作队伍分化，创作的心态、动机，以及作品反映的现实生活等，都在快速产生分野。回避现实的抒发自我式写作渐渐成为风气，耐不住寂寞的浮躁文风也日渐大行其道。君不见，曾经在文坛挥洒自如的作家，改行写影视剧、下海经商等，鱼贯而出，大师级的作家以及能够在社会产生深远影响，并拿出振聋发聩优秀作品的作家，已经如古老的化石，离当代生活久远，甚至需要搜寻记忆才能让人有些许的闪回怀旧了。

与此同时，国家的财经形势突飞猛进，中国社会中对经济和财经的追索、求变、关注、认同、崇尚等日渐成为人们的主流和行为方式。经济型社会的转型像一架巨大的离心机，将文学人远远抛到了社会生活的边缘。

而在转型期的社会巨变中，各种新的与经济和财经相关的信息，以及所带来的价值观念和知识体系的嬗变，越来越使财经知识和信息贫瘠的文学创作人员感到无所适从，他们似乎已经听不懂当下社会的经济话语，也就更不可能去创作"财经小说"了。

于是，"财经小说"在国内的文学界成为空白。

三

转型期社会的迅捷变化除了给文学界带来不适应之外，文学创作的观念滞后也是造成包括财政人在内的人物形象缺失的重要原因。

对于市场经济生活中各种社会人物的群像创造，是文学存在和引以为责的事业操守。但是，深受长期批判现实主义理念熏陶的文学界，似乎总是带着对于市场经济以及财富追求的有色眼镜，这种对于财富的天然拒绝情结，延续了一种认为创造财富以及理财总是"肮脏"和"不择手段"的陈旧理念，想当然地将对资本和资本主义社会的批判移植到了当代中国的社会中，

以至于在即便很少的当代文学作品中，对于从事理财人的文学形象创造，仍旧"脸谱化"地将"贪婪"和"腐败"对应到理财者的身上。

而文学创作人员虽然在转型期的社会变革中，已然失去了过去"明星"般的社会身份，但是，其"清高"的心理依旧在作祟，从而使其不会也不愿与理财者或财政人交朋友，也即失去了对于这个职业的生活体验。

没有生活就没有创作的源泉。不懂得今天的财富生活以及财富人生，当然就不会了解现实中的人生百态。而退缩到书斋里写作的文学人，自然也只有靠"移植"过去批判现实主义的老旧理念来创造"脸谱化"的财政人了。

或许，这就是文学作品中财政人形象"贪"、"腐"符号产生的缘由。

当经济成为社会的主流，并蔚然成大潮之时，反映经济的主流文学作品却鲜见，而财政在当前的社会中已经与各行各业产生联系，文学界却出现了反映财经与财政的作品少人问津的局面，这显然是很不正常的现象。

风云激荡的当代中国经济已经在全球化经济大潮中成为弄潮儿，高速成长的中国经济举世瞩目，但是，与此极不相称的是，当代中国却没有优秀的财经和财政作家。这种文学的空白不能不说是个遗憾，也是悲哀。

至于如何填补这个空白，自然首先需要文学创作的主体来补课。而需要给文学"圈内人"敲响警钟，就是要改变陈旧的创作观念，确立与时俱进的市场经济社会的创作观：即不懂经济就不懂当前的中国社会，不了解中国社会就绝不可能成为一个成功的文学创作者，更不可能成为人类灵魂工程师。

四

诚然，把文学作品中财政人形象缺失的"板子"全部打在文学"圈内人"身上，实在是有失公允。

如果从财政人自身找原因，则一个敏感而又绕不开的话题不得不谈：财政人在文学作品中形象的缺失要不要从财政人自己给社会留下了怎样的形象找原因？或者，可以提出这样的反问：财政人给社会留下的"贪"、"腐"符号到底怪谁呢？

当财政人总是期望社会，包括文学界理解和急于产生所谓的正面形象时，这种急切，是不是也是一种浮躁呢？

众所周知，在当今的社会中，财政人在很多地方被称为"财神爷"，许多熟悉财政人职能和职责的人更是有一种通俗的说法："牛得很"。

能够被称为"神"和"爷"，古往以来，总不是一般的人物，不是被请进神龛受无数的香火供奉，就是被小辈大众所尊崇和敬畏的对象。在中国文化中，"神"的地位总是高过俗众，"爷"的分量自然也重过别人。

虽然以民主政府的职能区分，财政人是为民众理财，为公众服务，当然不能也

不可能成为旧时代的"财神爷",但是大家之所以这么称呼,总是有其可琢磨和咀嚼之处。

为什么大众对财政人称神道爷呢?一言以蔽之,财政是管"钱"的部门,职能特殊,大众所求,在外人眼中,确实是有无事不能办,也无事办不了的好本事,更是不能够"得罪"也"得罪"不起的部门。

且不说这种形象自然有现实的根源,单说这种形象产生的效果就是财政人与普通人有一些"隔离",使财政人有种"高高在上"的"端着架子"的不可亲近感。

而在转型期社会中迅速发展的阶段,社会变革快捷却又是在逐步完善的阶段,各种体制和机制性的构建过程,同时也是各种思潮、多元价值观念相互冲突和博弈的过程,人们在困惑中寻找生活的价值坐标,也同时带有社会各种矛盾冲突后的抱怨、不解、困惑、无奈等等,这种在时代发展过程中难以避免所暴露出来的复杂社会心态,往往会自觉或不自觉地寻找一个发泄的渠道,从这个层面看,被叫做"财神"的,其实没人从心里亲近他们,只不过畏惧其手中的权力,才虚与委蛇,当面敬畏恭敬,背后可能是骂声不断。因此,从事财经工作的人,包括财政人,则因为这种特殊的职能不幸成为了社会中"贪"、"腐"的符号和指责的对象。

观察现实中的财政人,也确实出现了一些"常在河边走,哪能不湿鞋"的人,俗话说,一粒老鼠屎,弄坏一锅汤。现实的案例又为这种符号的流行推波助澜,以至于财政人在社会中的形象一再受损,便很容易被敏感的文学创作者"对号入座",顺手将笔下的"反面配角"安排给了财政人。

五

财政"圈内人"有没有自我封闭的倾向?不客气地说,当然有。

财政"圈内人"对文学作品中财政人形象的缺失感到无奈,是实情,却也是"自找"。

社会中从来没有哪个群体能够通过抱怨就能改善他们在社会中的形象,只有通过反思自己的行为才能得到人们的认可。

诚然,如果从理性上观察,财政人的自我封闭有其缘由。

我们常常可以发现这么一个有趣的现象,一个家庭中往往是最操心的人、做事最多的人有最多的抱怨和最大的脾气。其实,当家理财如此,为公众理财的财政人何尝不如此呢?

转型期社会中,各种改革接踵而至,每项事情都需要钱,财政的收支矛盾异常激烈和复杂,都需要理财者来承受、来化解。财政部门是政府的重要职能部门,财政干部作为政府管理者,其特殊性就在于熟悉社会,了解各行各业的矛盾和需求,深知当家理财的难处和苦衷。从这个层面看,财政人最了解中国当代社会的国情,也最熟知解决现实矛盾的办法。

然而现实中的操作往往有其特殊的复杂性,当下中国的国情特点是循序渐进式的改革,这种变革是解决当前社会和经济

中最激化的矛盾为急所，从而对次要的矛盾暂且"冻结"的方式。深谙内情和操作之道的财政人在这种社会急变中，其实是处在急流漩涡的中心，各种矛盾的交汇点，这种特殊性从客观上使财政人不得不选择被动性的"自我封闭"。

另外，即便是身处矛盾的焦点和社会漩涡当中，由于财政人的调控能力和手段的日趋完善，再加上国家整体经济综合实力的提升，财政收入盘子在理财者的经营中越做越大，"家底子"也在理财者安排下愈益殷实，过去想要办却办不了的事情现在也能够办到。财政人自然有种成就感和优越感，也就是社会中所说的"牛气"。同时，在财政体制和机制尚在公共财政条件下的日趋完善还有一个过程，包括预算全部向社会公开等公共财政的操作方式也仍旧在完善之中。这种同样属于转型期范畴之内的机制特点以及财政人历来的谨慎特点等多重因素作用下，财政人不自觉的有种"自我封闭"的与社会其余群体的"隔离"感。这种"隔离感"尤其让文学"圈内人"对财政"圈内人"产生距离，使相互之间失之交臂。

六

文学作品中财政人形象的缺失已经太久，是到了改善这种背离状况的时候了。

这种改善需要文学"圈内人"和财政"圈内人"共同虚心向善，这种改善需要相互检讨各自的"顽疾"，这种改善要以一种坦诚的心态和觉悟作为起点。

对于文学"圈内人"来说，主动接触经济和财政实际上不但有助于积累生活素材，而且是种"补课"式的知识补充。欲成为"人类灵魂工程师"首先要做社会的小学生。

而对财政"圈内人"来说，不但要对文学圈"开放"，同时也要对全社会"开放"。在公共财政条件下的财政，将越来越无"神秘"可言，即便是从财政的核心工作预算与预算执行来看，透明化和公开化将是大势所趋。而"开放"首先要从"修身"开始做起。不"修身"不足以"治国理财"。财政服务社会经济的公共性和服务对象的广博性，决定了财政人的行动只有以百姓为出发点，以更崇高的价值体系引导自己。简而言之就是"为公理财，为民服务"八个字。这同时也是财政文化的重要组成部分。

财政文化的蔚然形成蕴涵开放的理财观念、价值取向、精神内涵、行为规范和管理模式，同时也应该是公共财政科学体系的一个部分。这种财政文化的形成，不但需要事业上体现为民理财、理财为民和公正、公开、科学、效益、奉献的事业特征，也需要人文关怀，需要包括文学界在内的社会各行各业的了解和理解，这应该是目前财政人需要重视的重要课题。

让文学和财政联起手来，共同填补"财政人形象在文学作品中的缺失"。实际上，这也是改善财政人形象在社会中的紊乱，从而还原财政人形象的本来面目。

仰望星光——文学的坚守

——《财政文学》创刊号读后感

田珍颖

田珍颖，评论家，编辑家，作家。祖籍陕西西安，在北京读书、工作至今。《十月》杂志原副主编。中国报告文学学会副秘书长。长期从事编辑工作，并笔耕不辍，创作发表百万字作品。

早春天气，《财政文学》创刊号，像一个浑身生气勃勃的年轻人，大踏步地向我们走来。那逼人的英气，逼出文学人一阵的惊喜。

这惊喜来之不易呀！

之前，我们听到太多的关于文学景况黯然的消息：西方的"文学终结"论；东方的"小说死了"等等。我们也眼看着读图时代的到来，影视的无处不在，网络兴盛中冲向文学的涌浪……总之，电子媒介时代，一切借助高科技手段的文化形式，均可联手，形成强势，冲击并动摇了传统文学的中心地位，将其边缘化。这一切，谁能说它不正常呢？于是，文化焦躁及文化忧患充斥了我们的心灵，文学的坚守变得迷茫、艰难，并永无穷期。

《财政文学》就是在这种景况下，隆重出场。它的鲜明的旗帜，让文学人由衷地喜在心头。

一页一页地阅读这本创刊号的文章，惊喜之余，又多了一份振奋。

振奋于这本杂志的气势：它不拘一格，不拘形式，甚至不照文学杂志的常规出牌，只着眼于队伍的聚集，将一个力量强大、步履整齐的文学军团，展现给读者。

这个文学军团，潜力非常。它的方阵中，上至庙堂的高官，下至基层的员工；广到财政的许多部门，宽到财政涉及的各个地域。纵横之力的合成，便显出了气势不凡。

振奋的焦点，还在于这个杂志的作品。

它有颇具规模的扛鼎之作。这样的作品，或成梁，或成栋，支撑起一方天空，使这本杂志具备了相当的分量。

比如：《树与草》。

它选择了一个颇具高度的观察点——人与自然。从人类生存的基本出发，衍写出潜于生存的哲学思考。不必担心自然与生存这些课题的物化倾向，形而上的人生价值的追索，尽在"生存"的铺叙中，设置了做人立世的途

径。

正是这个能提升文章的观察点，使这篇作品具有了厚实的质感。材料与思想，叙述与议论，这些在构思行文中最易出现的间隙，在《树与草》中处理得无间无隙——易成矛盾的二者，互不淹没。我们读到的，是材料的叙述，借助语言，自在地行走；而思想则行走在叙述语言之上。物化和精神化，使我们读得实虚相融，各得其所。

最后，则应关注这篇作品的"统领"。一部作品的"统领"是作品的魂，它往往不外露，却强有力地执著于字里行间。这篇作品的"统领"显然是知识，而不是技巧。作者广博的阅历，是长期走出来的、读出来的，在此之上，深邃的思考，是知性思维的进程。以物为寄托，展现浓烈的社会学的思考，这是学者型散文的路数。在笔下画出这条路，作者以他的知识为统领，做得游刃有余。

再说《耀州的故事》。

这篇报告文学，并非重大题材。但它的笔触所及，却在改革年代的深处。

报告文学的光彩，常绽放在国家大事之时，作家的使命感，会激扬出许多铿锵文字。但题材的扩大，是目前报告文学创作中，亟须探讨的问题。因为，报告文学不是新闻的重复，它必须向深处掘进，才能保持并发扬这个文学形式的持久生命力。

作者笔下的杨磊们，没有叱咤风云的行为，但他们在改革的今天，却做着踏踏实实的事情。他们是一群顺应改革的人们。顺时者昌，因此他们平凡的事业，前途无量。

在看似风平浪静的生活中，其实激流之下，涌浪不止。作者要以特别的耐力，寻找涌浪中人物。这样的人物，要具有稳定的价值，这价值才具有长久的生命力。将这样的人物，树立于纸面，是可以站得住的。《耀州故事》中的杨磊们就是这样的人物——他们身居偏远，却不失事业之志；位在基层，却理想依然燃烧。这样的题材，具有洗涤人心的普遍的教育价值。作者在深悟人物的境界后，选择平和清雅的叙述风格，将深情隐于娓娓道来之中，不刻意做作，却像春雨一样地将深入肺腑的人生思考，留在阅读之后。

以上例证中的作品，已具扛重之力，是一本杂志的分量所在。

但杂志的功夫，在一个"杂"字上。杂，就是多姿多彩，就是赤橙黄绿青蓝紫，就是五彩缤纷、万紫千红。这本创刊号，在"杂"字上下了工夫，它的多篇文章，构成多方位多视角的阅读阵势，让我们看到了财政人的精神世界、情感、理想和襟怀。

先是一批散文，显示了多彩的风姿，让我们读得不忍释卷。我们从《喜欢这份随意》中，读到人文化、人本化的情怀，读出那种对天人合一、心手交映的景仰和神驰。《盐粒上的大千世界》，则从最小处打开了最大的境界，其历史沿革之长和现实覆盖之广的笔触所及，令我们目不暇接。《财神的见闻与遐想》，将见闻与民俗，纳入大文化的轨道，提升了阅读的空间。《长沟流日去无声》从对年少时真切的回忆中，用看似琐碎的片断，堆砌成一座感悟人生的围墙，尽写尽画于墙上。《金樱桃》在一片美丽的樱桃林中，演绎着财政人的良苦用心；女人们的坚持，另成一道风景，色彩艳丽地点缀着樱桃树独有的异彩。一个本是"政绩"的材料，让作者点染得如诗如画。《远航青春的乐趣》用最短的篇幅，从最大的视野（激情、智慧、理想）探索人生的辉煌。《中年人的境界》则以富有哲理的文字，抒写中年人的襟怀，人生视野的开阔高远，构成这篇短散文的深刻内涵。《王者之风》从莲说起，自古至今的纵向沿革，王莲之舞带给人在愉悦中的思索，写作思路颇得传统散文的真传。《幸福桥》以立论之势，层层说开，在"幸福"中纵论财政经济，扩展于文学之质，于挥洒中，其神不散。而《没乱的办公桌》，从小处立意，也往大处开掘，是传统语文教学留下的典型思路……

综观以上，洋洋数篇，在本文篇幅有限的前提下，难以述尽。但每篇的不同角度，不同立意，不同思路，却让我们从诸多不同中，领略了多彩的文字，获得了阅读的丰收。

说到多彩，特别不可忽视的，是诗歌这个栏目。文学期刊中，诗歌的点染常会是整本杂志的神来之笔。创刊号遵循了这一常规，让诗作在整本期刊中，大放异彩。

在《异地抒怀》中，我们看到汉字在依归激情中的魅力，诵吟着"万载奔入壮怀，空旷，寂寥，躁动"等诗句，感受开阔和激越，凝炼如铸的每个字，都经得起敲击和锤打。《朋友》的风格，则质朴而真诚，句句倾诉，都是人生的宝贵体验。《财政放歌》以宏大的气魄，作历史之抒怀，诗句穿越时空，架构着伟业的记录。当我们难以对每首诗都做点评时，我们却不能忽视在《从来仁者贵无私》和《问道山水间》里，那种从踏遍青山、追古抚今的博大胸怀里，奔涌出的潇洒诗句，人与古迹与山水的交融，在思绪中游走飘动，这是一种情怀和境界的书写。在诗栏目最末排列的诗作《涌动在心中的情愫》里，跳荡的文字，勾勒出"灿若桃花"和"与众不同"的"你"，清新而富有生气。

总之，在创刊号中，最激情的栏目，当属诗歌。真乃壮怀激越，化作好诗万千。

不能不提的，还有色彩不减的短篇小说和评论栏目。《财政所长》以精短的篇幅，见情节之跌宕，可谓得短篇写作之要旨。而三篇评论中，除照应具体文章外，又探讨了财政文学发展的大义，与卷首部委领导的讲话，相呼相应，显示了创刊号编辑思想的完整与缜密。正是这种编辑思路，构成了这本刊物的缤纷色彩。

在我罗列了以上篇目时，我留下了一批文章，作为下面的评述依据。那就是非虚构文学的篇章。

在阅读中，纪实类文学总是杂志的亮点，因为，在当今阅读趋势中，那种未读之前的期望，读者只给了纪实文学。尤其当"娱乐至死"、"消费时代"在我们与文学之间拉起一张迷茫的纱幕时，人们对纪实文学的选择，愈加明朗而坚决。

《财政文学》创刊号，洞明这种社会阅读的倾向，以篇目不少的纪实类作品，支撑起一座阅读广厦。

除《耀州故事》外，我们还读到《六任财政部长的聚会》，这篇记录了高层政要人物活动的文字，可为历史的事实留给后人；《几位令人难忘的同事》中，无职位的老杨的干练和大度，组长王新德做人

的智慧，财务处长王蕾的坚持原则和另类个性，都在记录真实的财政人的笔触中，给读者留下了深情的感动；在《这个春节是白色的》一文中，父亲的才情和襟怀，《文人秉性平民心》中，李延龄"热爱生活，善待他人"的博大情怀；《故乡中秋月儿圆》中的建民、永亮；《重返童年》中的姥姥；《阳光照进千万家》中的表哥；《美丽的草原我的家》中的大姨；《远去的村庄》中的众多乡人，以及《沈浩，我心中永远的感动》、《静中落花》、《认识王蒙》、《北大的先生》等篇对名人的勾勒中，人物的形象，呼之欲出，人由事出，事中见人的笔墨，表现着现实生活的方方面面。这些纪实文章的篇幅都不长，但笔墨点染间，颇见功力。这个"功力"，不是炫技之形式，而来自于作者们从生活的深切感受中撷取的最真实的材料，这才是文学创作的精华所在。阅读检验了纪实文学的魅力——这是创刊号告诉我们的结论。

写到这里，仍有不尽之语。但篇幅太长了，笔触也繁冗拖沓。实感在驻笔之时，要请读者原谅。一本于浮躁中出现的清新脱俗的杂志，是怎样地令文学人激情难抑，这就是我在呈现此冗文时的心情。

北京紫芳园
2011 年早春

中国文学的一支新军

——财政文学会及《财政文学》印象

王宗仁

王宗仁,陕西扶风人,著名作家。数十年以写青藏高原题材著称。出版作品集四十余部。历任解放军总后勤部宣传干事、创作室主任,中国散文学会副会长兼秘书长,中国报告文学学会常务理事。多次获得全军全国文学奖,其中《藏地兵书》获第五届鲁迅文学奖。享受国务院特殊津贴。

财政文学,中国文学之林的一支新军。唯其新,给文学的时代列车铆进了海浪翻滚的活力。我们相识于那本《财政文学》创刊号的诞生,2010年岁末。再早一点,财政文学成立大会,2010年8月25日。也就100多天的时光,我就觉得自己在浓郁的文学氛围里吮吸了不少营养,是财政文学给予的,也是营造财政文学大厦的辛勤工作者给予的。我从财政文学这个角度看到感受到中国文化以及文学潜在的深邃和广大的前景。真的,财政文学是一条新腾起的飞龙,她越过滩,越过山,从地平线上给我们推来了一片遥遥在望的潮头,我们有理由期待,期待喷雪的壮观。

我听到了财政部副部长廖晓军的演讲和财政部两位处长朗诵廖晓军所作的《做一个遥望星空的财政人》的卷首语。那是在《财政文学》首发式上。那演讲和朗诵中的两段话,让我感动不已。财政人的视角是什么?"是仰望星空的思想视角,是脚踏实地的奉献精神,是追求社会公平正义的良知,是关注人民幸福安康的爱心。""财政人的心,既有数字的交响,也有情感的潮汐。敢向潮头立,高唱大风歌,是当代财政人激情澎湃、自强不息的剪影。而仰望星空、探寻人生真理、探究人性真谛,更彰显了财政人摒弃浮躁、高洁向善、厚重纯净的诗性思想魅力。" 这些对财政文化、财政文学的深厚认识,着实让文学界的人备感亲切和十分钦佩。

廖晓军副部长的这番话,又让我想起了财政文学会名誉会长、财政部副部长王军在财政文学会成立大会上讲话的嗓音,至今令我钦佩,他说:"我当这个名誉会长,主要是大家的后勤服务员。我给自己的定位是,一方面要学'道家',努力无为而治,当好欣赏者,不干扰大家的创作和正常工作;另一方面要学'儒家',尽我所能为大家的创作和工作做好服务。不管是学'道'还是学'儒',目的只有一个,

就是希望尽自己的绵薄之力，推动财政系统出现更多的'家'！"王军副部长讲的这番话，首先把自己转换成了大家的朋友，他尊重文学，尊重文学人。这种在文学面前的坦诚，低调，不仅成就了一个财政官员的胸怀，也养护着他对普通民众的热心。我想，一个领导一旦把良心和热心坦露给群众，他的行为就有了动人的魅力。我坚信，他的愿望会成为阳光下的笑声，他会和大家一起走上新的文学征程！

我听了贾康、王彦欣、岳学鲲、张国才朗诵他们创作的诗作，那也是在《财政文学》首发式上。当他们挥起指向远方的手臂时，财政人的形象就随着诗句出现了。《异地抒情》、《朋友》、《从来仁者贵无私》，还有厚重豪迈的长篇诗作《财政放歌》。他们的诗句，除了重量还是重量，四两拨千斤的重量。只有财政人自己去抒写去朗诵才有力量。它从生活和哲学的两端把财政人定格在共和国的大棋盘上。他们的目光里聚集着历史的光点，肩上挑着现实的众望。我看到他们豪壮的朗读时，坐在听众席上的财政部党组副书记、副部长廖晓军和部长助理胡静林，也在随着配乐的节奏一起激动和享受。他们用自己的诗句共同建筑着更高层更美好的财政人的思想境界！

我还想说的是《财政文学》主编宁新路。他是一个创作才华较深却绝对不露锋芒的作家。我当然很看重他在写作上取得的可喜成果，他已经出版了三本作品集，尤其是散文创作，在走向成熟。这些不是我今天在这里要说的，我最想对宁新路表达敬意的是他对财政文学事业的那份可贵的热情和责任心。去年岁末我拿到《财政文学》时，我惊喜得简直不敢相信，真的会有这么一本装帧精美内容丰厚的刊物好像从天而降瞬间诞生。在我的印象里，从新路跟我谈起准备创办《财政文学》到孕育而成，也就三两个月的时间。办刊物的人都会深切体会当编辑的劳心和倾力。《财政文学》的几位编辑实在是用他们的智慧和热心，给我国的文学园地培育了一朵新花。后来我和新路有过几次接触，他总是热情横溢地谈着办好刊物的设想，谈着如何组织作者深入财政领域写出作品。他的快乐和享受都倾注于财政文学事业了。这使我想到了别人给我讲过的一句话："痛苦大体类似，欢乐未必一样！"岳学鲲、宁新路、张国才和《财政文学》的编者们，他们的欢乐就是为繁荣财政文学，幸福地工作着！

在奥林匹克运动的发起地，古希腊山上的岩石刻着这样一句话："你想变得健康吗？你就跑步吧！"我很喜欢"跑步"两字。因为"跑步"是一种人生境界。那天我看到了财政部科研所所长贾康，看到了河北省财政厅副厅长高志立，看到广州市财政局处长操驰，当然也看到岳学鲲、宁新路、张国才、苗福生。当晚我又和获得冰心散文奖的陕西省凤翔县财政局原局长王云奎通电话，说了创作上的一些事。他们给我一个十分突出的印象，就是他们都在快节奏的"跑步"，在幸福地享受这"跑步"带来的美好日子！

2010年3月10日凌晨于望柳庄

烂漫故乡情

——岳学鲲诗集《情维斯乡》序

王梦奎

热情洋溢，充满爱心——这是我读了《情维斯乡》书稿后的突出印象。

所有的篇章，都是满腔热情的，甚至可以说，是天真烂漫的，饱含着浓厚的亲情和乡情，抒发着对祖国和人民深切的爱。作者所歌之咏之的，是故乡优美的山川风物和悠久的历史文化传统；所眷念的人物，不仅有高寿的祖母、辛劳的双亲和相依的弟兄，而且有许多儿时的伙伴，家乡的长辈，从小学到大学的同学和老师，以及工作岗位上的同事和领导。作者从心底热爱着他们，呼唤着他们的名字，深情地回忆着同他们相处时的欢乐。感情是真挚而热烈的，是毫无矫饰造作和杂质的，不失儿童的天真而又富有成年人的社会责任和思考。孟子说："大人者，不失其赤子之心者也。"大概就是这个意思。在当今社会转型时期，社会风气骤变，进步中不免泥沙俱下，优劣杂陈，冷漠的拜金主义颇有市场，作者能保有这样的赤子之心是很可贵的。作者已过不惑之年，有了相当的社会阅历，仍然保有这样的赤子情怀，更是可贵。

作者所受的正规教育是经济学专业，所从事的是国家财政经济管理工作，诗歌与文章写作是业余之事，并无意于成为诗人或者作家。作者所要表达的，是不能自已、非吐不快的深切感受，发乎情而形诸诗。因为感情真挚，即使写作技巧上难免有业余作者所带的稚嫩，但也能打动读者的心。像我这样和作者生长在不同年代，在苦难中度过童年的人，在阅读中也每每引起保留在心底的许多儿时的美好回忆。这就是文学的力量。

作者是和我的故乡温县毗邻的武陟县人，这一带古称覃怀，今属河南省焦作市管辖，有同乡之谊。他把生平第一部书稿拿给我看，嘱为之序，我感谢作者的信任。我不是诗评家，很难对诗作出中肯的评论，但读后深为作者热烈的亲情和乡情所感动，也期盼着作者在事业上和诗歌创作上有更大的成绩。

略书读后感想如上，就算是序言吧。

2010年2月23日于北京

（作者：著名经济学家、诗人、教授、博士生导师、第十五届中央委员、国务院发展研究中心原主任）

自卑的英雄

静观

注目金庸小说世界中男性英雄，人们往往为英雄们勇毅不屈的性格、拯救众生的伟业、泰山崩于前而眼不瞬的定力以及夺目的人格光辉所吸引，而他们七情六欲的另一面却常被忽略。其实，英雄虽然具有常人不具备的天赋，但他们成长中承受的重压、经历的挣扎和持续的焦虑也数倍于人。只是他们把内心的痛苦、情感的脆弱、自身的恐惧用坚强无畏的外表掩盖。从这个角度说，探索英雄内心是一场艰难而富有激情的冒险。

金庸笔下英雄侠义自励，讲义气，重然诺，慷慨悲歌，不屈不挠，扶危济困、赴国救难不惜其躯。但如果细察其情感肌理，就会发现他们丰富的内心世界细腻而脆弱，在侠气干云、傲骨嶙峋的表面下，是强烈的自卑。

"无父"的生存状态是自卑感的重要根源。陈家洛、袁承志、郭靖、杨过、胡斐、张无忌、令狐冲等在幼年时，父亲便因疾病、因仇杀、因朝廷阴谋等原因过早辞世。童年是人格形成的关键时期，丧父给孩子心理投下巨大阴影，犹如"原罪"紧随一生。一方面，在母亲眼泪中，他们不自觉地把丧父同自己联系起来，在潜意识中认为自己要对"丧父"负责。像张无忌这种与父母死亡直接联系的尤甚。另一方面，"丧父"意味着心理上、生活上保护者的缺失。在他们悲伤、痛苦、恐惧时，父亲再也不会在身边温言解慰，物质来源也由此不稳定。没爹的孩子免不了受人欺负，《神雕侠侣》中小杨过卷起裤管，小腿上坑坑洼洼的尽是伤痕。这些遭人欺辱留下的抹不去的痕迹，郭靖见后不禁流下泪来。幼时被人欺负的无力感留在心中，成了自卑感最好的酵母。鲁迅笔下丧父的眉间尺在不知道父亲死因时，是一个连老鼠也不敢杀的卑怯少年，但当他知晓父亲死因并被赋予复仇使命后，被迫表现坚强和勇敢，将自卑感压抑到意识之下。但是，潜意识中的自卑驱之不去，无时不在探头探脑，影响他们的性格、价值与情感。除"丧父"外，金庸还用各种方法令他们深陷社会底层。郭靖出生在漠北，被蒙古人视为劣种而备受欺凌；杨过为黄蓉不喜，被郭芙、武氏兄弟欺辱，在全真教中又被老道肆意打骂；张无忌身中毒掌，奄奄一息，险些不治；乔峰则突然发现自己原来正是仇敌契丹人——金庸将他们一个个抛入自卑的谷底，然后让他们用全部的生命力向上攀登。

著名精神分析心理学家阿德勒认为，自卑感是柄双刃剑，它有时是导致沉沦丧

志的毒剂，有时则是激励超越自我的巨大动力。那些以自我为中心的人，即阿德勒所说"宠坏的孩子"，一旦遭遇厄运，接触现实，往往认为社会恶待他，会怀着敌意和仇恨攻击社会。像林平之、游坦之们从小食肥卧软，备受宠爱，一旦灾难来临，无法承受，以致性格变态，与天下为敌，最终以自身毁灭告终。同样遭受命运的打击，郭靖、杨过、乔峰等人却超越了自卑，以各种奋斗来证明自我。

自卑感在很大程度上影响着金庸的男主人公们的性格。他们虽然各具个性：陈家洛温润而心胸狭窄，郭靖宽厚而质朴若愚，杨过灵动佻达而略显轻薄，张无忌平和而微带软弱……但强烈的自卑使他们性格有同质的因子。他们都自尊、倔强，对轻视高度敏感，为关爱异常感激。表面上他们都有一股傲气，但傲气恰恰是自卑的硬币的背面，是他们内心脆弱的保护。郭靖与蒙古兵斗，杨过与全真道士斗……皆是如此。同时，他们又那么渴望温情，渴望抚慰，渴望尊重。点滴爱意就可以使他们激动异常。欧阳峰欣赏杨过，杨过大为感动，甚至不顾欧阳峰疯疯癫癫，拜为义父。令狐冲对任盈盈、乔峰对阿朱的关怀同样极为感动。他们可以为欣赏自己的人不断付出。在所谓"士为知己者死"中，隐藏着他对被发现、被欣赏、被尊敬的渴求。

某种程度上，金庸的英雄们行侠仗义、护国救民便是受自卑情结的有力驱使。曾经的弱者处境，成为他们痛苦和恐惧的源泉，自卑越强，越是要向自己、向世人证明自己的强大，以获得内心安全。这是一群有着济世情怀的人，他们通过救国护民、除强扶弱，证明自己不再弱小。所以，他们大多渴望"扬名立万"，否则"远不如寻常农夫，种田过活了"。于是郭靖成为"侠之大者"，杨过成为"神雕大侠"……一旦他们武功大成，名满江湖，自卑心渐去，自信心建立，他们的抗争精神就会越来越弱，进取心就会越来越淡，心境就会越来越平和。这时，他们往往选择归隐山林。

自卑感使武林大侠们在爱情面前采取退缩、逃避的姿势。在金庸笔下，女性一般掌握爱情的主动权，她们勇敢追求、表白，相反男人们却显得羞怯被动。从起笔之作《书剑恩仇录》中的陈家洛与霍青桐、香香公主，到袁承志与夏青青梁祝式的告白，乃至郭靖和黄蓉、杨过和小龙女、令狐冲和任盈盈……无不如此。其实，羞怯的原因恰恰在于杨过那句无心之语："不，不，你不能是我的妻子，我怎么配？"——光彩夺目的女人面前，是我们自惭形秽的英雄。与此同时，他们又时常自觉不自觉地以孔雀开屏的姿势证明自己拥有吸引女性的魅力，导致情债不断，美女环伺。男主角自幼丧父，其恋母情结往往难以消除，转移到成年恋爱中，他们的爱人于是比他们成熟，比他们坚定，似姐如母。小龙女干脆比杨过大上四岁，两人姑侄相称。可见，当他们放下英勇无畏的面具后，反而比常人更需要抚慰，情感上更依赖女性。只要看看郭靖与黄蓉、令狐冲与任盈盈、乔峰与阿朱等携手江湖的情侣，或许我们可以说：男人，你的名字叫脆弱。

总之，金庸为我们塑造了一系列自卑的英雄形象，提供了一个自卑与超越的辩证法。这是一些自卑的心灵，为了摆脱宿命，他们仗剑走过茫茫大地，用侠义的事业、喉头的鲜血、火热的友谊、忠贞的爱情证明自己，超越自己，直至最终战胜自卑。从这个意义上讲，他们是自卑的英雄，更是胜利的英雄。

（作者：财政部办公厅）

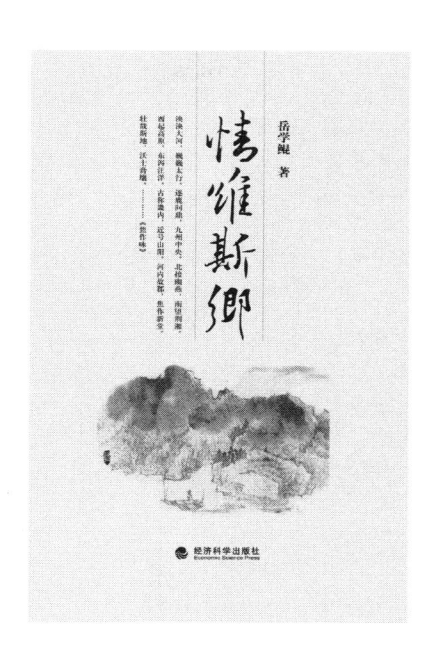

岳学鲲诗歌作品：《情维斯乡》

《情维斯乡》，是岳学鲲同志的第一部诗歌自选集。书中编入作者关于家乡的山川风物与思念家乡、思念亲人、思念朋友的古体诗、近体诗及当代诗歌120余首。

诗作正如王梦奎先生序中概言：所有的篇章，都是满腔热情的，甚至可以说，是天真烂漫的，饱含着浓厚的亲情和乡情，抒发着对祖国和人民深切的爱。作者所歌之咏之的，是故乡优美的山川风物和悠久的历史文化传统；所眷念的人物，不仅有高寿的祖母、辛劳的双亲和相依的弟兄，而且有许多儿时的伙伴，家乡的长辈，从小学到大学的同学和老师，以及工作岗位上的同事和领导。作者从心底热爱着他们，呼唤着他们的名字，深情地回忆着同他们相处时的欢乐。感情是真挚而热烈的，是毫无矫饰造作和杂质的，不失儿童的天真而又富有成年人的社会责任和思考。孟子说："大人者，不失其赤子之心者也。"大概就是这个意思。

赵武松散文作品：《红尘绿洲》

《红尘绿洲》是一本洋溢着耐人品味的哲理性、启迪性、创新性、时尚性的散文集，它是作者多年来职业生涯的体会与心语，也是作者对不同阶段职场经历的感受与感悟，体现着作者长期刻苦探索的坚韧精神和对事业、对社会、对他人的责任感和使命感的美好品格。

全书以为人处世为主线，以现代职场为基点，以披襟抒怀为纽带，虔诚地感悟着职场人求生存、谋发展的点点滴滴。力求展现人生哲理之美，文学韵律之美，职场处世之美。

作者在体味人生、感悟生活的同时，还将个人的职业追求寓于时代发展大潮和人生绚丽舞台中去思索，这种现实人生与职场体验的融合，正是本书不同于一般"励志"、"感悟"类书籍的地方，也是本书的一个亮点和特色，称得上是自成一体，独树一帜，使全书更具有可读性、针对性和创新性，从而能够给广大读者尤其是职场工作者提供一些借鉴和启迪。

徐仲民诗文作品：《徐仲民诗文选》

继《桃李园诗篇》诗集、《真水无味》诗集和摄影诗集《瞬间的诗情》后，徐仲民又推出新作《徐仲民诗文选》。全书28万字，分诗歌、散文、随笔三部分。编排上按时间顺序推进，收录了作者近6年的行旅踪迹，心路历程。他的随笔能联系现实，结合工作，学以致用，孜孜以求。他的诗歌、散文笔底才华横溢，汩汩流淌出他真挚朴素的情怀。诗文大多抒发对祖国大好河山的赞美，对亲情、友情的珍爱，对人生理想的追求，以及对本职工作的思考，表达了他对当代生活的关注和对民族文化精神的热爱。

作为一名老财政干部，能坚持业余创作，且颇有成效，值得尊敬。

宁新路散文作品：《人在西阳里》

著名作家评语：这本散文集中有不少篇章，表面看起来都是平凡的事情，写得也质朴、平静，内核却隐含着拨动人灵魂的力量。平静中有一种声势，它提引读者的灵魂越过物质和尘俗的壁垒，只带着精神飞升。实在难得。

读完《人在西阳里——宁新路精短美文》，再次印证了新路散文创作的这样一个特点：他很善于从那些司空见惯的看似平淡和普通的题材中，开掘出弥足珍贵的生活美、思想美，从而赋予作品独特的新意和艺术价值。

《人在西阳里——宁新路精短美文》由深圳海天出版社出版，印刷发行6000册，全国新华书店销售。